霓玉裳环

辛就 著

華文出版社
SINO CULTURE PRESS

图书在版编目（CIP）数据

霓玉裳环 / 辛就著 . -- 北京 : 华文出版社 ,
2022.6

ISBN 978-7-5075-5600-1

Ⅰ . ①霓… Ⅱ . ①辛… Ⅲ . ①长篇小说－中国－当代
Ⅳ . ① I247.5

中国版本图书馆 CIP 数据核字 (2022) 第 028831 号

书　　名：霓玉裳环
标准书号：ISBN 978-7-5075-5600-1
著　　者：辛　就
责任编辑：雷　平
出版发行：华文出版社
地　　址：北京市西城区广外大街 305 号 8 区 2 号楼
邮政编码：100055
网　　址：http://www.hwcbs.com.cn
投稿信箱：sinoculturepress@yahoo.com
电　　话：总 编 室 010-58336239　发行部 010-58336270
责任编辑 010-58336277
经　　销：新华书店
印　　刷：三河市龙大印装有限公司
开　　本：880 × 1230　1/32
印　　张：8.375
字　　数：250 千字
版　　次：2022 年 6 月第 1 版
印　　次：2022 年 6 月第 1 次印刷
定　　价：56.00 元

目录

【第一回】

强蛮咄咄兴干戈
烈焰熊熊噬番营

刘浦诚领着两百五十名唐兵潜至吐蕃军后方营盘，待己方号角声传来，他右手一挥，身后兵卒化整为零，呈扇形往敌营奔去。几乎是在号角声响的同时，右方五座营帐不分先后地起火燃烧，番兵尚未明白是怎么回事，已有十多处营帐火窜烟冒。西北地域风大干燥，且缺少水源，像错温布这类水源丰富的地区确实不多，如今吐蕃军扎营之地已属良所，怎奈遇上今夜大风天气，火借风势，更趋猛烈。待营帐内的番兵惊慌失措地跑出来大呼大嚷，正是前营番兵突然遭袭，逃窜求饶之时。前营遇袭，后营失火。纵然有勇武神谋的大将坐镇，亦要顾此失彼，进退维谷。

刘浦诚是驻守边塞鄯城的兵卒，这趟随军偷袭敌营，实乃一个连他自己亦没有预料到的巧合。

那日操兵演练结束，全体官兵各自归营。刘浦诚正往自己的营房走去，不虞同迎面一人撞了个满怀。对方双脚稳立，丝毫未动，刘浦诚却连退三步。待定神一看，只见对面是一魁梧青年，肩宽膀阔，巍然九尺的身躯足足高出刘浦诚一个脑袋，好似一座铁塔。往脸上瞧，厉眉威目，凶神恶煞，既像地府的断案阎王，又似阴间的索命判官，真个一副狠貌恶相。

未待刘浦诚开口说话，这人便抢先喝道："臭小子走路怎么不长眼，冲撞了你杜爷爷为何不道歉，是否这阵子皮痒，欠收拾了？"

刘浦诚暗叫不妙，说话之人是军营杜校尉的儿子杜威，与自己这批新入伍的人同在一起受训。杜威总喜欢有事没事找人麻烦，一来仗着校尉公子的身份，无人敢招惹他；二来天生一副武将身板，在军营里罕逢对手，故此横行霸道、欺压新兵。他看刘浦诚初来时不像别人一样巴结讨好自己，便老是有意无意找其麻烦，有心要给刘浦诚一个下马威，此番无故碰撞，自是有备而来，不会善罢了局。

刘浦诚心中有气，无奈对方势大，闹起来终归自己吃亏，遂忍气吞声地道："方才没有瞧见，得罪之处，还请……啊，你——"

不等刘浦诚一句话说完，杜威陡然发难，手掌往刘浦诚胸前猛力一推的同时，右脚已神不知鬼不觉地伸出，待刘浦诚猝不及防随掌后退之际，用出其不意的脚法将其勾倒。那个"你"字话音未落，刘浦诚便已倒地，可见杜威出手之迅猛快速。

四周未有散去的士卒又围拢过来，可谁也不敢上前劝阻，人人畏惧杜威，怕落至与刘浦诚一般处境，只有仗着杜威势力欺负人的兵丁在给他助威喝彩，其余人只是默语观瞧。

杜威眼见一招得逞，得势不饶人，抢身上前，一屁股坐压而下，骑在刘浦诚胸前，气焰嚣张地道："你这小子也太不知规矩，明明撞我在先，连句道歉的话也不说。所谓国有国法、军有军规。不管你曾经在哪里横行霸道，现在来了这鄯州军营，就得给我老老实实地遵纪守法，听懂了没有？"

刘浦诚被杜威的身体压得呼吸困难，涨红了脸想说句话。杜威左手摁着刘浦诚的脖子，右手赏了刘浦诚两个清脆的耳光，将其还未吐出声的话语用暴力举动强行中断。

围观人群中有些趋炎附势之辈鼓掌叫好，无疑又增加了杜威这番即兴表演的兴致。

刘浦诚直感到脸上一阵火辣，他本宽容忍让，不欲树敌。可是这杜威实在欺人太甚，此刻已然无法忍耐，满腔怒火直往上撞。杜威狂妄的声音继续传入他耳中："今天这耳光是给你的奖赏，算是给你提个醒。让你知道军营的规矩，快把那腚子撅起来，让你威爷爷再多赏你一脚便滚蛋去吧！"

"对啦——快翘起你那驴腚子，让咱们威爷赏你一记滚蛋脚！"

"威爷的滚蛋脚可不是人人都能尝到的，你小子今趟有福啦！"

几个好事者在撺掇助威，尽显狗仗人势的本色。

刘浦诚"嗯"了一声，杜威以为其服软，欲站起身来踢他，刚刚抬起脚，哪料刘浦诚弯曲左膝夹住杜威的脚踝，随即下半身用力上扬，将失去平衡的杜威掀翻在地，刘浦诚随手抓起一块石阶上松落的石头，趁摔了个四脚朝天的杜威起身反应之前，照定其额头拍去。

当石块与杜威的额角亲密接触时，刘浦诚心底掠过刹那报复的快感。那是长期以来忍辱受欺积聚的怨气陡然得到释放的感觉，想着杜威那可憎的面目，刘浦诚挥舞着石块，接二连三地朝其面目落下。

此时周围已无人喝彩，众人均没料到刘浦诚竟敢强势反击，且如此悍勇，一个个看傻了眼，不知该如何是好。

刘浦诚打发了性，尽管不甚坚硬的石头在他手中早化成碎末，他依旧不停地往杜威头脸击去，誓要狠狠惩罚这个肆无忌惮纠缠自己多月的恶魔。

军医营房内，面色阴沉的杜校尉一言不发地在房中来回踱步。早前他听到汇报说有人打架，心忖只怕儿子又惹了事，没料到被打的那个人却是杜威。

躺在床铺上的是已包扎完毕的杜威，刘浦诚则站在营房中央等候审判的到来。他对之前的战果感到满意，杜威平日里没少欺负人，但大伙敢怒不敢言，更没有一个敢予以反抗。今日他刘浦诚在众目睽睽下公然反击，为含怒受辱的人开了一个先例，纵然打架会遭受军法处置，能一泄胸中恶气，亦没话好说。

营房偶尔传来外间的声音，内里虽然亦有人说话，但刘浦诚却感到安静得有些可怕。

刘浦诚自思自想，估摸着杜校尉会怎样罚他，既然不能幸免，提心吊胆亦是无用。打了校尉的儿子，肯定没有好结果，但问心无愧，也没有什么好怕的。他偷眼瞥了瞥床上的杜威，这家伙闭着双眼，一只手按着包扎妥当的伤口处，脸上血迹已清理干净，这副狼狈窝囊模样与早先的跋扈蛮横可谓判若两人。比起刘浦诚微微肿起的脸颊，杜威的伤势实在是既输阵又输人。

蓦地，杜校尉一脸严肃地朝刘浦诚走来，不疾不徐的步伐令原本不甚宽敞的房间显得格外长，每一步似在缓缓前进，踏在那空间的交叠处，缩短着与刘浦诚之间的实际距离。

杜校尉有所行动，营房内顿时变得鸦雀无声，原本军医诊治其他伤员的问询、受伤官兵的痛呼呻吟，均在同一时间沉寂下来，只剩杜校尉一人靴踏地面的声响，仿佛成了这个世界唯一的声音。所有人都将目光集中到刘浦诚身上，看这个不知天高地厚、胆敢打伤校尉公子的悲惨小子会被出了名严厉的教官如何残酷折磨。

刘浦诚眼见杜校尉越走越近，压力骤增，再也无法保持方才问心无愧的冷静心态。他自己也说不清楚，杜校尉好似有种特殊的法术，挟着一股无影无形的神秘力量，令他心跳莫名加快，失去镇定。

他索性闭上眼睛，以这个看似无畏实际懦弱的行为迎接审判时刻的降临。

正在刘浦诚闭目待宰的当口，杜校尉那颇具威严的声音传入他耳内："威儿近来的行径很是无法无天，我本待亲手惩戒，无奈军中公事繁多，加上这小子总是阳奉阴违地躲着我，一直未找到合适机会，今日让你给教训了一番，合该他罪有应得。可军中有规定，严禁私斗。倘若不加处罚，教杜某人日后如何治军？现罚你二人各受五十军棍，以示惩戒。私斗一事就此揭过，日后在营中相处谁也不得心存报复，否则军法处置！威儿，听到了吗？"后一句是冲躺着的杜威所说，这家伙哪料到自己老爹不替他做主撑腰，垂头丧气地坐直身子，泄气地答应一声。

杜校尉言罢便离去，他步伐依旧，靴声嗒嗒。刘浦诚闻言心中纳闷，军中私下都把杜校尉比作恐怖的妖魔恶鬼，只要是谁犯了错落在他的手里，自是后悔不迭；那些与唐军交战的吐蕃兵将，更盼他早点去见阎王投胎。可是今趟自己打了他的儿子，结果居然是各挨五十军棍，他真不敢相信自己的耳朵。但看见那些军医与伤兵脸上的表情，又不可否认这个事实，刘浦诚庆幸自己走运，轻松卸下精神包袱，准备接受处罚。

校场上执法兵数着数字，分别棍责刘、杜二人，饶是他俩年轻力壮，亦被打得无法即刻起身。被一众弟兄扶回营房休养，其余人照常训练，不敢造次。

过了几天，杜威果然没再来招惹刘浦诚，刘浦诚见杜校尉公私分明，不禁对这位教官多了几分敬佩。这一日午间休息，杜威主动过来找刘浦诚说话："没想到你这白脸小子下手挺狠，威爷这次居然栽了。"

望着杜威额角留下的伤痕，刘浦诚心头泛起一丝内疚。虽说是这恶霸欺人在先，但头上的伤疤势必会一直伴随着他，自己一时的激愤冲动令手足战友付出难以磨灭的惨重代价，不免暗责自己行事未考虑，没把握尺度分寸。

刘浦诚带着愧疚说道："你也不差，就那么左右两下，我现在吃饭还只能细嚼慢咽。"

杜威哈哈一笑道："你这小子倒挺合我的口味，军棍虽然挨了，但这口气兀自未去，喂！刘小子，你想不想出气？"

刘浦诚只道他不忿上次的吃瘪，仍旧心存报复，欲以牙还牙一番，愣道："校尉不是说再不准私斗吗？你不是还想挨军棍吧？！屁股还疼着呢！"

杜威那黝黑的脸上忽现一丝古怪莫测的笑容，低声道："当然不是在军营里搞事，有没有胆子跟威爷去，今晚二更时分后山头见——唉！看你那德行，还是算了吧——就当我没说，胆小鬼终是怕责罚的。"

年轻人通常的毛病就是受不得激将，刘浦诚可不愿被杜威取笑胆子小，便强撑道："去便去，不就是荒山黄土，大晚上有什么可见识的。你就直说想伺机报复，我还怕了你吗？"

杜威耸了耸肩道："难得威爷肯不计前嫌带你去欣赏塞外的夜景，你却在这推三阻四、旧怨重提。料你不敢去，也不需要找借口，还是我自己去得了。"

刘浦诚受他一激，冲口道："谁不敢去，欣赏便欣赏罢，二更后山头见。"

且不谈二人商定好又各自训练，单说二更时分，刘浦诚偷偷从军营跑了出来，来到后山。四下里一片漆黑，只有远处营房火把的光亮。忽听见马打响鼻的声音，回头一看，杜威骑了一匹黑蹄亮鬃的乌骓马，将手中另一匹灰不溜秋的癞子马缰绳扔给他，说道："你骑这匹。"

刘浦诚见了灰马的邋遢模样，心中老大不愿意，但想马既然是杜威带来的，自该他策骑良驹。

翻上马背，两骑一路向西。说来奇怪，刘浦诚没有呼喝驱策，胯下灰马竟与杜威座下乌骓并驾齐驱，似毫不费力。他心中讶异，不多时，二马载着俩人来到一处旷野高地。这里视野极佳，虽然时值夜晚，但月朗星稀，亦不影响视野。荒漠至此已尽，取而代之的是大片绿草丘陵。宽广无垠的草原从俩人所立的高地下方无限般往地平线延伸开去，仿似直至天地尽头。奇妙的是东首一片如湖似海的广阔水域，在明月下泛着金色波光，想不到这西北荒凉之地居然能见到如此佳景，实在难得至极。因军中规定，除采购或通传要务军机的兵卒外，其他人一概不得擅自离营。刘浦诚久处军营荒沙地域，何曾见过如此美景，顿觉心旷神怡，精神振奋。杜威见到他这副模样，嘴角上扬，似乎在说"让你见识到了吧"。

大自然的景象当真玄妙多姿，仰首看头顶那夜空中层叠的云朵，反衬着天空深黑的颜色，只在月亮周围的云块，才被映出光亮黄芒，好似经一双无形的手肆意扯裂撕碎为不规则的形状，散布在天空这无边的河流中。任谁都要惊叹造物主鬼斧神工般的幻想与创造力。

刘浦诚将灰马缰绳拴在一旁的树上，坐在草地上享受夜景。嗅着夜晚清冷的味道，他可以这样坐上一整夜，什么都不去想，只愿呼吸混杂着土壤青草味道的芬芳气息，静看一朵朵云儿经过明月，间断地遮住月芒。万物在这静谧的时刻都已进入梦乡，真是万籁俱静。

杜威的声音在他耳旁响起："这个湖被当地吐蕃人称为'错温布'，即青色的湖，我也是前日被爹派出来打探军情偶然经过才发现的，挺不错吧——现在这片地域虽属吐蕃，但放着这么美的景色让不懂自然优美的番兵欣赏，也太煞风景了。"

刘浦诚心忖你居然也懂欣赏美景，倒算奇特。料想倘若不是他激将自己，还见不到这月明湖美的佳景，不禁微微一笑。忽见远方月色下有无数点点火星，仿若一条蜿蜒的红色长龙，因有一处山坡阻挡视线，倘若不是他们有心欣赏错温布的夜景，还真不易发觉。

他冲杜威指了指下方的黑影，问道："你瞧那是什么？牛羊该不会在这个时候出来活动吧？"

杜威顺着刘浦诚手指的方向望去，一看之下大惊失色，紧跑两步翻身上马，招呼道："那是放哨的番兵——他们在这里安营只怕要去偷袭咱们鄯城，赶快回去禀报。快走——"

刘浦诚冲他讥嘲道："我们的威爷何时改了性儿，你不是带了把开山斧吗？难道只是用来吓唬军营里自己兄弟的？"

杜威黑脸被刘浦诚说得阵红阵白，好在天黑看不真切，强行解释道："我是怕待会儿杀得性起，顾不了你，如果对方人多将你绑了，威爷纵然神勇无敌，也投鼠忌器。"

刘浦诚抽出挂在马鞍上的长剑，笑道："有了这个我可不会那么容易被绑，杀我容易擒我难，来吧——我们先去探探敌情，也好回去禀报得详细一点。"

因鄯城是大唐与吐蕃交界的边塞要城，两国边境驻扎的军兵时常交战，携带兵刃自然非常必要。

杜威将两匹马藏在树后，随着刘浦诚顺着山坡慢慢滑了下去。俩人怕被番兵的岗哨发现，尽量放轻手脚。到了坡下，才大吃一惊，但见番营帐挨帐、旗连旗，层层叠叠望不到头，也不知有多少军帐。

再往里走，平均每五座大帐燃一火把。回想早先在山上所见那没有尽头的火龙，瞧番兵的阵势，来袭的人数只怕不少于五千之众。倘若以此兵力去攻打没有防备的鄯城，结果可想而知。

刘浦诚当先领路，杜威跟随其后。刘浦诚刚刚偏转头欲招呼杜威，一支羽箭擦脸而过，凶险万分，接着听见有人大呼蛮语，一阵敲梆声响过，附近几个番帐同时涌出敌兵。

杜威与刘浦诚此时刚刚并肩而立，没想到这么快便被人发现了踪迹，好在尚未深入敌营，否则必是腹背受敌、魂断番营。

月色仍旧如早前一般温柔皎洁，只不过现在多了几分危急与肃杀。

刘浦诚挥剑砍翻第一个怪叫扑来欲抢头功的番兵，向杜威喊道："先撤退吧——回去报信！"

杜威不等他说完，身形甫动，先用开山斧架住右边攻来的一柄大刀，飞脚旋踢左右两名番兵，后者被他一腿扫得重心失衡，撞上几名欲冲前夹攻的番兵，始才心有不忿地嚷道："我说了先回去禀报，你不听，现在还不是要走——"

"起码现在知道了他们大致的人数——"刘浦诚抽出刺入番兵胸膛的长剑，百忙之中争辩道。

他二人都是少年心性，又是初入敌阵，平日里俱是演练操兵，没有经历实战。此刻可以施展生平所学，那还不杀个痛快。可二人终归是缺乏临阵经验，不懂得中间的利害关系：此刻番兵突遭袭击，阵脚未稳，二人理应及早撤退，等到对方稳住阵脚一拥而上，纵是猛虎雄狮亦招架不住。此刻刘、杜二人各自添了些伤，番兵却是源源不绝涌来。又响过一阵敲梆声后，敌兵越聚越多，杀之不尽，一层层欲将刘、杜二人包围起来。刘浦诚眼见一矛照脸刺来，身子后仰，手中长剑不歇，直直递了出去，正刺在执矛兵的腋下，那小子惨叫一声，丢下长矛，往后退去。刘浦诚紧接着让过一刀两剑，飞身扯着将一名番兵连头带左膀劈落的杜威往来时的山坡上奔去。

众番兵见只有二人入营，又杀了一些自己人，现在不敌逃跑，哪里肯作罢，纷纷怒叱着在二人身后穷追不舍。待刘、杜上得山坡，顾不得拭去头脸血迹，赶忙砍绳拉缰，上马驱策。但闻身后弓弦响动之声不绝于耳，刘浦诚伏低身子，右手执剑，左臂紧抓马缰，说来也怪，他未有鞭打马股，这匹不起眼的灰马竟与受杜威狂催疾喝的乌骓跑了个难分伯仲。此时逃命要紧，也无暇多想，回头遥望，视线中的番兵越来越少，耳畔仍旧有劲箭带起的破空声响，两骑在箭雨中穿梭奔跑，不多时分便去得远了。

刘、杜二人又跑了一阵，见番兵没再追来，却也不敢放缓马速。二人已没有早先逃命时的那般紧张，相互吹嘘着适才各自的神勇战绩，了结敌方多少人性命，好像已然打了场战绩彪炳的大胜仗一般。

待回到鄯城军营，但见营内火把四起，照得校场如同白昼，全营兵将尽集于此。二人料定是晚间突然集合，这也是练兵的其中一项，为的是让兵卒随时保持警觉。他俩擅自离营此刻方回，躲是躲不过了，只得硬着头皮拴马归队。

双手负于身后的杜校尉见到二人衣衫头脸均是血迹斑斑，不禁大怒，喝道："是谁允你二人擅自离营外出，还私偷军马，弄至这般模样回来？来人，给我将这不守纪律的二人各自重责一百军棍，三个月内不允假，立即执行！"军令如山，立即有军卒拿了大棍出来褪去二人的长裤，就要就地棍责。

杜威叫道："我们有紧急军情禀告——"

"讲——"杜校尉冷冷蹦出一个字。

"错温布一带发现大量番兵军帐，我们是去探察敌情，并非贪玩外出。请校尉明察。"杜威趴在地上解释道。

杜校尉令左右停止棍责，沉声问道："探察敌情不用事先禀报吗？对方有多少人？"

刘浦诚如实道："照他们的营帐估算，人数在五千左右。"

此言一出，众军卒顿时哗然。要知道鄯城算上后勤兵员，总共也只得三千守军，面对这几乎多过己方一倍的兵力，这场仗实难有胜算。

杜校尉正在沉吟，下面突有探马来报，疾至杜校尉身前，那斥候道：

“启禀校尉，在西门外二十里发现大批军队营帐，特前来禀报。”

杜校尉点了点头，随即肃容道：“再探再报。”

斥候自行离去，杜校尉闭目沉思片刻，突然虎目一睁，露出精芒，叫道：“冯都尉！”见后者应声出列，遂命道：“命你带领一千人前去城墙，即刻晓谕守城官兵，做好应敌准备，紧闭城门。即刻起，没我军令，任何人不得出入鄯城。”冯都尉领命而去。

杜校尉又冲刘、杜二人道：“你俩精力充沛，今次便交予你们一件差事，倘若办得好，便将功抵过，先穿好裤子，起来答话。”

刘、杜二人听闻不用再挨棍子，慌忙起身提裤，恭敬地立在杜校尉左右，唯命是从。

这刻一众兵卒皆是肃容挺立，静待杜校尉发号施令，只余火把燃烧的声响。

杜校尉命令道：“孙都尉，现命你立即挑选五百名手脚灵活的弟兄，换上夜间行军的衣衫，每人配备一套助燃的火器，一盏茶时间后前来待命。”孙都尉一声“得令”离去。

杜校尉接着道：“余人带上锣鼓，随我一同出征。”待官兵轰然响应后，才向刘、杜二人道：“你们想打番兵，待会儿便让你俩如愿以偿。”

一个时辰后，刘浦诚与杜威分立在杜校尉身后左右的山丘上。他二人后方是五百名兵卒组成的突袭队，这些人此刻都屏息静气等待军令，整个队伍没有发出丝毫声响，尽显平日的训练有素。

距唐军半里外的平原上，约莫几百顶吐蕃军帐散落四周，从唐军所处的山丘看过去，营中点点火光便似一个个迷离虚幻的梦，给这静谧的夜晚增添了几分喧杂诡异的诗情画意。

早前刘、杜二人刺探敌营遭番兵发现，料想唐兵看到吐蕃军容阵势，鄯城自会提高警惕，加强防范。此刻谁也不会料到他们会率兵卷土重来。这时候防御与警惕均处于松懈之时，正是最佳的偷袭时机。

杜校尉转过身来，威风凛凛地对杜威道：“待会儿你率两百五十人冲锋队，闻号角声从西面出击，以扰乱敌方阵脚为先，切忌贪功杀敌，闻钲撤退。”又向刘浦诚道：“你领两百五十人绕至番营东面，号响为信，放火烧帐，同样是钲响撤退。今趟我们旨在烧掉番兵的营帐，不做正面交锋，天亮之前，我不愿见到有未燃着的番帐，众军听清了吗？”

最后一句虽仍是低声道出，但一众唐兵整齐划一地举起握拳的右手，虽无任何回应声响，但其高涨的士气较之高声呼喝只有过之而无不及。

刘、杜二人各自带人离去，过不多时，山丘上剩下的千余军卒吹响号角，擂起战鼓。几百名嗓门大的兵丁竭力喊叫，营造千军万马冲锋陷阵的浩大声势。霎时间号角声像突如其来的冷箭，鼓响仿似陡然降临的骤雨，瞬间袭掠吐蕃营盘，第二次打破今夜的平静。

番兵军营此刻又是另一种情况，号角声直如索魂催命之符。杜威奋起神勇，一人身先士卒冲入敌营，他欲一泄早先逃之夭夭的鸟气，抡起开山斧左砍右劈，将刚刚出帐，还未来得及反应的番兵送去鬼门关报到。两百五十人各舞刀枪紧随其后，如一支锋锐无匹的利矛狠狠刺入敌军营盘。那些不久前才经过一番吵扰终能安睡的番兵怎料到唐军此时又来袭营，惊闻帐外喊杀震天动地，也不知来了几万兵马，连盔甲亦来不及穿戴，纷纷撒腿逃命。

顷刻间营盘大乱，有的番兵低头找兵刃被杜威砍掉了脑袋，有的番兵边叫嚷边逃窜被后面追上来的唐军削去双足，番兵你推我挤还踩死不少同胞。一时只听得番营里哀呼叫骂，怒叱怨号。

刘浦诚率领的两百五十人潜至吐蕃军后方营盘，待号角声传来，他右手一挥，唐军便化整为零散了开去，不一会儿右方五座营帐同时起火，紧接着十几座大帐火焰乱窜。当真风助火势，火借风威。待帐中的番兵惊慌失措地乱逃乱窜之际，正是前营番兵遇袭之时。前营遇袭，后营失火，时机把握得恰到好处。

刘浦诚手上忙不迭地引火燃帐，心里暗暗感叹：世事就是这么出人意料，原本他们只是出来观看错温布的夜景，谁能想到居然演变成了一场先发制敌的奇袭！

杜威勇不可当地从前营杀至中军营盘，尤似飞天将军一般，舞起开山斧，手下无一合之兵，他已尽泄先前被番兵追击落荒而逃的屈辱，此刻欲擒到番兵主将，立一大功好显显威风。忽地一矛从侧面冷不丁袭来，杜威反应倒快，用斧子往外一磕，反手顺势往那番兵挥去，只听得“扑哧”一声，那倒霉番兵的鲜血溅起一尺来高，脑袋被削去一半，手中仍是拽着长矛向后倒去。杜威用衣袖蹭了蹭喷了满脸的血迹，看到前方的火焰接连不断地从一个个军帐内窜出，知道刘浦诚已然得手，便加快速度找寻帅帐，要抢在他的前面杀掉主将。

他这边在营盘里左穿右绕地找寻帅帐，那边火势已越来越大，时下天干物燥，营内诸般事物均陷于一片火海之中。番兵七喊八叫，已然溃不成军。其时撤退的钲声响起，杜校尉在山丘上指挥全军，往下俯瞰，敌营犹如一条张牙舞爪的火龙，自西向东而来，宛如一泊火红鲜丽的大湖，蔓延吞没番兵剩余不多未烧着的营帐，映得天际尽皆成了红色。他担心己方士兵陷身厮杀，听不见钲响，便令左右军兵不停击钲，一边令五百军卒布置好撤退殿后的陷阱，一边希冀刘、杜两个突击队尽快回归。

那边钲响催促，这边的杜威在营中却是越找越是心焦，越寻越是着急，哪里还听得见撤退的命令，眼看大火四起，他心中一个赌气发狠，让跟随自己护卫的唐军先行退回山丘，自己独自搜寻。身畔唐军见火势太旺，劝他一同撤退。杜威牛脾气上来，径自冲向一片烟火交织的营帐。

此刻番兵烧死的烧死，投降的投降，没有投降的也都逃了出去。营盘内基本上已无活物。杜威在营里胡乱打转，忽觉手臂似被某物噬咬，抬起胳膊一看，始知是烧着的军帐布如火蛇一般不知何时缠上了手臂。他急忙拍打，扑灭火头。当再次抬起头时，眼内全是火帘火幕，大火将军营中所有可燃物全部点着，四面八方皆是朝他吐信的火蛇，被风一吹，飘忽摇摆不定，誓要将营内这唯一的生命焚毁燃烧。

望着这插翅难飞的困境，杜威开始后悔不该鲁莽行事，他暗叫一声“我命休矣”，突然发现一块长着双腿的大布从前方不远处朝自己奔来。

他以为是自己被烟熏迷糊了，合上双目，睁眼凝神再看，没错，是块军帐布，除了两条腿外，还多了两只手。这块布转眼便跑到近前，冲他吼了句“发什么愣”便往两旁张开，露出一张熟悉的脸孔，不是刘浦诚又是谁。

且说刘浦诚早前与一众军兵放完了火，听到钲声便准备撤退。他自己走在最后面，防止有番兵尾随反扑，回望燃烧的营盘军帐，火光冲天而起，好不壮观。瞥眼之间正瞧见杜威高大的身影仍在营内转悠，料想他是要杀了番将回去请赏邀功，刘浦诚本也不以为意。谁知又走了几步，夜风袭体，西北风似变了方向。边塞地区晚间风大，本属平常，但一个微小的变化对全局战事却有着至关重要的影响。再看营盘，大火已借着风势往南面倒卷，整个敌营笼罩在一片熊熊火光之中，已分不清哪是营帐哪是火苗，黑色的天幕半边被映照得通红，好像暮霞与夜晚同时降临，当真煞为奇观。

刘浦诚却无心欣赏这番奇景，营内的杜威只怕凶多吉少，他差前行的军卒回去报信，自己则赶到一个仍未燃烧殆尽的番帐前，扯下一大片帐布，人急智生将帐布浸入一旁似炊事厨灶的一锅稀粥之中。待做完这一切，从外围已看不清营内的状况，浓烟蔽眼呛鼻。刘浦诚迅速地将混合了湿粥的帐布迎头盖在身上，往最后见到杜威的位置冲了过去。他到得营内，却没有发现那浑人的踪影，又转了一圈，帐布已渐渐发烫。正当他不知该如何是好，犹豫着是否要退回去再浸一次稀粥的时候，终瞧见一个站在火场中央发愣的家伙，便立即朝其奔了过去。

二人会合，情势已刻不容缓，刘浦诚感到大腿一阵火辣辣的疼痛，他已无暇理会其他，扯着杜威尽量靠拢，俩人紧紧拽住帐布两端，朝火幕空隙处拼命发足冲去。

火海群龙仿佛知晓有人想要逃离它们的焰爪烈掌一般，舞出无数条有生命般的火焰阻截在二人的必经之路上，但最终亦挡不住刘、杜火烧屁股的危急冲劲。待穿过一股烤炙般的蒸腾热气后，灿烂的星空展现在前方头顶，逃出生天的二人倒在地上扑打身上残余的火苗，心中均有再世为人的感叹。倘若再耽搁半刻，纵然有那块帐布，他们亦有被烤熟的可能。刘浦诚望着一旁拯救了俩人性命还在燃烧的帐布，心有余悸。瞧了瞧杜威，后者正喘着气朝他看来，此刻两张锅底黑脸相互对视，不禁一同捧腹大笑。

刘浦诚先回过气道：“麻烦你下次不要拖人后腿，明知是纵火烧营，军令说了闻钲撤退，你还在里面转悠个什么？”

杜威躺在地上大口呼吸着此刻备感珍贵的新鲜空气，叹道：“没想到今趟是被你给救了。我本想将番将的人头带回去献给爹，怎的偏偏没有寻到。唉！老天真不关照我。”

“老天如果真似你说的那般不关照你，方才便不会让你脱身火海了。

说不定你还在营里瞎打转的时候，番将早已经溜走。谁会蠢到等你去杀，你该庆幸有命在这里抱怨。威爷没有变成烤威猪就该偷笑了。”

“我当时只是在想用什么办法出来，摆一个威武的姿势，那么点小火根本困不住我。”

“得了吧，烧猪的架势我看就挺不错，四肢横撑趴地式，哈哈，很适合你呀！横撑趴地式——”

“嘿嘿，你这小子。别以为救了我一次就觉得我欠你人情，之前我带你出来看夜景就当扯平了。”

“你这家伙真会算账，扯平便扯平吧！回去集合吧——烤威猪！！”刘浦诚伸手拉起杜威道。

“你可不许在军营里这么叫我，不然威爷可不饶你。嘿！你是怎么想到用帐布裹在身上这招的，为什么烧不着呢？”

刘浦诚心说这恐怕便是人急智生吧，嘴上哂道：“你想知道吗？那你就要让我回去给大伙讲讲威爷身陷火海，刘浦诚奋勇救人的故事。”

“讲吧！讲吧！只要别提烧猪就成，什么猪不猪的，我有那么胖吗？”

这场大火便在刘、杜的说笑中继续燃烧着，他二人今趟患难与共的情谊亦似这番营中的烈火一般，炽焰高涨。

【第二回】

牛鼎烹鸡任信使
机缘巧合遇佳人

待刘、杜二人归队后，唐军班师回营，将此役俘获的吐蕃兵将关入囚牢，有愿意归降的人则充入新军。

其时唐朝太宗、高宗时期均与吐蕃邦交友好，太宗皇帝将文成公主嫁予松赞干布的事迹更是传为一段缔结唐朝与吐蕃良缘的佳话。其后松赞干布英年早逝，新即位的藏王庸庸碌碌，无甚作为。直到赤德祖赞执政统治，他乃有大野心之人，见到武后还政、玄宗即位之初，政权未稳，欲逐步蚕食大唐国土，便屡屡兴兵来犯。怎奈野心不等同于实力，麾下番将庸碌无能。碰上杜校尉这类把守边塞的勇猛骁将，每次皆是落得铩羽而归。

总结战况，此仗大获全胜，不仅吐蕃全营被烧，且有千余人或降或俘，唐军方面除了数十人轻伤外，无一人阵亡。果如所料，山丘上的唐军擂鼓呐喊，杜威当先冲锋之时，番将穆尼德吉以为来了数万唐兵，抢来一匹马便落荒而逃。奔跑之时乍见营中处处起火，更是快马加鞭一刻不停。他回到多玛城立刻禀告赤德祖赞，称唐军势大，偷袭实难得逞，更添油加醋将敌方部队人数夸大十倍。饶是赤德祖赞野心勃勃，骤闻此次唐军以数万兵卒驻守边塞，似有对逻些城虎视眈眈之意，一时间调兵遣将，加固王城防守，倒也不敢再兴操戈之念。

这边鄯城军营论功行赏，刘浦诚今趟烧帐有功，且冲入火海救助同伴的事迹受到全军颂赞，特此晋升为都尉；杜威不顾军令，对鸣钲撤退置若罔闻，本应受罚，但念在突袭扰敌有功，又先发现了敌踪，遂升为副都尉。杜校尉差二人共同率领一支百人队伍，专责打探敌情一职。自此，刘浦诚一战成名，鄯城军卒对其勇猛亦崇敬无比。

此后军营中一切如常，依旧日夜操练，刘、杜二人年纪轻轻便被授予官衔，已然成为一众新兵军卒的表率。杜威每到训练休息时便向兵员吹嘘二人神勇无敌的英雄事迹，看着那一双双渴望上阵建功的眼睛，刘浦诚亦从百无聊赖的军旅生涯中找到一份精神寄托。

如此般秋去春来，转眼已是第五个年岁交替。这日杜校尉将刘浦诚唤至帐前，交给他一封信道："明日你启程去一趟洛阳的王府，将此信亲手交给寿王爷，如他有甚吩咐，你一并遵从照办便是。"

刘浦诚愕然望着杜校尉，不明其意。经过这几年的朝夕相处，他早对眼前之人佩服得五体投地，内心深处为其命运深感不平，如此一位韬略将才只得一个六品官衔，官职与才能毫不相称。难道世事注定不公？官场注定污浊黑暗？

未待他询问，杜校尉似能看穿刘浦诚内心一般，轻抚桌台喟然道：“回想我初来鄯城那时，也同几年前的你差不多，意气风发，天不怕，地不怕，却不曾想终此一生要驻守于这片黄沙荒漠。眼见迁调无望，后来亦自沉郁。虽然后来有了一次可以离开这里的机会，可随着年岁的增长、世事的变迁，那时我已想通了。每个人来到这世上均有各自的使命，我的使命便是在这里防御番人入侵。好好把握机会，浦诚，去找到你自己的使命。”

刘浦诚不知杜校尉为何说出一番关于机会使命的话，正欲让其详加指点，后者却坐回书案，埋首翻阅兵书，右手一个让其离去的手势令他把将要出口的话又咽回肚里。他只好行完军礼，转身离开。

回到营房告诉一帮弟兄手足自己要往洛阳送信的差事，杜威等均大为不舍，一人提议要给刘浦诚好好钱行。众兵哄然响应，怎奈军中物资紧缺，只是搭了个一丈来高的木堆，军营内不得饮酒，让炊事兵煮了许多米粥面汤，权充作酒水。到了晚间，燃起篝火，众兵席地而坐，唱着军歌，互相对饮粥汤，却也宏放豪迈。

黄沙荒漠作战场，负伤流血守城墙。
姑娘姑娘在何方？思爹想娘念故乡。
昔年手足情谊长，明日愁来明日当。
天南地北总相聚，军中生活永不忘。

一众军卒唱着歌，喝着粥汤，望着火堆又谈论起昔日刘浦诚火海救人的往事，军营中时间相对较慢，一切恍如昨日。杜威一边喝着粥，一边嚷嚷：“他朝若在东都富贵，切莫忘了一帮手足，否则威爷冲入洛阳将你擒回来交给弟兄们发落。”

刘浦诚笑道：“你如果当真去东都擒我，我必定准备好烈焰猛火来好好招待你的屁股。”

杜威心有余悸地伸手在股臀处摸了摸，众兵齐声哄笑，气氛热闹。杜校尉负手站在不远处的营房门口，欣然瞧着篝火旁欢笑的众人，也许只有他才能明白这些年轻人远离纷争战火洋溢笑脸的深刻意义。

翌日刘浦诚打点行装，辞过杜校尉，与一众军卒挥手作别，大伙自又是一番不舍。出了城门，一路向东。他仍骑着那匹灰癞子马，杜校尉带着他去马厩挑马时，刘浦诚毫不犹豫便选择了它。自那日突袭战后，只要抽空得闲，刘浦诚便要去马厩抚摸、喂食。军营内军卒都觉得此马相貌太丑，连马厩的后勤兵亦懒得多加照顾。刘浦诚却觉得这癞子马虽然其貌不扬，却有过人之处。人人均将注意力放在杜校尉那匹外形俊美的乌骓马上，自然忽略了这丑貌之马的潜在脚力。

途中非止一日，刘浦诚并不刻意赶路，但灰马脚力颇长，好像知道这次是出远门一样，过了兰州之后越跑越欢，似不知累是什么。这天过了晌午到达东都西门，刘浦诚见到城内房屋鳞次栉比，街上车来人往，好不热闹，与鄯城萧索荒凉的景象截然不同。

向路人打听到寿王府所在，刘浦诚牵着马一路寻去。到得寿王府，自报家门说明来意，被府里守卫告知寿王今早去郊外狩猎，尚未归来。刘浦诚正欲请对方通融一下，让自己入府等候，忽见一群人、几匹马从远处缓缓而来。

正中央一匹神骏白马，膘肥身健。马上之人华服锦袍，玉佩金带，举手投足散发出雍容气度，面如冠玉，眉清目秀，俊雅中透着几分英气。刘浦诚看得暗暗叫好，如此人中之龙般的人物，定是寿王无疑。

他赶紧上前几步，跪下施礼道："鄯城都尉刘浦诚参见王爷，守城杜校尉有书信一封，特命小将送来呈予王爷。"说罢恭敬地掏出信函，双手高举过头顶。

他本能地感到除了寿王以外，周围还有别的目光注视自己，偷眼一瞥，白马之畔尚有一匹红驹，马上坐着一位白衣少女，亦是高贵端庄，明艳动人，头扎芙蓉髻，浑身上下流露出一种健康却不失典雅的气息。此女圆脸薄唇，俏鼻前端略微尖巧，刘浦诚陡然一震，竟然是她！！

这一偷瞥只瞧得刘浦诚心神大乱，手一颤将书信丢到了地上。寿王李瑁故意咳嗽一声，他才发现自己举止失态，马上低头拾起信笺，暗骂自己怎的如此失魂落魄，赶紧恢复原来姿势，再次将信双手呈上。

要说这马上少女为何会令刘浦诚举止失措，一切还得从头讲起。

刘浦诚在蜀州长大，父母早亡的他一直过着三餐不继、游手好闲的日子，虽然正值太平盛世，却也不乏饿死之人。只是他腿脚勤快，偶尔帮着富裕人家打打杂、跑跑腿，日子倒也能过下去。

这一天，刘浦诚从居住的破屋里出来，说是破屋只是较文艺的形容，称狗窝更为贴切恰当。他准备去大街上讨个跑腿的差事干干，好祭祭五脏庙。忽然发现四五个地痞远远跟在身后，他走得快，别人也走得快；他走得慢，人家也跟得慢。经过一条僻静小巷的转角，几人围拢上来，当先一个麻子脸截住他道："瘸小子，听说你身手不错，我们乌浊帮想收你入伙。被秦老大看上了可是你的运气，包你吃穿不愁，同我们走一趟吧！"

要知乌浊帮在蜀州一带臭名昭著，专干顺手牵羊、坑蒙拐骗、损人利己的事情，刘浦诚虽然落魄，却也不屑与这帮人为伍。知这几人找上他自没好事，嘴上敷衍答应着，脚下慢吞吞地跟在二人身后往前走，却暗自盘算如何脱身。

走过一排民居，忽然看见一处晾衣的晒场，刘浦诚出其不意推开前面领路的帮众，撒腿便往晒场飞奔。他边跑边将一众晾衣的竹篙打横拨散，借以阻拦追赶的帮众。

带头领路的麻子脸只道这小子乖乖就范，还未明白发生了什么事，后面的帮众见刘浦诚迅疾窜了出去，高声示警，麻子脸见到他奔行了五丈，始回过神来，招呼同伴随后追赶。

一群人追追逐逐，街上一阵鸡飞狗跳，来往行人皆避让不及。刘浦诚慌不择路，哪知竟跑到了一个死胡同里。乌浊帮帮众喘着粗气堵了上来，麻子脸狰狞着面孔报复地挥出两拳击在刘浦诚腹下，狠狠地骂道："秦老大让你去是看得起你，你好不识抬举，也别怪我们不客气了。兄弟们，让他看看不识抬举的下场。"

乌浊帮帮众一拥而上，对刘浦诚拳打脚踢，发泄早先令他们奔波追逐所受的苦头。刘浦诚的反抗，招致的是乌浊帮帮众的一阵群殴。他只得护住头脸要害部位，忍痛挨揍。拳脚如雨点般招呼在自己身上，由起先间断打击的痛楚至渐渐麻木，也不知全身上下挨了几百下殴击。但乌浊帮帮众仍丝毫没有停手的意思，他的意识开始朦胧模糊，心知过不多久便有昏厥的可能，届时哪里还有命在。遂鼓起全部力气往一个身材稍矮的人身上撞去，那人被他撞得倒退几步。刘浦诚此刻已是头晕目眩、脚步踉跄的状态，再迟一会儿，只怕要被打晕在地。他强忍眩晕疼痛，打起精神往胡同口逃命奔去。

街上围观的人倒也不少，可谁也不愿、不敢插手到这类似帮派斗殴的事件当中。惹火烧身的事情谁都不愿做的。

连转两个拐角，听着乌浊帮帮众的叱喝已来到左近，刘浦诚赶忙又转入一个角落。他刚想穿路出去，却不料又来到一个死胡同，心中暗骂今日倒霉到家，再被他们追上铁定被打个半死。心中一横，他助跑两步跃起身来翻上对面的宅院外墙。横竖是死，让人抓去见官总好过被流氓群殴而亡，他便带着如此想法跃下了宅院墙头。

跳下墙头的一刻，要不是附近依稀传来乌浊帮帮众寻找的辱骂声，刘浦诚还以为自己到了世外盛境。他从未见过如此宽阔的后院，以前纵然是给人打杂锄草，至多也只去过前后两进的宅子。瞧这院子的规模，大宅起码是三进的院落，而其主人的身份自然非富即贵。

现在他身处一个花园，园内种着碧绿的青草，还有几种他叫不出名来的花。水池中假山的大小适中，离园门不近不远，视觉上更增整个花园的空间范围。回廊迂回且恰到好处地利用地势，延伸至每一处景观附近，显然宅子主人对园艺与建筑均有一番见解心得。

刘浦诚乍脱困境，陡入奇园，闻着花香，精神松懈下来，顿时感到浑身似要散架一般。他扶住院墙稳住身形，以防自己跌倒，抬起头来，却见到了这一生中最美丽的一幅画面。

一位白衣少女手执双剑，正背对着他在草地上翩翩起舞，扬手抬足优美洒脱，姿势动作矫健柔美，双剑随着两手的摆动上下翻飞，犹如两条有生命力的灵蛇，在与主人一齐舞蹈游戏。剑势时而缓如凝波，时而疾似电光，随着这位白衣仙子的身形起伏摇曳。那是一种结合了动与静两个截然相反状态的唯美，花园中本已十分美好的自然景物相比之下只能沦为点缀陪衬，只能烘托出少女百分之一的美。

刘浦诚呆呆地看着少女舞完剑，放下双剑，举袖拭汗。他情不自禁地发出一声感叹。少女忽然发觉背后有人，急忙转过身来，看到了邋遢的刘浦诚，惊诧地问道："你是谁？怎么进来的？"

此时少女面对着刘浦诚，她的整个轮廓完完全全地出现在他的视线内，星辰似的眸子灿然生辉，两道弯弯月眉整齐对称地分布其上，尖巧鼻子与薄唇小嘴，构成这堪称完美无瑕的五官轮廓。刘浦诚暗忖：茶馆说书先生所讲戏文里的西施、貂蝉，应该就是这般模样吧。

少女见刘浦诚傻瞧着自己没有吭声，握着双剑的手紧了一紧，又问了一遍："你是谁？怎么进来的？喂！我问你话呢！"

待她如仙籁般的声音传入耳内，刘浦诚这才急忙回应道："小子刘浦诚，被几个流氓无赖追逼无奈跑至府上，打扰之处还请原宥则个。"

他见少女清丽绝伦，只怕自己肮脏的模样唐突佳人，是以神态扭捏，说出来的话亦模仿戏文里的不干脆。

少女微微一笑，道："刘浦诚，你这人挺有意思的，我年纪该不比你大，为什么要自称小子？我叫杨玉环，你可安心待在这儿，平时后院只有我在练舞，没别的人来。为什么会有无赖追你呢？"

在这个恍如仙境般的花园，有位仙女一般的人正同自己说着话，早先被人群起围殴的痛苦似乎全部消失，身心已然迷失在这个不真实的梦境之中。

刘浦诚默默念了两遍"杨玉环"，尴尬说道："这些流氓只会抓一些不明事理的人去替他们干那为非作歹的事，你跳的舞真好看！简直像天上的嫦娥一样。"

杨玉环俏脸微红，道："哪有你说得那么夸张，平日家人都不让我出门，一人闲来无事，我又不爱女红，唯有在院子里练舞打发时间。"

"你没出去过吗？一直都在家里待着？"刘浦诚不无好奇地问道。

"每逢吉日才陪着叔母出门去趟寺庙，平时待在家里都闷死了。"

"其实你这种生活多少人羡慕还羡慕不来呢！能够衣食无忧，总好过吃了上顿没下顿。"一说到吃，刘浦诚的肚子适时地抱怨起来。

杨玉环亦听见了他肚皮的埋怨，善解人意地道："练了半天舞，我也饿了，你稍等一会儿，我去厨房里拿些东西过来吃。"

望着少女离去的背影，刘浦诚庆幸今日遇上了贵人，他一边留神倾听宅院外乌浊帮帮众的动静，一边惬意享受着上天赐予他这突如其来的美好。

不多时杨玉环重回花园，手上拎着一个食盒。打开一看，上面的食盘装了桂花、芝麻、绿豆、红豆四色糕点，下面盛了一只烧鸡，另有清炒藕带、凉拌黄瓜等几样精致小菜陪衬。她说是自己饿了，却只吃了两块点心。倒是刘浦诚老实不客气，风卷残云般将这些菜肴糕点一扫而光。

长这么大，刘浦诚何曾享受过这般待遇，身旁有佳人陪伴，面前有精致美食，恍惚之间他觉得自己好似失足跌进了一个梦幻仙境，瞬间否极泰来的转变令他有点不敢相信眼前的事实。

吃过了如此丰盛的一餐，刘浦诚也不好意思就这么拍手走人。对着这个甚少出门的大家闺秀，便讲起自己混迹街头的奇闻逸事。什么土地庙的大神有晚现身显灵；蜀州第一的福满楼每逢十五夜晚闹鬼；城西李虎家的孩子上月莫名其妙失踪，这月不傻不痴又回了家等奇景怪象。

杨玉环何时听人说过这些市井杂谈，因父亲离世得早，她便由叔父代为抚养。叔父终日不苟言笑，亦教导其恪言慎行。是以杨玉环少女心性，没有玩伴，只得用歌舞打发时间。刘浦诚的奇闻逸事为她开启了一个从未接触过的崭新领域，就像是不同风格的音乐、舞蹈一般。对这个好奇的少女来说，那些神怪奇谈使她感到前所未有的紧张刺激、兴趣盎然。

刘浦诚对着这样一位白衣仙子亦丝毫不觉无聊，浑然忘记了自己进来避祸躲难的目的。平时谁也不愿理睬他这个瘢小子，相反，在这个花园里，杨玉环是他的忠实听众，刘浦诚则化身为说书先生。二人一个听得出神，一个说得带劲，倒也其乐融融，不觉时光飞逝。

直到晚上家人来唤杨玉环吃晚饭，她才依依不舍与刘浦诚告别，并嘱咐其再来跟她说故事解闷。

【第三回】

断手残足卖唱客 淳厚老实不义贼

此后一连数十日，刘浦诚风雨不改地翻入杨府同杨玉环讲述街头巷尾各类趣事。乌浊帮似乎放弃了打他的主意，再没有大的动作。作为听故事的回报，杨玉环总是准备佳肴相待。能够目睹这天界仙子的绝世舞姿，兼有美食可食，刘浦诚乐此不疲。只要能和杨玉环待在一起，便是让他一辈子这般做贼似的翻入潜出，亦心甘情愿。

这一日刘浦诚又带来新的趣事：听人传闻，西面有一处绝佳的幽僻山谷，住着一位神仙，能够赐人青春常驻，永不变老。只是能寻到山谷的人少之又少，得睹仙颜的人更是寥寥无几。

杨玉环今天有些心不在焉，两手不住拨弄着衣裙上的解扣，在刘浦诚的追问下才无精打采地道："什么青春不青春的都没有用了。叔父替我说了一门亲事，要我嫁给新任司户家的公子，只怕听你说故事的日子也不多了。"

刘浦诚闻言一震，诧异道："怎的这么快？都没听你提起过。"

杨玉环幽幽地道："我也是刚知晓不久，听叔母说那什么公子生得肥头大耳，还长了一副猪脸。嫁给他不如死了算了，你说纵然见到了神仙又有什么用？"

刘浦诚紧咬嘴唇，双手握拳，他实在不甘心这段时间构建的美梦就这样被残酷的现实突然终结，一个大胆的念头忽地从内心油然而生，随即脱口而出道："不如我带你逃走吧！司户家里见你跑了，找不到你，那这门亲事也只得作罢。"

"逃跑？跑去哪里呢？"杨玉环茫然地瞧着刘浦诚，对于外面的世界，她只知道城隍庙，其余认知均来自刘浦诚。

"随便去哪都成，正好借此机会见见世面，你不是老说想去外面看看吗？我们可以去找那个山谷的神仙，在杳无人烟的地方躲个一年半载，上次听你说洛阳还有远房亲戚，届时再去东都，我们也不回蜀州了。"

"这能行吗？我还没出过远门，倘若就这么走了，叔父叔母还不担心死了。"杨玉环拽着衣襟，有些犹豫地道。

机会往往只会出现那么一刹那光亮，能否把握住实凭有否辨别时机的预兆和抓住机会的能力。

刘浦诚心知此乃关键时刻，故意问道："你愿意让那猪脸公子娶你吗？届时你在花园里起舞，他在一旁替你伴奏，周围着一群小猪喝彩，嗯——倒也合拍。”

“伴奏？用什么伴奏？你又不识他，如何知道他会哪些乐器？”一谈到兴趣爱好，杨玉环便恢复了生机。

刘浦诚摇头道：“会哪些乐器我不知道，但我知道猪的伴奏就那么一种，不就是‘哼哼——哼哼’这样吗？”说着故意学了几声，摁着鼻子冲杨玉环叫唤。

这白衣仙子见了刘浦诚扮猪的模样笑得直不起腰，随即联想他日成婚后的种种情景，渐渐止住笑容，双眉紧蹙断然道：“我不要这样，我才不要嫁给他，我们一起逃吧！”

刘浦诚心道：就等着你这句话呢！嘴上却说：“那你今天就和平时一样练舞，暗自多准备一些银两衣物。明晚一更时分我来接你。”

杨玉环点了点头，正式确定了这个离家出走的计划。

飘香楼的店小二迈着轻快的步子，手端各式色香俱全的菜肴木盘，穿梭于店堂的各桌之间，尽显其步伐灵巧的独特本领。

一声高喝从楼上传了下来：“小二，将爷们的酒菜快些弄来，俺们等不及啦——”

店小二嘴里答应着，脚下丝毫不停，先将于此时进门的三位客人领至一处空座，然后来到呼唤的那一桌近前，手中木盘往桌沿一靠，轮番将菜碟移至桌上，露出一个招牌笑容，道声：“客爷慢用——”便又去招呼其他桌台的食客。

刚才高呼的大汉冲同桌的二人努嘴道：“趁热吃呀！咱们老爷这趟终于可以出人头地了，京城可不比别的地方，那里可是皇都，气派着呢！”

同桌一护院打扮的人夹了一筷牛肚，点头道：“老爷平步青云，官运亨通，咱兄弟跟着沾光。今趟把这东西稳稳送过去，老爷一开心，以后咱们不愁吃香喝辣的。陈公，你说俺讲得对不对？”

另一位教书先生模样的人笑道：“老爷能有今日，那亦全赖当今圣上慧眼识贤，正因有盛世明君，大唐眼下才能如此国泰民安啊！”

店小二正在邻桌给其他客人斟茶，闻言转过头插口道：“这位爷台说得极是，现在每天来店光顾的客人都似您几位一般兴致勃勃而来，尽兴而归，小店的生意亦兴旺过以往先前。多多承蒙今上隆恩，也全赖诸位财神贵客的帮衬照顾。呵呵——呵呵。”边说边刻意望着那教书先生，讨好地干笑着，希望多讨几个赏钱。

其时正值唐朝开元年间，天下正兴，唐玄宗继位后选贤任能，励精图治，大力改革。致大唐恢复到太宗时期国富民强的境况，黎民百姓亦物富资足，安居乐业。

食客三人中貌似教书先生的名叫陈逸，是总管事，另外俩人一个叫包勇，一个叫孔武，二人皆为侍卫。他们口中的老爷姓李名佑国，因颇有才干，屡献治水良策，政绩出众，受到张九龄推荐，得玄宗赏识。遂由蜀州调至长安任职，官升三级。京城那边的相关事宜均安顿妥当，李佑国却记起有件重要物事还落在蜀州的府中，故遣三人回来取携。

陈逸见店小二说着说着凑到了他们这桌，嬉皮笑脸只擦桌子不挪步，当然明白是怎么回事。他打开华绸锦缎包袱，取出一串铜钱，捻了几枚交给店小二。店小二拿了钱道谢离开，正低头摸着光亮的通宝币，与迎面而来的一人撞了个满怀。店小二一个趔趄，扶着桌子稳住身形，一句污言秽语将到嘴边，待看来人，又把恶语完整无缺地吞了回去。

一个蓝衫年轻公子当先而行，方脸粗眉，鼻直口正，相貌俊朗。身侧的白衫公子亦是不凡，此子俊俏文雅，眉清目秀，净面皓齿，真是纯如露，俊如泉。店小二自忖所见来来往往的南宾北客不计其数，却未曾遇到过这般气度不凡的潇洒人物，一时看傻了眼，愣在原地忘了上前招待客人。

蓝衫公子向白衫公子招呼一声，然后拍了拍店小二的肩膀道：“麻烦小哥替我们找张空桌。”

本是灵魂出窍的店小二这才反应过来，连声道：“空桌，有有有，两位这边请——”说罢当先领路，将二人引至楼上陈逸三人一旁的相邻空席。待那蓝衫公子说了声“上等酒席”，伙计响亮应声而去。

白衫公子倒了两杯茶水，递给蓝衫公子一杯，柔声道：“咱们应该换换口味，一连几日吃的都是这些东西，早已经吃腻了。”

蓝衫公子笑道：“这茂州的口味该与蜀州有些区别吧！倘若还是那些

没有特色的鸡鸭鱼肉，我答应你，这便是我们最后一次这般胡吃了。”

白衫公子掩嘴而笑，忽觉此姿势不妥，遂又故作豪迈哈哈一笑道：“你才是胡吃，我可是有品位地尝。”

蓝衫公子喝了口茶，点头道：“昨晚见到你那有品位的吃相，连店掌柜都不禁瞠目结舌，你当时全神贯注于那水煮鱼片，没见到他那……噢……”

白衫公子没好气地在桌下轻轻赏了他一脚，打断后者欲继续描述店掌柜惊讶神情的言语。

这两个人便是刘浦诚和杨玉环。自那日离开蜀州，刘浦诚为掩人耳目，遂与杨玉环乔装打扮一番，扮作一对游山玩水的年轻公子。杨玉环女扮男装一来方便行路，二来不虞被人识破身份。她第一次出远门，觉得什么都新鲜无比，欣然采纳刘浦诚的提议。刘浦诚亦是竭尽所能，为她引荐诸般新奇好玩的物事。二人沿途吃喝玩乐，游山赏湖，好不乐哉。

说说笑笑，菜肴上桌，俩人边吃边聊待会儿再去哪一处风景名胜游玩观赏。忽闻一阵悠扬的曲乐之声从楼下传来，一男一女现身门口，穿着破褴残褛，互相搀扶来至堂中。女的站在中央作了个四方揖，朗声道：“我夫妇二人本去蜀州做买卖，途中却遭逢不幸，卖唱到此只为凑个回家盘缠。现在奴家给各位达官贵爷、公子小姐唱个曲儿，若是唱得不扫诸位贵客兴致，还请打赏几个小钱；倘若扰了各位的清静，还望多多包涵担待。”说罢冲身旁男人一点头，那比她矮了一截的男人见状，将手中的奚琴拉了起来。琴声悠悠，只听女人合曲唱道：

势猛劲，掩耳难及迅雷疾，如何堪明老天意。

忍辱蛰伏待良机，勇猛果敢斩邪佞。

且屈伸，任贤用能，大义诛奸，睿智英明，诛异族朋党，还李氏江山。

四海升平礼乐奏，乐业安居诗赋唱。

道不尽，有德明君迹，数不胜数，盛世开元——

这是一首在民间广泛传唱的曲调，名曰《明皇颂》，旨在颂赞当今圣上的丰功伟绩，一般老百姓都知此曲，脍炙人口。

难得的是女人唱功虽不甚高超，但其嗓音清脆悦耳、字词清晰，自有一番坊间民俗的独特魅力。

一曲唱毕，不少食客叫了声好，有几人出手打赏。女人一一谢过，歇了片刻，她冲身边男人低声两句。男人一抖琴弓子，众食客陡闻琴音骤变，女人续唱道：

莫言路途无豺狼，恶犬伤人胜似虎。
只因囊中财外露，容姿姣好遭强亵。
屈身求饶且反抗，换来欺凌加凶蛮。
夺钱蛮横兼伤人，天理王法势难容。
远来异地谋生计，岂料沦落流窜客。
彷徨无助何所依，官府大道贵人途。
配曲伴歌本无奈，唯望菩萨施援手。
大唐盛世开元乐，唱尽世间痛悲苦。

这曲一改先前的欢乐节奏，音调凄婉悲凉，如泣如诉，道尽他们夫妇所遭不幸。虽然曲词称不上意境深刻，更遑论文雅优美，但通俗易明，如一幅有声图画将其夫妇二人来蜀的经历惨况声情并茂地描绘出来，生动概括世事的残酷。好似一记当头棒喝，令沉浸在美好和平梦中的人们幡然惊醒，不敢相信这在和平盛世加诸他二人身上的真实惨剧。

歌声歇止，琴音却经久不散，兀自在店堂内回荡。原本三五个仍在谈论的食客亦静了下来。男人将奚琴收入包袱背到身后，挪身时衣衫下摆飘动，这时人们才看清其双膝下的双腿均没有了，他是靠着两块尺半大小的方木撑地行走。女的一只衣袖空荡，料是少了一臂。两个人沿桌讨钱，偌大店堂里数十桌食客，只有不到十桌打了赏。杨玉环有悲天悯人之心，给了女人二两银子，后者道谢不迭。有位食客见女人如此不幸，起身安慰两句，也给了几枚铜钱。到了陈逸这桌，女人唱喏道："愿各位老爷富贵平安，大吉大利。可怜可怜我夫妇二人，大恩大德，永不敢忘。"那残足男人高举双手，将一个破草笠倒着递了过去。

陈逸见那草笠污脏不堪，里面躺着十几枚铜钱和二两银子，越发衬显早前歌中所唱的那些无奈悲哀，他心中恻隐，打开包袱拿出了一串铜钱，正欲放入草笠。邻桌的刘浦诚突然大喝道：“且慢——”这一声只喊得众人莫名其妙、大惑不解。那对夫妇更不明白这位年轻公子为何适才未干涉自己同伴打赏，现在反倒过来阻止旁人行善。

陈逸、包勇和孔武三人六眼俱是疑惑地瞅着刘浦诚，后者旋身而起，冲着隔壁食桌一庄稼汉笑道：“老哥身手可真不赖，去赌馆遛一圈可比在这里乘人不备要强得多。”遂又向不明所以的众人道：“诸位看看可有少了什么钱财或是贵重物品，方才打赏时……”

他的话音尚未落下，包勇面如土色地慌张道：“不好，那包东西……东西……不见了。”

陈逸和孔武一听亦是大惊失色、瞠目而视，听那年轻人所言，似是知道他们遗失之物的下落。陈逸是一府管事，素来办事沉稳，料想找回失物亦着落在对方身上。想念及此，他镇定下来，挺身而起，冲刘浦诚拱手道：“小兄弟可否赐告我们丢失的东西现在何处？如能物归原主，在下自当另行酬谢。”

刘浦诚摇头道：“我不知道你们丢失的东西在哪。你们得问问这位老兄——”说着指了指那庄稼汉。

适才卖唱女正沿桌乞赏，当来到陈逸这桌，所有人的目光都集中在这一女一男身上，刘浦诚忽感眼前一花，只来得及见到那庄稼汉在椅子上欠了欠身。凭自己混迹市井多年的经验，可断定必是此人从中捣鬼，他利用悲惨女人吸引他人注意力的空当，拿了对面那桌人的东西。这种乘人不备的人最是可恶。刘浦诚义愤填膺，故即刻出言制止。

顺着刘浦诚的手指，众人又齐齐将目光投往那外貌忠厚老实的庄稼汉。

成为矛头所指的庄稼汉面不改色心不慌，坦坦荡荡与一众投过来的质疑目光对视，冷冷地道：“这位公子可别瞧着俺老实就欺负人，俺虽然穷，没有学问，却也不屑要不属于自己的东西，俺也知道偷东西犯法。不知你凭什么说这几位爷台的东西是俺拿的？要俺说呀，莫不是有些人看似公子哥模样，其实内外不一，专干偷鸡摸狗的勾当，还故意掩人耳目，贼喊捉贼。”

刘浦诚道：“我可没说东西是你拿的，因我们这几桌离得近，我方才只不过说让他们问问你，想请你提供一下找寻线索，只字未提你拿了人家丢失的东西，老兄为何如此急迫地说我贼喊捉贼呢？若不是做贼心虚，欲转移注意力，又何必多此一举？”

“俺平生受不得人冤枉，你手一指，俺就以为你要冤枉人。敢问这几位老兄所丢何物？是个怎生模样？可曾在这里露过脸？”庄稼汉后面几句则是对陈逸所问。

他这几句提问亦是合情合理，既然要寻找失物，肯定得先知道丢的是什么东西。

有的食客见到丢了东西，瞧出便宜，便跟在一旁趁火打劫。

“原来这是家黑店，提供食宿是假，偷人钱财是真！”

“快报官，还等什么，让官差来封了这家黑店！”

“掌柜的，快将东西交出来吧——不然爷爷可砸店了！”

掌柜的和店伙计忙不迭地挨个赔着小心，慌慌张张跑至陈逸这桌来询问情况。

唱曲儿的夫妇见本欲打赏的食客丢了东西，心中愧疚，出于好心让到一旁，待其他人帮忙寻找。

一群热心人将陈逸三人围在当中，均欲知道他们究竟遗失了什么宝贝。看着这般阵势，陈逸反倒支支吾吾说不出口了。

见陈逸吞吞吐吐，孔武一抹头上汗珠，催促道：“陈公还是说了吧！都这个时候了，露财事小，失宝事大。丢了东西，咱们回去如何向老爷交代。”

陈逸叹了口气，这才道：“我们几个本是奉我家老爷之命回府取一只玉狮子，这玉狮子是用上等玉石手工雕琢而成，碧绿泛光。是我家老爷特别找人订制准备送礼用的，一路上小心翼翼都挺好，也不知怎么的一眨眼竟然不见了。”

包勇道：“方才我还见到在包袱里呢！他俩一拢过来，东西就丢了，哼——快说，是不是你们把东西给弄走了？”他指了指唱曲儿的男女，凶神恶煞地道。

卖唱女人颤抖的声音传入在场诸人的耳中："大爷你误会了，我们老实人岂敢动这个心思，别说偷盗，这等贵重的珍宝，就是你赠送给我们，我们也是不敢要的。"拉琴男人在旁边连连称是，越加体现女人所言的真实性。

掌柜的起初还道至多丢了几只首饰镯子，强压住场面不报官，为息事宁人舍财免灾罢了。待骤闻失物竟是什么上等玉狮子，只怕将这家老店甩出去亦不够抵赔，一时差点没晕厥过去。

庄稼汉听了几人言语，双手一摊自我澄清道："失物既是没露过面，俺活了这么大亦未曾见过什么玉狮子、金狗子。那公子，俺还是劝你把东西交出来吧！何必往别人头上扣屎盆子，方才听曲儿时，俺见你不瞧唱的人，反打量人家包袱，是不是猜测里面有宝，便先盗了再作计较？嗯？"

刘浦诚听他谈吐话语，越来越不像一个干农活的人，哪有庄稼汉如此能言善辩？兼之他一再声东击西转移众人的注意力，三句话不让自己这揭发者脱卸干系。只是无奈没有瞧见其障眼手法，人说捉贼拿赃，不知这人将赃物藏在何处，难定其罪。

他兀自在思索办法，庄稼汉见刘浦诚默不作声，更有了劲，煞有介事开解道："少年人见宝起了歹念也平常得紧，看在你年纪轻轻，只要物归原主，再向邻桌的爷们磕头谢罪。俺帮你向大伙求个情，看在老汉面上，也就罢了。你冤枉俺的事也不同你计较，掌柜的亦不必惊动官府，免得生意面子上不光彩。老兄同掌柜的，你们瞧俺说的成不成？"最后一句则是冲着陈逸和掌柜的而说，好像此刻他已拿住刘浦诚人赃俱获的确实证据，自行审判结案。

掌柜的立马应声点头，他素知多一事不如少一事的道理，如不必惊动官府，自是少些麻烦，让那些达官贵爷跑来一趟，定需要耗费不少油水打发。陈逸却有些踌躇，原本是刘浦诚出言提醒他丢了东西，怎反倒会是拿东西之人？但见庄稼汉淳朴憨厚的表情，说得句句在理，又不似偷摸窃盗之人，两个人孰是孰非确实不易分辨。

一众食客没想到吃顿饭还有好戏瞧，纷纷围了过来，要瞧瞧究竟谁是元凶，谁被诬陷。

陈逸正自犹豫不知如何是好，孔武伸手朝刘浦诚抓去，嘴里骂道：

“臭小子贼喊捉贼，快把东西交出来，是否当真要老子绑你去见官？”

刘浦诚闪身避开，没想到好心提醒却弄巧成拙地让自己陷入麻烦，庄稼汉满口狡辩，自己偏生苦无证据。事已至此，只有逼迫狐狸主动露出尾巴了。他心念甫动，朗声说道：“你们既疑心我偷了东西，我有个办法自证清白。从丢失宝物到现在所有人均在这里，无人离开。那就请这位老哥和我一起让诸位搜上一搜。在大伙见证下瞧瞧谁人是贼，谁被冤枉。”刘浦诚故意冲着庄稼汉而说，便要瞧瞧后者如何反应。

陈逸觉得这不失为一个办法，率先同意，不待庄稼汉答应，便抢先道：“如此得罪了，真相大白之时自当另行赔罪。”

此时此刻，庄稼汉不同意也得答应，他缓缓站起身来，忽然控制不住打了个喷嚏，随后只听楼下“哎哟”一声，接着传来无数碗碟摔落地上的声响。楼上众人不约而同地转头去瞧下面动静，即便刘浦诚明知这是容易寻隙调包的关键当口，仍旧控制不住好奇心去一看究竟。

两个喝醉酒的汉子互相打了起来，你殴我一拳说饮不过我，我踢你一脚说你酒量太差，醉形醉象，丑态毕现。二人搂抱互殴，将一楼店堂里的桌椅均掀翻在地。

掌柜的暗骂今日怎的触了大霉头，楼上的盗窃案还未了结，楼下又来醉酒打架的事，急急忙忙赶下去扯开二人。

一番吵嚷，陈逸等人惦记失宝大事，无心再看。率先扭过头来，眼尖的包勇陡然发现拉琴男人的衣衫下多了一角黄色锦绸。他认得是装玉狮子的包袱，抢步过去，猛力将男人推了个跟头，抓起黄缎子包袱，隔着布摸了摸玉狮子的轮廓大小，触手坚硬，待确认无疑后喜道：“找到啦，找到啦！”随即又冲着男人身上补了两脚，边踢边骂：“我说是你们掩人耳目拿了吧，陈公还同情你们的遭遇准备打赏，让你偷东西！让你偷!!”

可怜那残障男人还未明白这包袱是如何突然之间到自己身上的，便挨了包勇恶骂毒打，口中连呼冤枉冤枉，却无法阻拦盛怒下的莽汉。

围观的人这时亦认定卖唱男女即为偷盗元凶，纷纷恶语谴责其可恨行径，有的早前打赏过的人还准备拿回施舍的铜钱，不欲助纣为虐。

唱曲儿女百口莫辩，哭着向众人解释，此际人赃并获亦没人相信他们是清白无辜的。

庄稼汉气急败坏地骂道："你俩真不是东西，俺还以为是别人拿了，一个劲地冤枉好人，原来你二人一面唱曲儿一面转移注意力好趁机下手。真是猪油蒙了心，难怪路上强人要找你们麻烦，定是你们贪财的碰上了贼爷爷。现在好了，俺让掌柜的送你们去见官，瞧你这缺了腿的龟儿怎么死——"他骂得不够解气，狠狠一脚踢在拉琴男人头上，由于力度过猛，顿时将男人踢晕过去。

唱曲儿女摇了摇陷入昏迷的男人，跪在地上又是磕头，又是作揖同庄稼汉诉苦叫冤。其淌下的涕泪沾湿了后者的靴子，庄稼汉满脸厌恶，直如不见，只是一个劲地催促掌柜快些报官。

陈逸见到卖唱女如此凄惨模样，心中不忍，好在失物现已复得，想帮着劝说几句，但念及庄稼汉是为了自己出头，又不好驳他面子。掌柜的听说已找到失物，将醉酒的二人安抚妥当，便跑上楼来听候安排。

从包勇发现包袱至拉琴男人被踢晕倒，约有一炷香的时间，这过程实在发生得太快。刘浦诚只觉得有些地方不对劲，但是他又没有看清那不对劲的地方。眼见无辜的卖唱夫妇要被众人送去见官，本已悲惨的经历势必又增添新的无奈，急得他搔头苦想对策。

一个清脆的声音便在这时传入众人的耳中："你这憨厚人不用扮无辜装冤屈去诬陷旁人。无须四处张望，我说的便是你，掩来掩去的元凶。人家卖唱夫妇从厅堂上楼来，根本瞧不见这几桌有哪些人，更不知那些人包袱里有什么。这角落只坐了我们三桌，也只有你所坐的位置，视线才看得见包袱的模样。这几位说宝物没露过面，料想是言谈中露出端倪或是打赏时见了光，给有意之人留上了心。恰逢他们上来乞赏，大伙的注意力都被分散之际，便被你有机可乘。却不曾想被这位公子揭破，你遂来一招声东击西，转移目标。最后他被你逼得无法，说让大伙搜身，你仍是用一招声东击西，我猜下面该有同伴替你打掩护，不然在这即将搜身的时刻怎么这么巧有人醉酒生事。趁着大家的注意力再次转移之时，你便迅速地将藏在衣襟内的包袱扔到那位大哥身下，再等着包袱被发现，静观好戏。这几手固然高明，手法亦是迅疾巧妙，但你可曾想过偏偏有人不爱瞧热闹，只爱看人翻来覆去地变戏法呢？"

入情入理的分析通过悦耳清脆的声音娓娓道来，如晨钟敲醒在场被庄稼汉用虚假的老实外表及狡狯的言辞误导蒙蔽了的众人，大伙朝说话之人望去，原来是与刘浦诚同桌的白衫公子杨玉环。当刘浦诚出言喝止之时她便留上了心，一直在冷眼旁观刻意细察，待见到庄稼汉打喷嚏、旋即听闻楼下有人生事，她便留意观察，但见庄稼汉动作迅速地掏出包袱转移目标。杨玉环目睹了全过程，至此时方开口揭露真相，一语道破那庄稼汉嫁祸他人的诡计。

包勇和孔武憋了一肚子恶气，冲上前欲对庄稼汉狠狠发泄，后者向着杨玉环怒斥一声："好小子，有你俩的好看！"呼哨一声，便穿窗从二楼跃下，落地后翻了两个不甚潇洒的滚，便一瘸一拐地跑了。楼下被扶到门口凳上休息的醉酒二人亦不见了踪影，果然是串通一气的同党合谋。

陈逸来至刘、杨二人面前，拱手称谢："今日多亏了两位见义勇为道破奸人诡计，令陈某与包孔两位不致失职。我等还需赶路，无法长谈，异日若有机会到长安一行，定要来李佑国大人府上盘桓几日，好让我们略尽地主之谊，届时再向老爷介绍两位，以表谢意。这里有十两银子，聊表感谢之情。"

刘、杨各自谦虚几句，推辞不收，陈逸见事情水落石出，冤枉了卖唱夫妇，遂将银子赏了他们，女人又是一阵千恩万谢。掌柜的见失主找回东西，也放宽了心，找了个地方让拉琴男人歇息裹伤，过了一会男人渐渐醒来。听闻女人讲述事件结局，热泪盈眶，对陈、刘等人又是一番感谢。

众人一同走出店，互相作别上路。望着唱曲儿夫妇两手相携、蹒跚而去的背影，杨玉环感叹道："没想到太平盛世亦有如此辛酸遭遇，却不知他们往后的日子怎么过？"

刘浦诚叹道："无论战乱或是太平，每一个朝代皆有厄运苦命的人，他们不是第一个有这般境况的人，也不是最后一个。只能冀望当今圣上广施仁德，让此类事情少些发生，便是百姓之福吧。"

杨玉环沉默不语，自出门以来，她所见到的均是新鲜逸事，有趣景物，从未想到会碰上这样悲惨不幸的事，就像世上大多数富裕人家一样，自己过着衣食无忧的生活，便以为其他人均是如此。直至听了女人所唱的真实经历，看到老实憨厚的庄稼汉的狡诈行径，她才发现这个光明世界黑暗的一面。

刘浦诚牵着两匹马，与杨玉环并肩而行。经此一事，亦令他多了一个心眼，在路旁的铁匠铺子买了几把既能防身又可劈柴的斧刀，以备路途不时之需。待见杨玉环闷闷不乐，有意逗她开心，故意夸张地道：“今日承蒙公子出言相救，识破贼人的障眼之法，令小弟免却遭人冤枉及搜身之苦。在此谢过——日后但凭公子吩咐，必定赴汤蹈火，在所不辞。”

杨玉环也学着他的样子笑道：“客气客气，不敢让公子出生入死，只需有求必应，便即足矣。”

二人边走边说来到了北城门口，这里是茂州最繁华的地方，各类买卖生意、贩夫走卒均聚集在街道两旁，吆喝声、买卖询问声此起彼伏。刘浦诚陡然见到城门墙边贴着一张肖像画，五官轮廓赫然是杨玉环的模样，他暗暗庆幸自己有先见之明，早已将其乔装打扮变成一位公子哥。不然这般走在街上势必会被巡城官兵发现，他二人的出游计划便得中断了。

正当他暗自庆幸自己有先见之明，脚下突被不明物给绊了一下，往前趔趄待要稳住身形，后臀上却又挨了一脚。刘浦诚便身不由己狼狈地趴在了地上。

耳边传来杨玉环“你干什么？”的呵斥，刘浦诚欲挣扎着爬起身来，腰上却被人一脚踏住，硬踩得他肚皮贴地，无法反抗。

一个熟悉的声音适时响起：“你两个臭小子坏了老子好事，没想到这么快便碰面吧！这里可是老子的地头，看谁来搭救你们，到手的宝贝居然飞了，我不会放过你们的！”

刘浦诚身子被人踩住，脑袋尚可活动，他扭头往说话之人瞧去，见到早先那个逃跑了的庄稼汉正抓着杨玉环的手臂，恶狠狠地瞪着她。曾在店堂里醉酒打架的两个人分站左右，其中一人踩住自己，将他们两个人围在中间。

现今形势比人差，这人报复而来，不会善罢甘休。刘浦诚一边思索对策，一边嘴上套近乎拖延：“大哥你说哪里话，你那手无影无踪的本事我当真佩服得紧，还想入伙向你请教学习，就怕你藏私不愿传授。”

庄稼汉听他提及自己得意的手法，只恨得咬牙切齿道：“你这小子是在取笑老子吗？再快的手法也被你这长得像娘们儿的同伴给瞧穿了，还有什么佩服不佩服的，今日天王老子也救不了你们。猪仔，提这家伙起来。”

脚踏在刘浦诚身上的那人闻言，收回了施压的大脚。刘浦诚顿觉腰上一轻，正欲翻身而起攻对方一个措手不及。却被一双大手揪住双肩衣襟，令他动弹不得。那双大手提着刘浦诚站了起来，他始看清这人的庐山真貌。

这家伙比自己高出一个头，长得翻鼻裂口，睁露目，招风耳，好一副奇相，真不负了猪仔之名。

只听庄稼汉高声道：“别指望你那点小聪明能从我们手里溜走，这群看热闹的无人可以帮你们，况且欠债还钱乃天经地义，纵然官府的人来了也是这个理。”

他故意将报复私怨说成欠债讨钱，以此增强自己动手的理由，也令那些好打不平之辈三思而后行。

刘浦诚强撑道：“你们要报复发泄就冲我来，别同我……我兄弟……过不去，他从小身体不好，挨不了几下。是我揭穿了你们的好事，过来打我，我保证不还手……哎哟……”他欲转移一众歹人的怒气，将主要矛盾集中到自己身上，免得杨玉环吃苦头，话尚未说完，便被庄稼汉右边的同伙走过来赏了一拳。

庄稼汉冷笑道：“想充好汉，今儿有的是机会。不过我偏要为难你的兄弟，是他坏了老子的好事，你两个一并有赏，老子保证不厚此薄彼——呀！”

这贼人正对着刘浦诚说话，突然奇变陡生。一记朝天脚准确命中庄稼汉兀自说话的臭嘴，后者猝不及防，捂着碎裂手中的两颗门牙，尚未反应过来是怎么回事，又挨了记侧身飞腿。他整个人打着旋倒飞出去，直至撞上一旁卖大枣的摊子才摔倒在地。

出腿之人不是围观人群中的好汉，亦不是突然赶来的英雄，正是双手被庄稼汉所制，两腿自由的杨玉环。

杨玉环出腿踢人如眨眼般迅速，几个贼人怎想到这看似手无缚鸡之力的白净公子哥竟然懂得武艺，尚未弄清状况，便见庄稼汉已然躺倒在地。

刘浦诚只瞧得惊诧莫名，料不到擅舞的杨玉环还有这般好身手。在她的反击行动鼓舞下，自己这男儿亦不能示弱，他双肩被猪仔所控，反手一个肘击，同时右脚后撩，一上一下分攻出去，欲令贼人放开钳制的双手。

猪仔下裆挨了一脚，心口又遭了一记肘撞，呼痛松手放开刘浦诚。另一边，余下那名贼人同伙纵身来抓杨玉环左右胳膊，杨玉环气定神闲，不慌不忙地待人来到近前，临空跃起左右飞踢，当她轻巧落地，只看到贼人同伙脸上带着尘土脚印躺倒地上。这边刘浦诚冲着猪仔长脸就是一记头撞，左脚后发先至，一钩一带，后者仰天摔倒。他欲得势不饶人再补上几拳，杨玉环已扯住其胳膊推他上马。

坐上马鞍后刘浦诚才发觉，不知何时，街上已是狼藉一片，混乱不堪。小贩的摊子东倒西歪，左边一簇，右边一堆。货物食品被踩踏得稀烂，卖豆浆的桶被人踢翻，白花花的豆浆淌了一地。官府的人已往这里而来，磨蹭片刻只怕要和这班贼人一并锁入牢房了。

打马出城，奔驰在城外林道，有股说不出的畅快。刘浦诚欣然赞道："没想到你的身手这么好，我只知道杨大小姐的舞艺冠绝大唐，居然连功夫亦是举世无双。"

见无人追赶，杨玉环放缓了马速，与刘浦诚并辔而行，微嗔道："你又来取笑人了，我只不过学了那么几招。今趟他们轻敌在先，倘若不是被你吸引了注意力，让我攻了一个措手不及，正面敌对未必能够取胜。那人真是可恶，已经逃走了还要伺机报复。倘若我俩当真是只会读书的秀才公子，那岂不是任他们欺负。"

刘浦诚叹了口气，道："现实就是这样，不是你欺负我，就是我欺负你。在这个弱肉强食的社会，只有身处顶端的统治者控制着下层人民的生死，其余的均不过是挣扎求存、各施其法吧……"

杨玉环咀嚼着"挣扎求存、各施其法"几个字，忽听身后有人叫道："前面的两骑马停一停，我们有话要问。"

刘浦诚扭头一看，身后多了四骑马，且越奔越近，马上人身着官兵服饰，心虚的他自然而然想起了城门墙上杨玉环的肖像画，嘴上急道："快走，官府来寻你回蜀州啦！"言毕给对方马臀上来了一鞭，那马吃痛，撒开四蹄便跑了起来。

【第四回】

柔情蜜意结伴居
黯然神伤绢帕冀

为了不被官府的人给追上，刘、杨二人尽选荒山小路而行。从晌午直到傍晚，后面的官兵是甩掉了，可他们也迷失了方向。兜兜转转尽是荒山树木，不见一处人家。二人本是出来游山玩水，即便要在野外露宿，心里倒也没有负担挂碍。

又走了一会儿，来到一个山涧。刘浦诚当先开路，杨玉环策马紧随其后。越往里走，树木渐密，灌草葱郁。忽地转过一片树林，眼前豁然开朗，一汪湖水呈现眼前，水清见底，碧蓝无比。

从远处山中流下一涧小溪，由远及近汇入身前浅潭，湍湍细水，奔流不息，只看得二人心旷神怡，疲劳尽去。再往前走，更是惊叹大自然的美妙无穷。这里山仍是山，水还归水，十步一溪、百步一潭的奇景将山水完美地结合在一起，就好似灵韵之物被造物主赐予了生命，全部活了过来，向驻足欣赏的人展现其独特的生态魅力。纵然是画艺精湛的能工巧匠，亦难以描绘出其中的特质真趣。

碧潭尽处，乍现飞瀑。十几条形貌各异、高低不一的飞湍流水从山崖上倾泻而下。静态的湖水本已美之极矣，但被跃动流淌而下的瀑水注入融合，即成为一道令人叹为观止、情难自抑的奔腾飞瀑图。有诗为证，真个是：

水拔草拂苇摇曳，山矗云缭树驻亘。
飞水流湍灵神像，洛神真貌谁人睹？

景不醉人人自醉，两个人来到一处开阔平坦的小谷，此处背山面水，风景既美又不虞夜间山风侵扰。刘浦诚卸下马鞍，取出行囊中一床毡被，铺在一堆干树叶上。用火折子引燃树枝，生了堆火，向杨玉环道："今晚便将就一下，明日再作打算。"

二人并肩坐下，打量这处胜境。杨玉环尚是首次在野外露宿，望着四周高耸的林木，喃喃问道："这里便是你同我说的那个神仙谷对吗？除此之外，还有比此处更美的地方吗？"

刘浦诚不料她会有此一问，点头道："应该是吧！我们误打误撞走失方向，一定是那位神仙的旨意，引导我们来到这儿。说不定……嗯？"

他正说着，发觉杨玉环已靠上自己肩头沉沉睡去。劳累了一整天，又是打斗兼逃跑赶路，方才看见美景尚不觉疲劳，现在一挨着毡被，睡意便涌袭过来。刘浦诚不愿吵醒她，轻轻地拨了拨火堆的树枝，亦偎着佳人缓缓而眠。

翌日二人往谷内查探，均觉此地乃避世良所，拥有赏不尽的美景，看不完的潭水。每一处各有不同，离昨日背山傍水的小谷不远处有一洞穴，里面干燥兼通风。杨玉环提议在此搭建新居，既然要长期住下，自不能每日露宿山林。坐言起行，二人用早先为防身准备的斧刀伐木劈柴，拾捡树枝，花了两日功夫将洞穴清理干净。

一室两铺，红松桌，双石凳。虽然简陋，却布置得整洁温馨。刘浦诚每日与杨玉环朝夕相对，心中爱慕，却不愿亵渎佳人，仍只发乎情、止乎礼。山里有许多桑葚、蓝莓等果子，还有兔、鹿、獐、野鸡一类动物，不愁没有果腹的食物。

这日杨玉环从梦中醒来，发现邻铺无人。她披衫而出，见到刘浦诚站在崖边怔怔出神。

其时天际红云叠嶂，云蒸霞蔚。一轮旭日渐渐在天边展露头脸，熏染得四周云块幻化出层层橘红光晕，美得令人心神皆醉。

刘浦诚陡然发觉杨玉环带着些许倦意慵懒地陪在自己身旁，他伸手握着她的纤掌，欣赏她陶醉的表情。杨玉环凝视着地平线与天际交接处逐渐上升变大的红轮，脸上泛着朝阳的红霞。初晨的霞光投在她那如凝脂般的清丽玉容之上，泛起一圈圣洁的彩芒光晕，霞飞满颊的酒窝宛似一朵含苞怒绽的花儿，一朵比这世上最娇艳妩媚的花儿还要美丽好看的花儿。

转瞬之间，万丈霞光散布整个天幕，火红色的太阳高悬于东方天空，在那犹如广阔无垠的长毯上划出一道无比绚烂夺目的轨迹，直通向深邃无堤的天之彼岸。

如此情景，只把二人看得如痴如醉，不能自已。刘浦诚将杨玉环轻轻搂住，怕她被清晨的湿气所侵，受冷着凉。玉人此时亦温柔地依偎在他怀里。在这一刻，言语已属多余，两个人的头越凑越近，直至最后用世界上亘古不变的动作来传达此刻的心境感情。

天地越来越亮，眼前的杨玉环笼罩在一片光芒之中，她一双美眸半睁半闭，心跳随着呼吸一起一伏。刘浦诚头一次感受到人生的美好，世间万物皆比不上与眼前天界仙子的神圣一吻。

半晌，杨玉环绯红着脸跑到马边，策骑而行。刘浦诚解了缰绳尾随在后。二人沿着湖滨山峦寻幽探胜，经过一处宽阔的水潭，杨玉环下得马来，俯身掬水而饮。

两只梅花鹿途经而过，因此处人迹罕至，动物均不畏人。它俩亦望着杨玉环呆呆出神，仿佛同样惊诧人间竟有如此天仙一般的生命。

水面倒映着对岸的树木与山峰，岸上湖中好像两个对立平行的世界，只不过一个在岸上，一个在水里，而水平线则将这一切连成一个不可分割的整体。微风拂来，水中凝幻似真的影像并不安分，荡起层层涟漪，让图像又变得模糊朦胧，好似一幅堪称绝艺的画作陡然遭到意外破坏，令人惋惜遗憾。但亦因那绝艺画作得来不易，更加增添了其观赏的价值。

杨玉环一时福至心灵，就那么绾长发，撩裙摆，踮玉足，在这块集天地灵韵的梦幻水域自然而然地舞了起来。

她俏美匀称的身段投影湖中，真如河中仙子，亦是水之精灵，岸上立体真身与湖中平面倒影的两个形象轮廓结合起来，予人一种无与伦比的强烈视觉冲击，特别是杨玉环那优美绝伦的舞姿，仿佛将观者引领至另一个精神层次。通过本是手足动作的肢体变化，带来心灵的震撼，那似是用一个有形的概念去诠释一种模糊而抽象的美，却又恰如其分表达得淋漓尽致，栩栩如生。虽无曲乐伴奏配合，但有如此山水相衬，亦足以弥补无乐无曲的瑕疵。

刘浦诚不由看得呆了，待杨玉环舞毕，望着他一副呆头鹅的模样，笑问：“怎么啦？人家即兴舞了一段，你有必要表现得这么夸张吗？”

那两只本是饮水的梅花鹿亦忘记了早先的目的，同是愣在湖旁呆瞧傻望。

刘浦诚闻言似从一个沉醉的绮梦中清醒过来，叹声道：“玉环的舞技实在太厉害啦！每次看时均会产生不一样的感受。方才我已被摄走二魂五魄，倘若你再迟半刻唤我，只怕真就殉身在你的舞蹈之下。”

杨玉环嘟着嘴道：“你说得如此恐怖，那玉环以后都不敢在你面前起舞了。”

刘浦诚忙赔小心道：“这是夸赞你舞技高超，纵然魂魄被勾走，但只要你再多舞一次，我又可以重新复活啦！”

“我的舞蹈是阴司的使者吗？就你夸赞的词句与众不同，想方设法地取笑人。”杨玉环嗔道。

刘浦诚一本正经地道：“我句句出自肺腑，绝无取笑之意。玉环的舞技有种超脱一般民舞的独特之处，能令观者自然而然地融入其中，好像成为整个舞蹈的一部分，与舞者产生精神上的共鸣。我想这该是与舞者本身有关，舞姿反映了舞者的思想感情，亦代表了其性格行为，起初我刚看到玉环舞蹈时有种赏心悦目的感觉，现在来到这里，你的动作结合了大自然的景致之后，我忽然觉得整个体验感受均升华了，好像多了一种山水的灵韵。呃——我也不知如何形容，总之较以前变得不一样了。”

杨玉环闻言愕然道：“你形容得很奇怪，却不无道理。我刚才心无旁骛，脑中唯有这里山水的明艳清灵，没有刻意地做任何姿势动作，一切随乎自然。”

刘浦诚点头道：“正是这随乎自然，才令玉环创出了如此完美的舞姿。试想一下，身处不同环境之中，你受到周遭事物感染所产生的不同心境，进而演绎出每种不同的舞蹈，且风格迥异。这般来说，你有多少种感情变化，就有多少种舞蹈风格，嘿——真是了不起。”

杨玉环正容道：“经你这么一说倒提醒了我，或许这可以成为我的创作方向。被你赞得都有些难为情了，我们再去那边看看吧！”

十指紧扣的两只手掌亲密地贴靠在一起，马儿乖巧地跟在主人身后踏蹄前行。

刘浦诚忽地轻轻“咦”了一声，杨玉环忙问其故，前者故意看着天空道：“瞧这天色也不早了，要不就在这里休息一会儿吧——你去采些野果，我到那边劈柴生火。”

杨玉环拽着他的手摇了摇，然后笑着去了。刘浦诚赶紧取刀牵马，实行方才刚想到的一个绝妙主意。

待杨玉环去而复返，又过了好一阵，刘浦诚方才提了只幼獐归来。他借口干树枝太多，不易携带，便拉着她来到数十丈外一处水潭。数条从山涧流淌而下的泉水汇聚成潭，此时已然日暮西沉，余晖映于水面，色泽顿起变化，衍生出橙、绿、蓝、黄、橘五种不同光晕，当真五彩斑斓，瑰丽无比。二人陶醉欣赏，惊叹这山谷里的美景层出不穷，奇妙夺目。

就着如此美景，刘、杨二人生火烤獐共进晚餐。天幕渐黑，湖面缓缓失去日间的光辉，转入夜的沉寂。两个人用树枝做了火把，往山洞回行。

夜间林内又是一番奇妙景象，杨玉环感叹道："可惜这般风景在蜀州却瞧不见，这里人迹罕至，我们为躲避官兵才得以误入其中，倘若有心寻找只怕失之交臂，真想带着叔母来看看如斯胜境。"

刘浦诚听她言语，知道其有些思念家人，忙岔开道："你倘若喜欢，我们每天都来赏玩，把这里的湖、潭、瀑、石看个遍。等等——前面好像有什么东西在蠕动，你待在这里，我过去瞧瞧。"

听说有物在蠕动，杨玉环全身毛孔骤缩，鸡皮疙瘩陡生。女孩子便是这样，即便胆子再大，功夫超群，却总有害怕的事物，譬如树林中黏糊糊的毛虫、地上缓缓蠕动的蚯蚓之类，就是丽质佳人的克星。

她紧紧拽着刘浦诚的胳膊颤声道："是什么？你看清楚是什么没有？真的要独自过去吗？"

"这里是咱们回去的唯一途径，我是先锋官，负责逢山开路，替你扫荡虫蛇小兵。别四处乱跑，就站在这里等我呀！"刘浦诚神态轻松，拍了拍伊人的柔荑，举着火把往前走去。

火光随着刘浦诚忽明忽暗的身影渐行渐远，杨玉环望着四周湿冷的灌木，身处草丛之中，仿佛黑夜里有一个个无形触手向她来袭来。一股莫名的恐惧由脚底往上蔓延，及至腰间，再缓缓爬到脊背、肩颈，她用颤抖的声音唤道："浦诚，你在哪呀？"回应她的只有空山鸟啾与树梢蝉鸣。

远处火光只剩下一个小点，随即一闪便隐没不见。此刻天色更暗，前方一片漆黑。杨玉环急得大叫，偏是无人回应。她往前一步步挪去，因没有了火光照路，裙子被一簇矮木勾扯住，她越是心急越难解开。此情此景，给这个不见星月的夜晚平添不少神秘惊悚的气氛。

就在杨玉环惊魂不定，欲放声大哭之即，一道火线似缓实疾地从前方远处飞蹿而来，到杨玉环身前一丈，火线犹如一条奇异的灵蛇，骤然一分为二，变成两条灵性的子蛇，从左右两个相反的方向游窜开去，途经一个分岔交点，又继续各自上路，最终聚集碰撞在一起，爆出一团夺人眼目的燃烧的火球，精彩巧妙地显现出设计者的奇思妙想。

此时此刻，展现在杨玉环面前的是两个部分重叠交叉串联的心形火环，当中爆出的火点凝成两个小圆心填充在外圈的火环内，既绚烂夺目又不失其燃烧火光的独特魅力，只看得杨玉环一双美目现出难以置信的痴迷神色。

刘浦诚从一块石头后方闪身而出，来至伊人身旁得意地笑道："如此美丽的图案该可弥补方才令玉环担惊受怕之罪吧。"

杨玉环把视线从火圈移至刘浦诚脸上，缓缓将头凑近后者脸颊，刘浦诚欣然等待着她用香艳温馨的方法来答谢自己，却不料肩头一疼，随即痛呼一声，始明白杨玉环是用牙齿来感谢自己。

地上的火焰兀自燃烧着，出奇的是火势没有蔓延至周围的树枝灌木上，显然这火焰是附着在另一层物质上燃烧，可见刘浦诚构思之巧。

杨玉环百媚千娇地横了他一眼，没好气地嗔道："这便是你捉弄人家的惩罚，有惊喜也不用吓唬我嘛——适才黑漆漆的扔下我孤零零的一人，我想去找你又被这树枝缠住了，喊你也不答应一声，真是可恶至极！"

刘浦诚摸了摸肩头的牙印，委屈地道："惊喜是要先烘托气氛的嘛！没有之前的铺垫，就起不到意料之外的效果，意料之中的事，平平无奇，也就失去了其效果和意义了。"

杨玉环凝望着仍旧燃烧的火焰，柔声道："看在你一番心意的分儿上，饶你啦！对了，这么漂亮的火圈，你是怎么做的？"

刘浦诚正等她问及自己的得意之作，立马一改委屈容貌，意气风发地道："早前我俩漫步时陡然发现了一些树脂，碰巧便产生这个念头。我先试着将树脂收集起来，然后涂在一根根劈好的木材上，火一旦遇到树脂可不断燃烧，再把树枝摆成眼下这个形状，便大功告成。只是布置树脂燃烧的这个轨迹时，怕被你瞧见机关，没有了惊喜，所以让你去采些野果。最关键还是玉环懂得配合，只有我俩现在站立之处是见到火线串联整个过程的最佳点。倘若你没有听我的话，跑去前面寻我，便会错失这个最佳观赏点，虽不至于功亏一篑，却不免有些美中不足。”

杨玉环心道：当时不是没有往前面跑，而是正巧被灌木给拉住了，正因为机缘巧合，才见到了这美丽的一幕。也许就像眼前的这个人一样，当初不正是因为他偶然翻进花园，二人才会结伴出逃来到这绝世山谷嘛，一切就似命中注定一般。想及他为讨自己欢心，布置诸般事物的辛苦情景，心中既暖且甜。

刘浦诚细察伊人由嗔转喜的神情，火光中杨玉环淡淡的柳叶眉下那双传情达意的俏目正注视着自己，散发幽香的乌黑长发衬托着清水芙蓉般的轮廓。是风情，更增几分艳丽在其中，这天然去雕饰的容姿，可称世间少有，再配上那拍案叫绝的舞技，令人惊诧的功夫，即便是天府中的嫦娥仙子，也不过如此了吧。

杨玉环双手似灵蛇般探身而上，缠绕刘浦诚的头颈，温软薄唇随即贴在他那正欲开声吐语的嘴上，将刘浦诚的感叹语句全部挡回肚里。

刘浦诚便顺其自然，什么都不去想，闭上双眼静静享受这个不愿醒转的甜美绮梦。

弯月不愿错失这刻浪漫佳景，终于拨雾撩云，洒下一片宁寂光芒。除了火圈燃烧的噼啪响声，鸟啾蝉鸣亦停止了合唱。不远处水声似发生在另一个世界的事，二人在一团火光之中相拥而吻，尽情享受着只属于他们世外桃源的甜蜜夜晚。

这般山林生活不知不觉地过了几月有余，二人每日除了赏景观瀑，便是打猎寻食。

这一天，刘浦诚捉了两只野鸡回来，准备拔毛生火，杨玉环向他抱怨道：“我带出来的衫裙全被树杈给挂破了，真是讨厌死了，这里什么都没有，来来去去只能吃些野果和烤肉，淡也淡死啦！”

刘浦诚默然无言，不知该如何去安慰杨玉环，他何尝不想吃些其他东西来换换胃口？山谷中虽然有绝佳的美景，但美景终究无法充饥。他们只是普通的凡人，每日要吃要喝，打猎剥皮、生火烤肉等琐事更是不胜其烦，且整天对着这千篇一律的食谱换不了口味，单调得确实令人受不了。

居住条件亦是简陋，夏季这洞穴还颇为凉爽，倘若到了冬天，仅凭两个人身上单薄的衣衫怎挨得下去？但他亦不愿就此离去，回到蜀州之后，他刘浦诚又会变回那个三餐不继的癞小子，与杨玉环被高墙相隔，有了偷跑的经历后是否还能翻入院内找她尚不可知，眼下温馨甜蜜的时光却再不会有了。

刘浦诚沉默归沉默，问题得不到解决，不会自行消失。这僻静山谷没有第三人可以交流，当风景不再美丽新鲜，浪漫把戏变得平淡无奇，每日便只剩下艰苦的生活，你看我不爽，我瞧你厌烦，隔三岔五为了诸般生活琐事口角争吵，不是我干活比你多，便是食物不如以往可口。进而俩人开始各生闷气，至互不理睬。彼此赌气，看谁先受不了向对方低头。两个人心底均知道，昔日那种美好的日子似乎已经到头了。

刘浦诚这天醒来，嗅着混合了植物与泥土的清新空气，决定主动去向杨玉环和好。他习惯了大清早闭上双目用鼻子探索她的气息，俩人调笑的场景在刘浦诚脑海里闪现，但他却没有闻到杨玉环的气息，睁开眼始发现洞内芳踪杳然，跑到洞外亦是没有踪影，待见到空地上两匹马只剩下孤独的一骑在低头啃草，他才明白杨玉环此番是不辞而别。颓然回到洞里，忽发现她睡的铺上有一块绢帕和几两银子，杨玉环喜爱干净，总将这块绢帕带在身边，擦汗拭污，现在她将随身携带的贴身物品留给了他，自是说留下一段美好的回忆。

刘浦诚的美梦终告结束，那个他不敢去想的结果仍是发生了。此刻骤然降临的事实令他灵魂脱体般无想无念，只知呆呆地瞧着一只叫不出名的鸟儿从一处树枝飞到另一棵树上。刘浦诚手中攥着那块绢帕，从清晨坐到黄昏，从日暮坐到晚上，又从夜晚坐到了日出。他不眠不食地坐了一日一夜，心中想着的是与杨玉环在一起的甜蜜时光，他也曾想过要回蜀州寻她，可找到之后又能怎样？只有这里才能忽略他俩在现实社会中的差距，僻静山谷是当初两个人甜蜜的见证，独自一人亦没有留下的意义。他用极缓慢的动作将这块绣了一对鸳鸯的白色绢帕贴身收好，站起身来感到有些不饮不食的眩晕，勉强吸了几口气，收拾好能够带走的行李，出洞上了马背。回首凝视这个曾予他无限美好的山谷，咬一咬牙，策骑往谷外而去。

【第五回】

意懒心灰征入伍
力竭精疲操新兵

刘浦诚也不驱策，信马由缰地随意走着，相较来时的言笑晏晏，此刻更加孤寂寥落，心神不自主地惦念起杨玉环来。她一个人是否也这般形单影只独行上路，途中是否会遇上歹人，以她的功夫该自保有余。她是否会偶尔回想起两个人从茂州至山谷这段时间的点点滴滴，以及他挖空心思曾给予她的甜蜜快乐。

一直以来，带着杨玉环从蜀州出逃，刘浦诚的责任便是尽力照顾好她，现在伊人不辞而别，他仿佛瞬间失去了长久以来的精神动力，不知该何去何从，亦觉得干什么都提不起兴致。

在他这个年龄所应展现的斗志与活力似随着她的离去一同消失般，全都无影无踪了。

也许他现在应该大哭一场，然后尽力去忘记她，再重新树立一个人生目标，好好干一番事业。但那个曾经朝夕相对已驻于心底的倩影却霸占着他的思绪，二人所经历的事情接二连三地在脑海中徘徊萦绕，令他有种无法遏制的痛不欲生。

忽然发觉马儿将他带回了茂州，他们曾在城门口与窃贼大打出手，一切恍如发生在不久之前。过了一段与世隔绝的日子，重返城镇又体会到了那种久违的熟悉感觉。

一阵烤饼的香气飘送过来，肚腹的饥饿令他暂时忘记黯然神伤。刘浦诚咽了口唾沫，摸出杨玉环留给他的几两银子，这便是他的全部身家。为了日后打算，刘浦诚将马匹碎银变成了十串铜钱，用几枚铜钱换了几个烤饼。他啃着烤饼缓步而行，思忖着今后的食宿该如何着落。

官衙门前聚集了些围观的人，门口摆放了一个书案，一名官差正在提笔记录，身前排队的人陆续上前作答，有几位被官差吩咐站到其右手边等候。刘浦诚已不与杨玉环同行，不怕再碰到官府的人。他凑过去瞧了瞧，见到一张通告榜文，大致上说西北缺少驻守边塞的军兵，现由茂州府衙征召青壮年男子入伍。

榜文旁还有个官差扯开喉咙朗声道："现今鄯城兵员不足，为了加强兵力巩固防御，剑南节度使特命咱们茂州征召男丁入伍从军，这是为国效力的好事。各位父老乡亲叔伯兄弟都可踊跃报名。如今大唐盛世，和平年代不会打仗，新兵入伍后平时只是操练，过几年便可回家啦！届时还有赏钱，回来便可买房买地。表现好的还能得到晋升，将来有机会做大官，成为带兵的将军，当真是光宗耀祖呀！”

这官差说得如此前程似锦，排队的人又增加了一些。刘浦诚听得有些心动，倘若异日做了大官，是不是就能缩小自己和杨玉环之间的差距了？能不能缩小差距目前尚不清楚，但手头上的那几串铜钱终会花光。入伍之后起码可以解决一日三餐的口粮问题，不用再为生活四处奔波。想及此，刘浦诚亦跟着排起了队。

轮到他来至书案前，那官差斜眼打量了一番，问道：“你叫什么名字？”

“刘浦诚。”

“是哪里人？家中有几口人？都是干什么的？”

“蜀州人，家里就我一人，父母很早便过世了。”

“嗯，你应征的条件尚可，不知出不出得起二十文报名费？”官差说罢一指身旁的红木盒子，上写“报名费”三个黑色大字。

刘浦诚惊讶道：“入伍还要交钱吗？这是什么规矩？”

官差瞪了刘浦诚一眼，叱道：“什么规矩，你这小子给我听好了。新兵入伍后难道不吃不喝吗？这么多人穿的衣衫、吃的粮食都是哪来的？一文不花便想日后做大官？当真做起白日梦来。名额有限，大好机会自然要懂得把握，不花任何代价便能得到好处，这世上没有如此便宜的事——没钱快些滚，别耽误了后面的人报名！”

刘浦诚自小混迹市井街头，明白一些世俗规矩，只是过了一段自给自足的生活，对这方面的事情生疏了。他立时醒悟过来，掏出一串铜钱递了过去，道：“官爷说得是，我一时糊涂了，您看这够了吧。多的便是孝敬给您喝酒的。”

官差不客气地接过铜钱，点头道：“嗯，你这小子悟性倒不错，是个可造之材，站到那边去吧，待会儿一起集合点名。”

刘浦诚识趣地站往已取得入伍资格的人群里，与同样“合格”的几人相视一笑，心照不宣。

报名一直持续到黄昏方才结束，今日总共有五十来人应征。官差照着名册点过名后，便自我介绍道：“我叫白东，是茂州都尉，主要负责今趟的征召事宜。应征共计三日，今天尚是头日，你们还有两天时间可以去处理自己的私事，同家人告别收拾行李之类的，没事的就留在府衙，切勿在外面惹是生非。后日辰时会有鄯城的都尉前来接你们，届时从这里准时出发。”

此后两天刘浦诚便待在府衙里混日子，除了每天吃饭睡觉，倒也无所事事。

到第三日清早，白东拿着名册清点完人数，几名唐兵拿来一批军服给这批新兵换上。随后白东给众人引荐一位相貌粗犷的武官：“这是鄯城的冯光冯副都尉，你们往后便要跟随冯都尉操兵演练，征战沙场。”

冯光望着约莫二百人的新兵，将白东扯往一旁，冷冷嘲讽道：“白都尉，今趟只有这么点人，不似你一贯的作风呀？”

白东似未听出他言语中的揶揄意味，低声骂道：“今趟都是穷人，看热闹的人多，报名的人少，我又有什么法子。辛辛苦苦晒足三日太阳，别说你长途跋涉辛苦，我只捞了这么点人头油水，真为自己晒黑感到不值。”

冯光闻言心下雪亮，这人定是暗里上涨了报名费的价格，导致今趟应征的人数只有以往一半。白东官衔与他同级，这事轮不到自己插手，他亦懒得废话。转身冲新兵一阵勉励动员，着各人背好自身行囊，便当先领路出发。刘浦诚这批新兵稀稀落落地跟随在后，直往北上。

一路上行军赶路，自不能与游山玩水相提并论，冯光在前，十几名鄯城军卒压队在后，谁走得慢了，拖累大队行程，少不了被厉声斥责。

这般白天行军，晚上宿营，走了十来日。越往北行，海拔越高，气候变化亦趋明显。这日行到申牌时分，队伍中不少人大喊头痛，有的脑沉足重，有的呼吸不畅。因海拔地势逐渐增高，长期在平原地区生活的人长途跋涉急行军来到这里，会出现这类反应。冯光下令休息，一面查看众人情况。见刘浦诚若无其事地拿着水壶往嘴里灌，冯光鼓励道：“这一路过来，我瞧你体能不错，日后好好锻炼，为边塞出力。”

刘浦诚闻言一怔，随即想起当初在山谷生活，每天上下山奔波，来来回回砍树抓獐的日子，不自觉地令他体魄健壮，习惯高海拔的生活。因忆及那段美好的日子，自然又想起了朝夕相处的伊人，不知现下她身在何处，过着怎样的日子。

又歇了一会儿，随着冯光一声催促，大队人马继续起行。这天远远望见荒漠之中有座孤城，刘浦诚环目四顾，所见之处尽是荒山黄沙，偶有狂风刮过，沙尘四起，令人双目难睁。到得孤城近前，方才看清这座风刮沙卷的断壁残垣，若不是城门楼上那鄯城两个大字，一众新兵都不敢相信边塞居然是这副残破模样。

队伍进入城中，只见集市街道遭风沙蒙上了一层黄土，直如荒漠中的一处沙堡。冯光带队直奔军营，但见一员虎将从营房踏步而出，负手来至众人面前。冯光完成任务，朗声交令，随即向一众新兵介绍道："这是我们鄯城军营的杜校尉，你们今后的一切训练与生活全听校尉指挥。"说毕恭敬地站往一旁。

再看那杜校尉，四旬开外，身高八尺，虎背熊腰，双肩抱拢，浓眉阔目，高鼻梁，颌下五缕长须，不怒自威，仿若天兵猛将，端的是威风凛凛、气势迫人。

杜校尉环目一扫眼前因高原反应扶肩挽臂的队伍，声若洪钟地道："我不管你们以前是干什么的，现在来到了鄯城军营，便得服从号令，遵守规矩。所谓国有国法，军有军令。以前是条蛟龙，到了这里得盘着；是只猛虎，到了这地儿得卧着。军营之中不是由我说了算，一切服从纪律。你们听明白了吗？"

两百来人有的应声答应，有的点头，有一些人正同左右同伴说着话，一群人弯着腰正在喘气，还有的瞅着远处房屋愣愣出神。一群人站得七零八落，各形各相。

杜校尉看在眼里，猛然喝道："这么多人竟然还没有我一个人嗓门大，你们都是雌货！娘们儿！冯都尉，你现在把他们带到城门口去给我喊一百声'听明白了'，我在这里数着，差一声，今日便不用吃饭了。跑步前进！"

冯光领命，接着训了两句话，便指挥众人往城门小跑而行。这干人纵然心有怨怒委屈，不忿不满，但人是铁饭是钢，谁都不会同自己肚子为难，特别是在这体力消耗得更趋迅速的高原。这些人唯有拼尽力气，直到个个喊得声嘶力竭，总算勉强过关，身疲力乏地回营房吃饭。

没曾想到鄯城的第一天便被弄至精疲力竭，刘浦诚此刻端碗的左手仍因乏力而微微颤抖。但累也有累的好处，他现在没有多余的精力去思索其他事情，只期望那添粥的伙头兵能给自己碗里多盛一些。

这里伙食平平，馒头又冷又硬，可吃在口中却胜过了蜀州的驰名烧饼。这便是他晚饭时盘绕在脑海的唯一念头。明天会有什么等待着他，自己究竟会在这荒漠沙城待上多久，刘浦诚懒得去想，反正有吃有喝，胜过回蜀州挨饿。

朝阳在这群新兵的埋怨下每趟均不厌其烦地展现出它新一日的姿态。

“快——再快一点，你们这也叫跑步？我看是在逛集市吧！要是有敌人杀过来，这模样还打什么仗？你们一个个不是被俘虏就是阵亡了！！”杜校尉凌空挥舞了一下手中的马鞭，呵斥着正背负十公斤重物沿校场来回奔跑的两列百人队伍。

不知不觉，刘浦诚来到鄯城已经六个月，每日除了这般残酷的体能训练，便是刀枪剑戟、弓斧矛钩连番对战操练。每隔一周还有骑射比试，排在最末的十个人需接受体能惩罚。他们这批新兵在如此艰苦的环境下逐渐由抵触反感至渐渐适应。起初一周刘浦诚全身的骨头似散架般疼痛，随着肌肉每日不断适应强度，四肢亦慢慢习惯了这些紧张的节奏。

“你干吗停下？叫你呢！还往哪看？就你！那刘什么？对，刘骄，出列！其余人原地休息，刘骄再跑二十圈，不准停，停一次加十圈。”杜校尉一阵大喝吓得刘浦诚打了个激灵，再不敢随便走神开小差，方才前者一句“刘什么”，还以为说的是自己，差点没吓晕他。现在则庆幸倒霉挨罚的是别人，想到还要跑二十圈，不禁又有些同情起那个刘骄来。

其余人如获大赦般坐下休息，几百双眼睛怜悯地瞧着正在受罚的刘骄，后者有气无力地继续慢跑，瞧他那副快要断气的模样，实在惨不忍睹。刘浦诚将视线移往别处，不忍去瞧这同姓兄弟那张欲哭无泪的凄惨嘴脸，有几个幸灾乐祸的小子低声讥笑，嘲讽弱者的悲哀无助。哪里都会有这类人存在，永远对同胞抱着落井下石、隔岸观火的态度，忘了自己亦是集体中的一分子。

军营中除了严酷的训练，偶也有休息的日子。这天正逢中秋节，营里放假一日，来到鄯城这么久，除了吃饭睡觉便是训练。杜校尉为了让军卒时刻保持警惕，甚至在三更时分吹号集合，突击操练。头一次集合时全体新兵自然衣翻裤斜，丑态百出。好在这些均已成为过去式，现在他们这批人亦算得上是鄯城的正式军了。

适应归适应，可那种千篇一律的军旅生活未免太过枯燥。难得节日休息，鄯城本地的军兵便邀刘浦诚这些从外乡来的兄弟去家里做客。

这是刘浦诚头一次去只有三里的鄯城城镇。因军中规定，除非有特殊情况或将官批准，军卒不得擅自离营前往城镇。今日当然例外，吃着香喷喷的尕面片，那柔嫩爽滑的滋味，比起劲道结实的馒头，又是另一番独特的风味。

众军营兄弟在一起相互说笑，这个原州的说家乡地貌如何特别，那个利州的说嘉陵江怎么美丽，鄯城的兄弟则笑道："现在你觉得故乡好，异日待你回家，与亲朋好友谈到鄯州时，定然会越讲越伤感，怀念这里的好。"原州人摇头道："怀念就不必了，伤感是肯定会有的，咱们每天经受着魔鬼般的训练，待有一天过上没有训练的日子，肯定会做噩梦，到时候梦到杜校尉拿着鞭子的情景，定然十分后怕。"

大伙闻言大笑，虽然原州兄弟说得有趣，但其讲述的事情却让大家产生情感共鸣。

利州的张伟又说起家乡的特产，刘浦诚忽见到一面墙上贴着幅玄宗皇帝的肖像画，画纸与墙壁均已发黄，显然已有些年头。其时正值开元二十二年（734），唐玄宗李隆基早年发动唐隆政变，杀韦后、诛余党，其后通过先天政变瓦解一干反对势力的故事已如神话传说般早在他儿时便家喻户晓。而今这开明君主正效仿太宗时期的贞观之治，为子民造福，令百姓享受着时下的太平安定。

望着画上玄宗的龙貌神姿，刘浦诚不禁对这圣明仁厚的君主既佩且敬。

【第六回】

投闲置散沦花匠
卜数只偶当骑师

转眼三年便过，刘浦诚在军营中锻炼得日趋成熟，兵刃、拳脚、体能、骑射与初来乍到时相较，已有了质的飞越。偶尔被杜校尉的公子找碴儿欺负，亦能忍则忍，尽量不发生正面冲突。但年轻人终归忍耐度有限，杜威惹来刘浦诚的反击，才引出后面校场斗殴、火烧番营的故事。

重见杨玉环，前尘往事在刘浦诚脑中一一浮现，仿佛在回忆中又重新经历了一遍。寿王的咳嗽令他想起自己此行的任务，旋即又将信函高举过顶呈上。

寿王李瑁微微一笑，也不接信，绕过刘浦诚径自策马往府内行去，儒雅的声音飘来道："看信不必急于一时，刘都尉长途奔波，定然累了。请到府中歇息，其他事明日再谈。"

刘浦诚微一错愕，本能地向杨玉环望去，正巧碰上后者朝他看来的眼神。二人眼神甫一接触，随即又双双移至他处。

杨玉环陡然见到刘浦诚，先是惊诧，后又强自镇定。待寿王先行回府，她本欲好好打量这位故人，瞧瞧他这段日子以来的变化，却发现他亦回望着自己。顾及双方身份，她唯有避开那灼热的目光，策骑追白马而去。

身后一众侍卫随从亦步亦趋地跟在后面，府内家丁一声唱喏："恭迎王爷、王妃回府。"整个王府的管事、仆婢、侍卫、花匠、庖子等全都来到府门口迎接。

夕阳于此刻正意兴阑珊地落下西山，余晖将仍旧跪在地上的刘浦诚影子拉扯得斜斜长长。

待寿王与王妃双双入府，一众随从相继回归各岗。刘浦诚站起身来，眼中仍是寿王与杨玉环在马上前簇后拥的样子，他忽然感到一阵前所未有的自惭形秽。昔日与杨玉环单独相处，他尚未如何自卑，只觉得有身份差距。现在看到贵为王妃的她和寿王并辔而行，被军旅生活渐渐淡化的自卑失意及她不辞而别所予他的黯然神伤又加倍席卷回来。

他配不上她。

这是他心底一直逃避又不愿意承认的答案，可是事实终是残酷地摆在眼前，给予他当头一棒的残酷冲击，不得不承认。她有自己理想的生活，唯有王家皇室方能供给这人间仙子最好的。他刘浦诚只是个瘸小子，混一日算一天，没有明确的目标方向，更给予不了她想要的东西。

所以她选择了不辞而别，任何言语只会打击他那原本卑微脆弱的自信，不如不说。

刘浦诚是看到白红二马上成双成对的背影才突然明白这一切的。

他咬了咬嘴唇，深深吸了口气，缓缓往王府移去，每一步走得都甚是沉重，仿佛是在翻越崇山峻岭。相比眼下的处境，刘浦诚更愿意去面对吐蕃人的千军万马，至少不会尴尬难受。

刘浦诚也想过将信函就这么交给王府管家，然后即刻掉头回鄯城军营。但好不容易见到日思夜想的人，内心尚在挣扎纠结，双腿却已不受控制地迈入王府了。

王府的管事将他安排至客房歇息，长途奔波加上神伤失意让刘浦诚倍感疲困，食过晚饭便回房倒头大睡，不一会儿便踏入没有烦恼的梦乡。

翌日一觉醒来，顿感神清气爽，失意无奈稍稍减轻了几分。皇室王公过的日子就是与众不同，连普通客房的床铺都较鄯城军营的不知好上多少倍，更遑论精美佳肴、珍馐美味了。刚穿好衣衫，整理已毕，就有管事前来道：“王爷请都尉去书房。”

刘浦诚跟在管事身后穿廊过房，趁机打量如此气派的地方，雕廊画壁，宏柱飞檐，房舍鳞次栉比，花园有杨玉环叔父家的三倍大。一个寿王府便抵得过整个鄯城，半个蜀州。

走了大约一顿饭的时间，终于来到书房，刘浦诚跪下施礼，寿王此刻身着一身锦服便袍，和颜悦色地道：“刘都尉不必多礼，起来说话。”

刘浦诚闻言起身，将信笺双手奉上，恭敬地道：“杜校尉嘱咐末将把此信亲手交予王爷。”

管事接过信笺，递给桌案前的寿王李瑁，寿王随口问道：“刘都尉在鄯城有多久了？”

“已有三年零五个月。”

寿王李瑁将信纸取出阅览一遍，笑着道：“昔日杜校尉有恩于本王，本王曾向父皇建议，召他往京城任职，岂知杜校尉以保家卫国、守御疆土为己任，婉言拒绝了本王的一片美意。如今他在信里大力举荐刘都尉，自当卖他这个人情，如不嫌弃，刘都尉今后便留在王府屈就如何？”

刘浦诚此时方明白那日杜校尉对自己的一番勉励嘱咐。他不将这个宝贵的机会留给自己儿子，反而成全他刘浦诚这个外人，更彰显其大公无私。他对恩师不禁又多了几分感激。杜校尉将这唯一的机会给了自己，无论如何亦不能让他失望。想及此，刘浦诚躬身道："王爷唤小将浦诚便行，能替王爷办事，是浦诚的福气。"

寿王儒雅一笑，指着领路的管事介绍道："这位是贺忠，寿王府的大管事。府内的一应事宜、规矩忌讳，刘都尉均可向忠伯请教。打今日起你便是寿王府的人了，忠伯这便带他去熟悉一下王府的环境吧。"

贺忠和刘浦诚各自答应一声，退出书房，贺忠便开始讲述王爷王妃有何习惯嗜好、府内有何禁忌；平日有哪些需要留心注意的地方；王府何处不得擅自出入；什么时候该干什么事，不该干什么事；等等，直听得刘浦诚头大如斗，暗忖这些规矩比军营纪律还要细致复杂不知多少倍。

寿王有意无意地没有交代让刘浦诚在府中担任何职。他身为都尉，没有派其统率王府侍卫，反因一位花匠年事已高，而让他充作了临时替补。这一安排令刘浦诚懊丧不已，但在鄯城军营这些年他已学会了服从命令，即便职事不符，亦唯有忍耐接受，不辜负杜校尉的一番期望苦心。

刘浦诚服从安排每日在花园干活，数十种奇花异卉均由他及另外三名花匠照料。这养花也是一门学问，除了浇水、晒阳，还有锄土、除虫、施肥等，有些花得多浇水、少日晒；有的花需多见光、少浇水；有的花根缺氧易腐烂、枯萎，便要锄松土壤，疏通空气；花虫会伤害花的根茎、幼芽，须得将害虫除掉。刘浦诚何曾接触过这些东西，边学边做，幸得他年轻记性尚好，对新鲜事物接触颇快，一连几月倒也没有出什么大的差错。

这般寒暑交替过了一年，刘浦诚每日均是同花草打交道，无聊苦闷。自留府任职之后，刘浦诚只见过寿王几次，寿王待他的态度永远是那般谦和，从未颐指气使。刘浦诚却总有说不出的别扭，他倒是喜欢杜校尉那般呵斥，至少代表着其人的真正想法，接触起来反而亲近。寿王越是和颜悦色，刘浦诚越难揣度其真正心意。

好在杨玉环一如在蜀州杨府般每日会在花园里练舞，只要能远远地看上一眼，他便心满意足，不去计较这浇水除虫侍弄花草的郁闷差事。

这一日，刘浦诚跟着贺忠在花园廊道里查验石柱新雕刻的龙凤呈祥印花时，寿王和王妃杨玉环在花园内的谈话忽地传了过来。

寿王的声音有些焦躁：“爱妃，这下可真糟了，葛飞那蠢材昨日在多曼居喝得酩酊大醉，回府时竟从马上摔了下来。身子压在左臂上，大夫说左臂断了，要康复恐怕需得几个月，偏偏在这关键时候出事。这蠢材自己有事也就罢了，他竟同本王说那匹赤焰驹受惊而跑，不知所踪。真是可恶！饭桶！蠢驴！！”他越说越怒，竟破口骂了起来，刘浦诚不便扭头观瞧，脑海中却自行想象着儒雅的寿王难得一见怒发冲冠的模样。

杨玉环柔声劝道：“你发脾气也于事无补，不如多遣些人手出去找马。葛飞那般可在马背睡觉的骑术竟然会摔下来，还压断了左臂，这事有些蹊跷。”

寿王咬牙切齿恨恨地道：“定是三哥从中捣鬼，今次赛马大会迫在眉睫，此次亦是选举太子的前奏戏，一众王爷均是想方设法地令自己露脸。三哥的黄面豹就怕本王的赤焰驹，葛飞闹的这一出定是他在暗地里做手脚，让本王不得不弃权退出。”

刘浦诚用询问的眼光望向贺忠，贺忠先往花园瞟了一眼，才低声解释道：“每年的这个时候，长安、洛阳的皇室贵族都会举行一次赛马大会，参会者均是皇亲国戚，尤以咱们王爷、三太子和四太子几人胜算较大。葛飞是咱王府里的骑师，如今这个时候发生了意外，看来今年的赛马大会，寿王府是无望夺魁了。听说皇上这次还要前来观看。唉，王爷对今年赛马一直寄予了很高的期望，这下子可……唉……”

杨玉环甜美的声音飘过来：“现在说谁做手脚也无用处，没有证据只属凭空猜测，眼下只有一面抓紧找寻赤焰驹，一面另谋对策重选人马参会。”

不知是心烦意乱还是杨玉环提出了令寿王思考的建设性意见，园内忽然静了下来。在旁伺候的侍女均知情识趣地站往一边，以免一个细微的动作触怒心烦意乱的主子，成为泄愤的牺牲品。

刘浦诚偷眼往花园瞧去，寿王坐在园中央的亭内，双手撑着两边额角，似欲用这个动作来帮助自己思考一般，茫然道：“本王的白龙驹或许能行，但肯定跑不过四哥的青鬃兽，遑论三哥的黄面豹。哼！这般用心当真险恶至极，真不要脸！纵然马用白龙驹，这骑师又上哪寻？葛飞那蠢材虽然废物，好歹亦算是本王重金自突厥聘请的精湛骑师，驭马控马技巧无人能及。王府侍卫虽也不少，但让他们去郊游打猎还行，这竞速赛马就……”他说到后来没了声音，想来自觉希望渺茫，干脆扼杀那些语句出口的机会。

杨玉环一时间亦没有适合的话语来劝慰，只得陪寿王一同沉默。

园内百花齐放，竞相争艳，簇拥着亭中这对男女，堪如一幅天造地设的人物画。

寿王突然一拍石桌，撒气地嚷道：“大不了本王亲自上场得了，他们想看笑话，就让他们看个够，笑个够。胜了自能嘲讽他们，倘若输了，输了——那寿王府的脸面岂不被本王给丢尽了？爱妃，玉环——你说我到底该怎么办？该怎么办？”

杨玉环起先被寿王陡然的拍桌举动吓了一跳，待他无助地询问自己，缓缓摇头道：“你不能上场，堂堂王爷与一众骑师同场竞技，岂不是自堕身份，赢了是理所当然，输……”她不敢将后半句话吐出来，以免打击寿王的信心。

可寿王已经听到了那个敏感字眼，咆哮道：“怎么可能会输，我不上又派谁当骑师？你让我该怎么办？你说呀！说呀！”

此刻的寿王已与昔日那个文雅温和的王爷判若两人，恰如一个遇事没有主见的孩子在闹情绪、发脾气。

贺忠听到刘浦诚朝自己说了声“我有办法”，然后愕然地瞧着后者往花园小亭走了过去。待他欲唤住刘浦诚，嘱咐几句忌讳事项，已然迟了。

刘浦诚步至亭外一丈，堪堪施礼道：“参见王爷王妃，浦诚方才无意中听到王爷与王妃的对话，心中有个计较，欲一解当前之困。”

寿王微微蹙眉，显然不相信他能有解决之法，带着情绪随口问道：“你有什么办法？去鄯城聘请骑师？”

刘浦诚容色不变，平静地道：“若让王爷亲自出赛，岂不是让外人笑话寿王府无人了吗？浦诚不才，在塞外练兵数载，对骑马有些心得，请王爷让浦诚代表寿王府出赛。”

“这个嘛——”寿王忽然似看到希望，瞳孔放大，但一瞬间又恢复到之前的模样，颓然道："浦诚终究来王府的时日不长，不清楚咱们对手的情况，其他几位王爷的骑师有的是毕生与马为伴，或有类似长期参会的经验，这些人不仅了解马的脾性，还熟悉大会的各类规则……唉！本王并非是长他人志气，浦诚有心了。"

他说着说着不禁连头也低垂下去，左手不受控地把玩着玉石桌面的一个金漆酒杯，仿佛那个无生命力的盛酒器皿能给予他克敌制胜的答案。

刘浦诚不以为意，微笑道："王爷万勿轻易放弃，浦诚对马的了解和大会的规则或许不及那班专业骑师，但这类比赛不外乎是比拼马的耐力、速度、人与马配合的默契程度，而不是在赛场上任考官出题来应答测试吧。浦诚亦有个相依为伴的老拍档，相信不会令王爷失望的。"

起初刘浦诚听到王府骑师发生意外时他还没有想到要毛遂自荐，直到寿王无能为力地冲杨玉环发脾气，他便冲动地要将事情揽上己身，顶替骑师参加大会，凭借灰癞子马的脚力，或许能与别的良驹一较高下。

寿王尚未开口，杨玉环却抢先道："有希望总胜过放弃，试一试亦不坏，王爷你说呢？"

寿王无可奈何地点点头，心中对此趟夺冠却已不存任何希望。

寿王、寿王妃、刘浦诚三人随着贺忠来到马厩外，寿王抚摸着全身雪白至无丝毫杂毛的白龙驹，炫耀道："这匹千里挑一的白龙驹乃是由岭南五府经略使在本王十八岁时赠予的寿礼。它风驰电掣般的速度称得上数一数二，却不及来自图伦碛的青鬃兽和突厥的黄面豹。虽然这次无法夺冠，但总不致令寿王府落至末尾。浦诚要好好疼惜它。"说毕欲将缰绳交往刘浦诚手中，他已打定输数，这般只是象征意义上听从杨玉环之言，稍尽人事罢了。

刘浦诚却出乎在场人的意料说道："王爷的白龙驹唯有王爷才配骑驭，浦诚用自己的马参赛便成。"言罢亲手将灰癞子马从马厩另一边无人理会的矮棚内牵出。后者已有多日未见到主人，自它来到这大宅子后便遭冷落对待，无法与同类共居一室，王府其他的马均不愿意搭理它，地位尊崇的白龙驹对其更是不予理睬。此刻灰马重见故主，不由得欣喜万分，连连扬蹄欢嘶，不住拿头脸挨蹭刘浦诚。

寿王瞪眼上下打量这匹其貌不扬的暗灰丑马，双眉紧皱，他感到自已被戏弄，冲刘浦诚叱喝道："你要骑这丑马代表寿王府去参加洛阳云集了大唐众多骏骑良驹的赛马大会？刘浦诚你知道自己在干什么吗？你知道这个大会对本王、对寿王府的意义吗？赛马大会至关重要，非同儿戏！！让这丑八怪代表寿王府参赛？真是荒谬至极！本王宁可弃权，亦不让人笑掉大牙。"

今次连寿王妃杨玉环亦不看好刘浦诚的坐骑。她将目光从灰马胸前那不知长的是皮癣还是肉疙瘩上移至刘浦诚脸庞，略带尴尬地道："不如再去马市上看看，瞧瞧有没有突厥那边的马出售。"

贺忠冲刘浦诚摇了摇头，那表情似在告诉他：这次我帮不了你了，戏弄了王爷，他一怒之下，说不定会让你即刻就滚。

刘浦诚没有理会众人的反应，他直视着寿王，正容道："王爷少安毋躁，浦诚自然知道自己在干什么，王爷此刻或许不信这匹灰马的脚力，我说得再好亦是无用，凡事需得眼见为实。敢问王爷王妃可有出城一游的雅兴，让白龙驹来试试我这灰马的速度，倘若白龙驹领先一筹，刘浦诚届时任凭王爷处罚，无怨无悔。"

事到如今，他已骑虎难下，只得将话说满，唯有相信灰马的速度。刘浦诚要挑选白龙驹来比试，并非没有理由、无的放矢。想当年在错温布，杜校尉那匹长年在高原地区用来执行任务的神骏乌骓亦跑不过灰马，更何况这在平原地势养尊处优的白龙驹，又不是比较马的外貌美丑，论速度，灰马怕谁。他并非是要在寿王面前证明什么，而是杨玉环那番婉转不欲伤他颜面的说辞，以及瞧灰马胸前肉瘤的那个眼神，令刘浦诚心中升起一种与灰马同病相怜的感触，此番势必要让王府的人对他们废人丑马刮目相看。

寿王脸上阴晴不定，但仍是跨上了白龙驹，杨玉环亦骑了枣红马，加上刘浦诚和灰马以及十几名侍卫一同出了城。

这番比试脚力由寿王做裁判，他骑着白龙驹与刘浦诚胯下的灰马同时并肩出发。甫出城后他便鞭策白龙驹旋风般向前飞奔，瞬即便将杨玉环和一众侍卫远远甩开，心中思忖：刘浦诚这鄯城的小子毕竟来王府时日尚短，不知白龙驹的速度。这趟比试回去后定要好好惩罚他，一泄赛马大会无法夺冠的怨气。

跑了两里，左方赫然显现一道灰影，然后越过白龙驹往前蹿去。又奔了大约三里路，灰马始终在白龙驹前方两个马位。任寿王如何口中呼喝，手里加鞭，白龙驹愣是缩减不了这个差距。最终他高声叫停，前方的刘浦诚才吁声拉缰，灰马及时停住，与主人一同转过头来气定神闲地瞧看喘着大气的白龙驹和寿王。

出现了预料之中的战果，刘浦诚这次赌赢了。适才为了顾及寿王的面子他没有刻意催马，仅凭双腿夹着马腹任灰马撒蹄飞奔。他不禁怜惜地抚摸着这个同伴，感激它为他俩争了如此关键的一口气，后者将脸碰了碰他的手。他俩都需要这次胜利，为了赢得寿王府的尊重，需得拿出实力来证明自己。

寿王甩镫下马，边喘气边道："今日浦诚……啊……哈……教我见识了什么叫马不可貌相，你这灰马叫什么名，怎的如此厉害，可以抛离白龙驹这么远的？"他边说边探手抚摸灰马鬃毛，似乎这丑马此刻变得美丽起来，再不是那个早先难看的模样，碍眼的肉瘤疙瘩已治愈消失了一般。

刘浦诚经他一问，才想起自己尚未替这伙伴取名，念及它总喜欢跟随自己，便欣然道："它叫灰随，是我在鄯城一起出生入死抵抗吐蕃番兵的战友。"

白龙驹回过气，灰溜溜地踱了过来，抬头扬嘴碰了碰寿王肩膀。怎奈它的主人整副心神此刻全在灰随身上，对其爱理不理，任白龙驹响鼻嘶鸣亦无法引起寿王的关注。灰随得意地"嘲笑"两声，故意任寿王抚脸摸鬃，享受着被人重视的满足感。

刘浦诚惬意地瞧着两马相互之间的肢体语言，它们也暗自互相较劲，向来高高在上的白龙驹怕是首次失宠。杨玉环此刻方才赶来，她骑的枣红马不如二马神骏，落后了许多。正待开口询问结果，但瞧寿王此刻的神态表情，她已猜到适才竞速的答案。

寿王双手摸着马鬃，口中连声叫好，眉飞色舞地向刘浦诚道："比赛的日子是五月初八，还有十日，届时便在城外的御马道上举行一年一届的赛马大会。今趟父皇还会亲临，见了灰随的神骏，必定十分欢喜。玉环，你不知刚才灰随多么棒——领先了白龙驹足足两个马位，说不定今趟能靠它与黄面豹一争高下，为寿王府夺魁。嗯！这次全靠它了。”他这般说法已等于是承认了让刘浦诚与灰随参赛，亲眼见到灰随的神速，寿王也一改颓废，不再那般皱眉撒气、言败论输了。

待一众侍卫张着嘴、喘着气赶到，三人旋又上马策骑回府。一路上寿王有说有笑，对刘浦诚的态度亦一百八十度大转变，抚臂拍肩地嘱咐他好好照料灰随，有关赛马大会的任何要求均可满足。然后又向杨玉环夸张地比画着灰随如何腾云驾雾般以雄鹰展翅之势，肋生双翼似迅雷电光的速度越过白龙驹然后一直遥遥领先，恰如当时是他骑着灰随胜过了策骑白龙驹的刘浦诚一样。杨玉环则在一旁赔笑聆听，双目异彩绽放，无人留意她的余光笼罩着左方稍稍落后的刘浦诚，见其一脸恬静淡然的表情，似乎寿王此刻所说的事情与他无关，只是一个市井流传的有趣故事。

【第七回】

群英荟萃同竞速
其貌不扬显身手

经过了上次测试，刘浦诚与灰随在寿王府的地位大大提高。一众侍卫、仆婢知道他这次顶替骑师葛飞参加赛马大会，已然成为王爷身前的红人，纷纷讨好巴结，连贺忠亦对他另眼相看。灰随更是破格与白龙驹同处一室，吃着上等草料蔬果，白龙驹频频向这匹新来的灰马摇尾示好，现在轮到灰随爱理不理地故作清高了。刘浦诚再无须打理花园，每日名正言顺地去照料他的搭档。寿王差人找来骑师葛飞，葛飞负责每日将赛马的规则及要领说与刘浦诚知晓。为了防止意外再次发生，寿王更是增派侍卫，十二个时辰轮流守在马厩，且不允许刘浦诚私自外出，单等大会之日到来。

到了五月初八，这天风柔日暖、春和景明。如此盛会，天气是至关重要的一环。倘若天公不作美，狂风暴雨来袭，任你权势再大十倍，亦得延期改日。

寿王府上下忙得不可开交，贺忠吩咐下人备好应急的药箱等物，以备不时之需。寿王与寿王妃杨玉环早早便换上一身华丽盛装，刘浦诚亦穿上一袭缎蓝色骑师服，跨着精心打扮过的灰随，与寿王府的马车一同驰往御马道。

因骑马竞速对场地的要求颇高，不仅要地势平坦，且须草质松软。河南尹为保证赛马大会不被看热闹的百姓所干扰，便于城郊人工修葺了一座方圆十里的建筑。他这一招投中了天子的雅兴，玄宗特赐名为御马道。既方便一众皇亲国戚、王公大臣凭借高台观赛，又能阻隔一干滋扰的民众，一举多得。

刘浦诚随着寿王来到御马道的赛场，外面早已被黎民百姓围了个人山人海、水泄不通，形形色色的民众欲一睹王爷公主的神采风姿，维持秩序的守卫好不容易开出条通道，众人方才得以入场。

刚到内场，刘浦诚顿时被里面壮观的景象给吸引住了。整个御马道外围的木石将一块辽阔的碧绿草地围在中央，外圈环有平坦赛道。许多身着白色衣衫的人在布置场地，赛道四周旌旗招展，左首尽头一处马栏上插着红、橙、黄、绿、青、蓝、紫、白、黑九色小旗。王公贵族有的在看台上指手画脚地议论，有的在与同刘浦诚身着类似服饰的人说着话，各色骏马在场中穿插来回，十足一个宝马良驹的博览会。

寿王妃杨玉环与一班王妃公主往看台而去，刘浦诚牵着灰随在赛场兵卒的引导下前往参赛点。本已落座王爷席的寿王又似想起什么，跑下来嘱咐他，忽闻一个清爽朗健的声音道："瑁弟近来可好？听说你的骑师摔伤了手臂，今日能上场吗？咦？为何未见着赤焰驹，是怕输不敢带来吗？"

寿王强压怒火，嘴角皮笑肉不笑地抽动两下，冲一位锦袍紫冠的男子道："三哥气色倒是上佳，蠢材笨马已被本王弃如敝屣，手执美玉还需劣石作甚？来，同王兄引见，这位是寿王府的骑师刘浦诚。"他转头又向刘浦诚介绍道："这位是忠王李亨。"

刘浦诚施礼道："浦诚给王爷请安问好。"

忠王李亨双眸越过刘浦诚，径自瞧往他身后右侧的灰随，待见到了其丑陋的外表，鼻腔哼出一声讥嘲，道："瑁弟今趟莫非明知必输无疑，便故意找了这么一个闲人癞马来以不同方式取悦父皇吗？当真是别出心裁，非我等儿臣可比呀！"

寿王正欲反唇相讥，又听得一个声音插口道："原来你们在这里，哎——这是谁家推磨拉车的马，怎的牵至赛场来啦！来人呐！把这马给弄走，喂——这帮游手好闲的饭桶只知饮酒赌钱。阿瑁，怎么没见到你的赤焰驹？"

说话之人头戴青冠，身披绿袍，是玄宗的第四子，棣王李琰。

忠王李亨代答道："别唤啦！这匹可是寿王府的赛马。倘若你遣人将它给弄走了，寿王输了比赛可同你没完没了。"

棣王李琰吃惊地道："这花癞子马是赛马？阿瑁，你的白龙驹呢？为什么不让它参赛，用这丑脸家伙算是什么意思？你若是嫌弃白龙驹，本王倒是不介意买下来，说起来棣王府正好缺一匹拉车的马。"

赛场内有规定，除了参赛的马匹以外，所有王公大臣的骏马均得在相应的马厩里休息，由各府的人负责照料，唯有骑师的赛马才允许出现在内场，故棣王李琰有此一问。

刘浦诚经寿王介绍，又冲棣王李琰施了一礼。

忠王李亨接过话头，哂道："四弟，这便是你有所不知了，古有项庄舞剑，意在沛公；今趟瑁王弟这叫癞马竞速，旨在父皇呀！名义上是赛马，实则别开生面地演一出马戏哄父皇开心。说到这揣测圣意，我俩当真拍马难及。”

棣王李琰露出一个原来如此的表情，拍手叫道：“妙呀，当真是妙！阿瑁，难怪父皇越来越喜欢你。本王却傻里傻气地认为你真会凭这灰马来竞速，没想到是另有高招，真有你的。父皇见了你的马戏后必定龙颜大悦，本王和三哥争个灰头土脸的首位桂冠与之相比实在显得微不足道。哈哈哈——”

忠王和棣王一同大笑，惹得周围人竞相注目，不明真相者还以为他们手足情深，感情要好，殊不知这笑声背后包含了多少钩心斗角、尔虞我诈。

寿王听着他俩一唱一和的冷嘲热讽，脸色阴沉，气得说不出话来，冷冷甩下一句：“两位王兄慢聊，本王先行一步”，便扯着刘浦诚往前走去。待到五丈开外，才咬牙切齿地低声道：“浦诚今趟定要用事实教他们知晓自己是多么的愚蠢无知，我要看到当灰随越过终点线时出现在这两个傻瓜脸上那瞠目结舌的白痴表情，浦诚能办到吗？”

寿王的声音在刘浦诚耳畔响起，他心中想的却是另一件事，适才其他两位王爷在讥嘲寿王时，刘浦诚则在冷眼旁观二人身后的骑师骏马。棣王李琰的骑师蓄着满脸胡须，外表冷酷阴沉，身侧是一匹光亮乌骓，通体乌黑，唯鬃毛却呈墨绿色泽，堪称世间罕有。忠王李亨的骑师则是一副醉酒的模样，晕晕乎乎。其人高鼻阔目，与中土人士不同。身后站着黄马，黄体黄尾。乍看上去与一般的马毫无区别，但寿王曾说这马名叫黄面豹，只看此马两只前蹄与前胸十分匀称美观，肩峰向地面的两条垂线尽显其流线型的肌肉，亦差不到哪去。纵然他从未参加过赛马大会，亦知晓这俩人双马必是今日劲敌，寿王欲令自己争得第一，眼下实无把握。但忠王和棣王话语的确欺人太甚，刘浦诚愿为寿王出口恶气。他嘴里答应，安抚寿王一阵。待其回座，双手摩挲灰随的头颈，后者亦是头一次见到这般浩大华丽的规模阵仗，紧紧靠着刘浦诚，一人一马互相打气鼓励。

维持赛场秩序的侍卫过来通知大会即将开始，刘浦诚牵马入御道广场，但见在不同形状彩石圆砖的堆砌下，这皇家赛道于宏伟中彰显几分美轮美奂。四面八方的高台是为王公大臣特设的看台，下方围挡与赛道均由木栅栏间隔。正对着广场的北首中央设有一高台御座，兼有遮阳顶棚，想必是专门为皇帝安排。衬着头顶的白云蓝天，踏着足下的青草，能够参与这人间盛会，确是荣幸至极。

刘浦诚被人带至起跑点准备赛前竞速事宜。忽听一洪亮的嗓音高声道："皇上驾到——"刘浦诚顺着众人目光往北面高台上望去，只见一众盔明甲亮的侍卫分立左右，当中一人龙袍金带，雍容华贵中透着无上威严。凝目往脸上看，其人面似晚霞，浓眉大耳，一撇八字胡潇洒整齐地分往两侧，下颌一缕飘逸长髯自然垂落，双目与鼻梁的完美间隔令本已是无可挑剔的面相更趋富贵显赫。

这人便是当今大唐天子玄宗皇帝。他来至御座前，冲台下挥了挥手，霎时间整个御马道不论是台上有说有笑的王公大臣、场内赛道上忙碌的骑师军兵，还是外围凑热闹的黎民百姓，全体跪倒，山呼万岁。一时间但闻城郊声惊鸟兽，响彻山岳。玄宗捻须微笑，说了句"平身"。身侧一中年太监大声喊道："皇上令所有人平身——"全体叩拜的人这才呼啦啦站起身来，又继续早先的事情。玄宗满意地点点头，坐在御座之上。

刘浦诚见到玄宗皇帝，喜不自胜。民间早已将真龙天子描述得如仙似圣，他自幼便心生向往，渴望有朝一日能够亲睹龙颜，现在居然如愿以偿。当今圣上果然气度不凡，一时间他只感到心潮澎湃、热血沸腾，跟着四周人群跪倒高呼万岁，以这最直接的方式来表达心中的崇敬。

待得起身，前面的骑师不留神踩了他一脚，刘浦诚想起今天的目的，忙收摄心神，将注意力集中到即将开始的比赛上。早前看到五彩缤纷的马栏，总共参赛的该有九马九人。要从这里面选出最快的一人一马，除了骏马非凡的脚力外，骑师的驭控技术亦是不可或缺的。

刘浦诚回忆着葛飞教导自己在起点迅快起步动身的方法，骤见看台上又是一阵人头攒动。他移目观瞧，原来是各府的王爷公主带同家眷给玄宗请安，由于一众王爷公主均不愿落于其他王兄王弟王姐王妹之后，这原本是谦恭礼让的场面不免有些骚乱。

广场侧面通道过来一位礼官，招呼所有骑手进入清憩阁稍事休息，另有专人将所有赛马带至赛道起点做赛前准备。刘浦诚随在一群骑师身后往前而行，听到左侧一名骑师叹道："今次咱们又是来给别的王府凑热闹，有忠王府的韩无名和他那匹黄面豹，我这踪无影只是出去亮相秀场的。"

右边骑师拍拍他的肩膀，安慰道："别说这么丧气的话，谈到秀场亮相，只怕今日还轮不到咱们。方才你没见到寿王府的新人吗？不知怎的赤焰驹也没有出场，换了一匹灰癞子马。嘿，说到外貌看头，你的踪无影怎及得过人家？"

左侧的骑师恍然道："你这么一说我记起来了，寿王府今年是推陈出新，早前我从寿王旁边经过时还在暗暗纳闷，偌大一个王府难道没有别的马了吗？怎的把一副如此德行的马拉到这类重要场合来现世。"

右边骑师笑道："这便是寿王的高明之处，非你我这类人能够明白的了。不然怎么人家是王爷，咱们只能当骑师呢？寿王这招便叫舍短取长，古时又曰田忌赛马。赤焰驹再厉害亦跑不过黄面豹，比速度肯定和咱们一样充当陪衬。不如来一个藏拙献艺，用灰癞子马和府里随便一个闲人来场滑稽表演。弄砸了可借口说没有派主力上场，倘若碰巧迎合了皇上的口味，那就比循规蹈矩地夺魁更有新意了。"

左侧那骑师猛地一拍大腿，见自己的举动引起周围其他骑手的关注，忙作势挠痒，压低声音道："高明，果真高明。"

此时众人已然进入清憩阁内，一众骑师各找休息之所，那两个人谈兴不减，往一处角落去继续讨论。刘浦诚懒得尾随其后，找凳子坐下，闭目养神。

他虽没有去计较这两个人说的话，但好胜之心却被早先的忠王、棣王嘲讽与现在骑手聊天的刺激下撩发出来。这场竞速取胜固然不易，可如今除了奋力夺冠之外实无第二个选择了。

经过大约一顿饭时间的等待，众骑师又被召集出阁。随着广场中央一通鼓响，礼官一声高喝，御马道的赛马大会正式开始，一时间鼓乐齐鸣，锣箫同奏。

从广场东首涌入一列两骑并辔的马队，待奔了两个来回，驰到广场中央，马队骤然分往两旁，变成十列二十骑的正排方阵，绕着内场御道策骑。众骑手统穿清一色赤衣赤裤，提缰撑镫，动作整齐有序。待回奔至北首看台前，突然两百骑骏马全体扬起前蹄，昂首而嘶，其鸣声动作，似是一匹马在独自演绎。这一下惹得全场掌声雷动，喝彩声不绝。待百马四蹄着地，跟着两只前肢下蹲，后肢伸展，鞍上骑手一齐俯首躬身，同向大唐天子下拜施礼。台上玄宗看的微笑连连，颔首点头。

全体骏马骤然起身，方阵续又变为两条不规则的长蛇，以某一轨迹规律往复变换循环奔走，直看得在场所有人眼花缭乱，分不清哪队是首哪队为尾。马队西首一骑突然当先向外奔去，随后便一骑跟着一骑往同样方向驰开，马与马之间的距离均只相隔一个马头，空隙精准得叫人叹为观止，当先领头的马并不是绕场而走，而是衔着最末的一骑马尾而至，整个马队旋又连接成一个交叉循环的“∞”形整体，驰奔不息，其速度上的缓疾精确把握令人啧啧称赞。最后群马陡然急停，全体骑手纵身下马，步调一致，跪地俯首，伸臂展腿，让他人攀躯而上，群马有的伏地，有的躺倒，人马交叠，视觉效果上呈现出“开元盛世”的字样，用这人马身躯拼凑的高难度姿势结束开场精彩的马术表演。

在全场经久不息、暴风雷鸣般的掌声中，众骑手再施一礼，与马队有序退去。玄宗点头叫好，礼官继续唱道：“众王府参赛骑师入场——”

刘浦诚与各王府骑师来到广场之上，另有一位礼官负责高声介绍各王府出赛的良驹与骑师。刘浦诚特别留意忠王府的韩无名和棣王府的沈寒非。韩无名仍是那副不胜酒力的模样，半眯着双目，似乎倘若不是为了比赛，立时便要就地大睡一番；沈寒非则是一脸漠然，眼观鼻，鼻观心，仿佛已然洞悉全场，又似乎没有将这一切放在眼内。

被介绍到的骑师扬手与看台上的贵宾打着招呼，引来各自所属王府的一阵鼓励喝彩。

此刻人声鼎沸、情绪激昂，刘浦诚忽然有些紧张，他将注意力转移至场中忙忙碌碌的军兵身上。这批人正陆陆续续地往赛道草地上搬抬着丈半长的圆形滚木。耳内传来礼官讲解比赛规则的声音：“今趟各位骑师是要在这赛道上驰跑三圈，从西首最下方的起跑线出发，绕场三周，第一个策马回到北首御座下方草地的即为本次赛马大会的冠军，由皇上予以嘉奖。这次参赛的九人九马不但要比拼速度骑术，还需越过赛道内增设的阻碍，这是以往比赛中没有的。是皇上适才特别吩咐下来的，倘若途中有骑师不慎落马，或赛马被绊倒，均算失去比赛资格。各位可以去适应一下场地，一炷香后闻鼓声请于西首起跑线集合，届时将开始比赛。”

接着礼官又说了些属于犯规的行为举止。刘浦诚摸了摸赛道上的绿草，走到灰随身侧，蓦地发现它脖颈上多了一条白色锦缎，环目一瞧，别的赛马亦系上了不同颜色的锦缎，料想是为了区分马栏。他从怀里掏出一块缎布，打开来是些散碎的豆子，摊在手掌让灰随享用，这是它最喜爱的食物。后者见到美食，将嘴凑上刘浦诚的手掌，伸舌一卷，收入口中大嚼特嚼起来。

刘浦诚冲其一番亲热爱抚，凑在它耳边诚恳地道：“好拍档，待会儿便全看你的了。”

灰随口中虽不得闲，却冲他点头回应。一阵密集鼓点传来，刘浦诚牵着他灵性的伙伴往起点马栏走去。

九骑人马一字并辔排开，刘浦诚与灰随所属的白色栏位于左首第二的顺序。众骑师均严阵以待，只听一声清脆锣鸣，顿时群蹄齐踏，九人九马犹如九把强力弩弓射出的劲箭，以万钧之势将蓄积力量的速度之躯闪电般激射而出。

与此同时，看台上亦沸腾起来，礼官的解说声与来自各王府的欢呼声、加油打气声连成一片，交织成一个混杂的声音，与万道目光齐齐包围着已成为中心焦点的赛马骑师。

九匹马在绿茵青毯的草坪赛道上争先恐后地你追我赶，谁亦不甘屈居末尾，刘浦诚身临其境，感受着竞速场中的紧张氛围，心中热血沸腾。他双手紧握缰绳，将全身伏于马鞍，不用任何驱赶叱喝，让灰随融入当下与众马的追逐奔驰之中，任其自由主宰这片属于它的绿茵草地。

天地万物在一刹那骤然失去声响，只看到前面马儿矫健翻腾的四蹄，踢起的草皮与泥土飞到空中又落下。刘浦诚心中涌起莫名亢奋古怪的感觉，他也不知道自己为何会留意这些细节，下一刻四面八方的声音旋又齐齐会入双耳，令他产生自己在场中奔驰的错觉。

毕竟灰随非专业赛马，在刚起跑的时候有些发蒙，白色位的刘浦诚比其余骑师反应慢了一瞬，故落在了最后。到得四分之一的赛程，才赶至第六位。

恰于此时，前方出现圆木，刘浦诚险险撑镫提醒灰随抬蹄越过一截滚木。右前方一匹红马不及反应前腿失蹄，一下踏空，马上骑师本能地回扯缰绳，企图保持平衡，却不料猛烈的惯性使得那骑师连人带马侧滚而翻，重重撞上后方正加速越过圆木来不及收势的黑马，强烈撞击将身不由己的黑马骑师抛甩出去，在空中不由自主地翻转一圈才坠跌地上。生死未卜，惹来看台一阵惊呼。

立时有现场的侍卫跑过来将碰撞的两马从赛道上拖走，把受伤骑师送往后场医治，礼官绘声绘色地描述着方才惊险一幕。比赛仍旧继续，其余的赛马一刻不停，如同没有发生过任何事故一般。

从刘浦诚见到红马失蹄至撞上黑马，也不过是他与灰随擦身驰过的瞬间之事，于这刻精神高度集中的时候，他亦无暇分神，耳中充斥着惊叫、锣鼓、喝彩、欢呼等来自不同方向的声音。刘浦诚尽量令内心保持平静，双目注视前方，身体则放松至与灰随的四蹄同一节奏。跑完一圈，他终于赶超前方白棕相间的赛马，位居全场第四。

礼官用富有穿透性的嗓音解说道："现在遥遥领先的是忠王府的黄面豹，骑师韩无名沉着冷静，斗志高昂。只有他在赛场上的时候才会有如此表现，诸位平日是见不到这副表情的，看他们人马配合得天衣无缝，好似在王府花园里散步一样飞跃过一段段圆木，哇——看来这临时增加的项目对他们来说简直小菜一碟。忠王府今年是不是要继续保持以往夺冠的战绩呢？第二位的是棣王府的青鬃兽和沈寒非，他们与黄面豹相差仅仅两个马位，看来沈寒非并不甘心屈居第二，瞧他整个人半蹲在马背上，宛如一张撑开的弓，待离弦之后能否赶超黄面豹呢？结果又是否出人意料呢？排在第三位的是光王府的踪无影……排在第四位的是令人意外的新面孔，来自寿王府的新人新马，寿王今年放弃采用赤焰驹和骑师葛飞，换上骑师刘浦诚与这匹……这匹外貌独特的……灰随，哎呀——这灰随又超过了前方光王府的踪无影，当真势头劲疾。他们这对组合能否创造奇迹，为我们带来不同以往的惊喜呢？让我们全场拭目以待！紧跟在踪无影后的是来自鄂王府的……"

刘浦诚此刻距离前面的青鬃兽大概有六个马位，灰随以耐力见长，此刻越跑越欢。刘浦诚人马一体，亦感受到这拍档四蹄翻飞，正在不断加速。它亦有好胜之心，欲超越跑在自己前方的两个同伴，不让它们碍眼地挡在头前。

第二趟经过御座，只剩下最后一圈，灰随与青鬃兽已然并驾齐驱，沈寒非惊见刘浦诚赶了上来，一拨马头，抢占内道，不欲让其继续超前，灰随几次欲加速驰越，均被沈寒非违规地操控青鬃兽忽左忽右地绕挡下来。

刘浦诚心中有气，提缰再一次准备从右方加速超越，见青鬃兽亦往右阻挡，忽抽缰回绳，卖个空当，左镫轻踢灰随，老拍档早有默契，马头往左一窜。沈寒非不虞他人马有此一招，就好像两个人比武，一个人手上发出一招，对方用全力回击，哪知先前人所发的乃是虚招，临时改掌出脚。对方全力施为，中途无法变招，只得眼睁睁看着自己挡空挨踢。此刻情况一样，沈寒非策马全力往右阻拦，不料刘浦诚往右乃虚，进左是实，便好似沈寒非将内道特意为他空让出来一般，刘浦诚一声“谢了”腿夹灰随，一人一马往前飞奔。

待礼官解说了赛场情景，看台上又沸腾起来。寿王抱着寿王妃杨玉环又跳又嚷，那高兴得意的表情就好像刘浦诚此刻已跑到了首位一般。杨玉环一瞬不瞬瞧着赛场中的实况，心中为接下来的未知结果捏了把汗。

刘浦诚刚甩掉青鬃兽，忽听灰随一声惊嘶，这紧要当口拍档的任何损伤会直接影响结果，后者叫得他心惊胆战。刘浦诚小心地放慢马速，扭头一瞧，顿时怒不可遏，原来青鬃兽见灰随超过自己，气愤难平，张口咬住了灰随的马尾。

沈寒非这无耻人骑无耻马，骑术不精，犯规阻拦；胯下马跑不过别人，也要起无赖。青鬃兽咬住灰随的马尾不放，刘浦诚坐在马鞍上亦无法下马解脱。他正自手足无措，待见前方一截滚木转眼便至，灵机一动，两脚一撑双镫，右掌轻拍灰随颈侧，后者会意四蹄立时腾空而起。青鬃兽专注咬着前方马尾，不虞下方圆木绊脚，前脚失蹄下终松开了牙齿，放脱了灰随的尾巴。

随着身后沈寒非与青鬃兽的一声痛呼惨嘶，灰随重获自由，欢呼一声，箭一般往前冲去。

仅仅剩下半圈赛程了，被青鬃兽耽搁了不少时间，刘浦诚和灰随奋力追赶，人马合一向着远处黄面豹逐丈逐丈地逼近。后者胜券在握，以那突破了寻常骏马的极速往终点飞驰。

灰随并不是寻常的马，它是吐蕃的精灵，是高原上的风，不逊于世上的任何良骏。终点已然在望，黄面豹仍处于领先之势，灰随已赶至其后一个马位的距离。这距离说短不短，讲长非长。

刘浦诚放松身体，闭上双目，脑中不去想这趟竞速的胜负结果、孰输孰赢，单单回忆他和灰随在错温布踏青赏景的悠闲情景，耳中那愈趋疯狂的助威呐喊声陡地消失无踪，唯剩下灰随和他一人一马的呼吸心跳，天地间万物仅此步调统一的一个声息。而灰随正载着自己用如电似光无与伦比的极限速度驰向天之涯、地之角。

蓦地灰随缓缓停了下来，当刘浦诚再次睁开双眼，他俩已身处御座前方的草地。一段大红绸子躺在草坪上，黄面豹在灰随身侧喘着气，韩无名又恢复到赛前的醉猫模样，似眯着眼在马上睡着了。刘浦诚茫然地从灰随背上下来，解卸马鞍，让伙伴透透气，灰随则用脸碰碰前者的头，伸舌舔了舔他的脸颊。

全场骤然间鸦雀无声，所有观众均在等待礼官宣读大赛结果，过了大约有一盏茶的时间，礼官激动人心的声音才传来道："真是太出乎意料了，经过终点两位评审官再三确认，最后判定寿王府的灰随以领先半张马脸的优势取得第一位的成绩，打破了自创会以来忠王府蝉联数届赛马大会冠军的常胜纪录，忠王府的黄面豹以微小差距夺得第二，鄂王府的麒麟狮后来居上排名第三。今年的赛马大会由寿王府、忠王府和鄂王府荣获前三名，让我们用掌声向获胜的赛马和骑师表示祝贺！"

雷动般的喝彩声不绝于耳，刘浦诚置身于全场掌声之中，对这一切有些难以置信。不久前他还在紧张激烈的赛道上与别府的人马你争我赶，下一刻便享受着作为胜利者的荣誉，真如一场梦。

寿王手舞足蹈地奔至刘浦诚身前，先予其一个热烈的拥抱，然后左手拉着他的手，右手抚着灰随的脖子，眉飞色舞兴奋道："浦诚，好样的！你果然没有令本王失望，灰随让寿王府扬眉吐气，实在居功至伟。我们赢啦！本王胜过忠王府啦——"他神情激动，以至说话时喷出的唾沫溅了刘浦诚一脸。

刘浦诚笑着谦虚几句，忽觉拉缰的手有些疼，低头一看，始知自己因过度紧张，控缰的双手被勒出水泡。其时他只知将身体四肢放松，两手却仍旧拽紧缰绳，以免发生意外。如今看到双掌的战果，不禁为自己今趟侥幸获胜暗暗感叹。

寿王亲热地挨了挨灰随，激动地道："浦诚，你知道吗？方才真是太惊险了，就在那人人都以为黄面豹必胜稳赢的同一时间，你和灰随创造了奇迹。本王不知该怎么去形容，灰随早先落后了那么多，硬是以飞快的速度，不对，追风逐电的速度渐渐赶超上来，至最后领先半个马脸。后来礼官还拿了工具来测量，这是老天赐给本王的神迹。看看以后谁还敢瞧不起寿王府。"

寿王妃杨玉环亦来到场中一同庆贺，她虽只面带微笑静静看着刘浦诚，却胜过寿王喋喋不休的夸奖颂赞。

刘浦诚听了寿王绘声绘色地描述当时获胜的情形，谦虚道："都是托了王爷和王妃的福，借助了寿王府的运气，灰随才能超常发挥，抢得第一。"

"对，对，灰随真本事！本王封你为寿王府第一名驹，今趟才真叫寿王失马，焉知非福——哈哈哈！！"寿王得意忘形，凑至灰随的马脸亲了一口，骇得后者连退两步，低嘶抱怨。

此时唐玄宗在一众随从众星拱月下来至广场，各府王爷公主纷纷迎了过来。寿王扬扬得意地走到忠王、棣王面前，意气风发地道："两位王兄今趟怎的如此客气承让，寿王府何德何能，单凭丑陋的花癞子马一举夺冠，真是难为了黄面豹与青鬃兽的神速啊！明年还有机会，届时寿王府甘愿最后起步，让忠王府、棣王府领先一程又如何？今晚本王要大摆庆功宴，二位王兄不如一同来寿王府饮上几杯，听本王谈谈这次相马观貌的心得体会。哈哈哈！"他对着早前嘲讽自己的胞兄发出志得意满的笑声，寿王府终于一雪前耻，在赛场与颜面上均狠狠挫了对手一把。

忠王与棣王各自阴脸沉面，容貌要多难看就有多难看，二人均是冷冷不发一言。

玄宗身畔的中年太监高力士朗声道："圣上对今年赛马大会的获胜者

各有赏赐——”待各府的骑师与骏马分列跪倒后，太监续道：“赏寿王府贺宴五十桌，御马金鞍一副，骑师上等护具一套，金银五百两，赛马特赐名‘灰影’；赏忠王府贺宴三十桌，御马银鞍一副，骑师中等护具一套，金银三百两；赏鄂王府贺宴十桌，御马铜鞍一副，骑师普通护具一套，金银百两。望众王府骑师再接再厉，明年能拿出更好的成绩，再创辉煌荣誉。”

众人高呼万岁叩头谢恩，有御前侍卫过来颁发奖品，刘浦诚想起青鬃兽咬过灰影的尾巴，正在察看其马尾伤势；寿王湊在刘浦诚身边不断描述御马金鞍和骑师护具的荣耀；寿王妃杨玉环站在外围欣慰地看着丈夫脸上满足陶醉的神情，后者足似一个刚得到梦寐以求的玩具便迫不及待同人展示的大孩子；唐玄宗对周遭热闹场景视若无睹，只眯眼瞅着寿王妃的一举一动，一颦一笑，暗自惊叹这个美如天仙的儿媳居然让自己已如枯木死灰的内心再度激荡起来。众人均在瞅着各自关注的人事。大会闭幕的烟花在御马道上空爆裂开来，将广场笼罩在一片绚烂美丽的火光之中，为今日这个各有所获的赛马大会画上圆满句号。

【第八回】

无助王爷悲失意

有志都尉重奋起

当晚寿王府极尽庆贺欢娱，刘浦诚被奉为上宾，荣升为寿王府专职骑师，寿王又赏了他五百两银子。受伤的葛飞亦沾了刘浦诚这冠军的光，赛前起到了教导作用，为替补骑师，也得了一百两赏银。灰影享受到了白龙驹亦不曾有的待遇，四名侍卫、一名马夫和一名兽医共计六人负责照料它的起居食宿，以后但凡有关它的大小事情全部要即时向寿王汇报。

寿王拉着寿王妃杨玉环站在桌上载歌载舞，府中上下曲乐尽兴、琴音不绝。刘浦诚心中暗叹，当初在鄯城打退一干吐蕃兵的功劳居然还比不上这一场竞速赛马，他头一次在心中质疑保疆卫土和取悦君王两者孰轻孰重。

眼下寿王与他搭背勾肩，杨玉环亦冲自己投来感激目光，全王府上上下下均视他刘浦诚为救星，今日获得了御马金鞍，骑师护具，还有这从府门口一直摆至内堂的酒席，合计赏赐的千两白银……取得这番成绩，该不会令杜校尉失望吧……

庆功酒直喝至三更方才作罢，此后一连数日寿王都带着刘浦诚和灰影来往洛阳各处的王公府邸，四处宣扬寿王府今趟在赛马大会上的威风和冠军赛马的能耐。一众王爷公主亦极尽巴结奉承之事，将灰影赞上了天，被奉为神马，而寿王这大唐伯乐亦成为前无古人后无来者的相马之王。

一时间刘浦诚被誉为洛阳首席骑师，每日接踵而来的应酬自不必细提。这日他被寿王相召前往书房议事，穿过花园，陡见杨玉环俏立当中，她风姿绰约地站在近日新移植至园内的五月雪旁，犹如圣灵之女。随风旋摆的油桐花瓣四散飞舞，自然写意如有生命般在空中摇曳舞蹈。杨玉环这画中仙子置身于白花碧草的奇丽世界，那袭与花瓣同色的绸衫仿佛是这幅画里既含蓄又最为突出的中心，紧紧摄住天地万物的灵神。

刘浦诚刹那间觉得此情此景不再是王府花园的花瓣飘零，而是哪一处仙宫别院的神仙施法，否则怎能如此摄魂夺魄。他双目只知傻望呆瞧，哪里还有其他反应，甚或记得要去干什么事情。

只听杨玉环用莺雀鸣啼的声音轻唱道：

几番真情几轮回，梦里寻觅，两行相思泪；

难话别离诸事，更那重逢，真心人，痴情醉。
片片花瓣风舞旋，何需执意，皆落尽；
叹天意弄人，望君珍重，自怜惜——

她这番在满园飞花飘落的诗情画意中娓娓道来，一时尽是油桐花香，莺声漫耳。真可谓明顾偕秀颜齐展，仙音合籁语同吟。

刘浦诚听罢歌词，只觉脑际轰鸣，心神激荡，待杨玉环前半阕唱罢，他已难以自抑，诸般往事齐涌心头，心底里一个声音反复念叨：她唱的是我，她心里仍然惦记着我……

若不是身旁还有寿王遣来传召的仆婢，刘浦诚便欲冲上去向杨玉环倾诉这几年的境遇感受，告诉她相思之苦。

杨玉环唱曲毕，目光随着一片打着旋儿的花瓣缓缓移动，忽然瞥见刘浦诚站在长廊中望着自己呆呆出神。她脸上闪过一丝复杂的神色，转身匆匆往内院行去。

身边的仆婢提醒他寿王尚在等候，回过神来的刘浦诚压下怅然若失的情绪，走向书房。

施礼过后，寿王和颜悦色地道："本王从今日起推辞各府王爷公主的宴请，召你过来，是有件重要的事情交予你办。"

刘浦诚听到终于不用再疲于应酬，松了口气，躬身道："浦诚任凭王爷吩咐。"

寿王微微一笑，拉着他的手走到门前，瞧着王府里一棵枝繁叶茂、生机勃勃的大树，道："这次赛马大会咱们寿王府赢了，忠王与棣王势必不会就此善罢甘休，以本王对他们的了解，他俩必定全力准备，携雷霆万钧之势于明年的赛马大会卷土重来。忠王、棣王府良驹如云，骑师如雨，而寿王府数来数去只有浦诚一位良将，勉强加上蠢材葛飞也只得两个人，难保下趟他不拖王府后腿。骏马也只有灰影这一骑，到现在仍未找到赤焰驹那畜生，活不见马，死未见尸。非是本王对咱们的冠军灰影没有信心，只是有几匹替换的赛马总胜过孤军作战，意外事故总是在人没有防备之时降临，就似今次，倘若没有浦诚施以援手，寿王府哪有现在崭新的局面。浦诚明白我的意思吗？"

刘浦诚点头道：“王爷欲让浦诚训练一批类似灰影的神骏出来，即便今后有任何突发状况，寿王府还有白影、红影、黄影替补参赛。”

寿王双掌一拍，大笑道：“都说浦诚善解人意，与你说话真不费劲。骑师尚能够重金招揽，宝马却是千金难求。倘若训练出一批良驹出来，固然甚是理想，但如灰影这类神马，世间能得几匹？只要能寻访到相差不多的便成了。本王这次想差你回一趟鄯城，一来去探探杜校尉和你军营中的弟兄，二来在吐蕃着意选购几匹宝马良骏回来，亲自操训它们，寿王府今后的荣辱便落在你的肩上了。”说到后来，寿王两手探上刘浦诚双肩，用肢体动作加强后者的重要性。

刘浦诚想不到寿王派他外出公干，兼回鄯城探望一班恩师旧友，自然大喜过望。寿王又嘱咐两句，着他快去快回。刘浦诚找贺忠取了路费马资，回房收拾行装。背上包袱到马厩牵了灰影，往洛阳集市买了一些当地特产，权充带给一众弟兄的礼物，便策着灰影往鄯城而去。

想到又能和大伙重聚，刘浦诚既激动又兴奋。路上无话，单说回到鄯城。守城军兵远远瞧见一骑灰马飞驰而来，到得近前，一经通报，看清马上之人，竟是昔日都尉刘浦诚，正自奇怪他身上穿的王府官服，胯下丑马金光耀目的马鞍更令人诧异。不明白才短短一年多未见，刘都尉和所骑之马怎的全变了样。

来到军营，一班弟兄见到刘浦诚从洛阳回来，纷纷围着他问这问那：东都的生活好不好？洛阳的风景美不美？王府的婢女俏不俏？刘浦诚一边给大伙分派礼物，一边应接不暇地回答着各类问题。

杜威问他这身护甲护臂与金马鞍是怎么来的，刘浦诚说了碰巧当上骑师与赛马大会的经过，只听得大伙连连称奇，一个个暗自后悔当初每天与宝马朝夕相对，愣是未有发现癞子马的竞速天赋。灰影回到故乡显得精神百倍，大伙听闻它成了王府的红人，纷纷过来争相抚摸，前者亦不骄不纵，任一双双手掌在身上摩挲。

世事就是这样，灰影没有改变，仍是那匹癞子马。改变的只是世俗社会的评价和眼光，因为得到了皇家权威的认可，大伙才对其另眼相看。说到底无论人或马，均需要一个能肯定其价值的环境，否则纵然灰影跑得再快，留在鄯城亦无法发挥其优势。

刘浦诚到营房见了杜校尉，尽叙别来牵挂，感激校尉教导推荐，自己才有今日成绩。后者一番鼓舞勉励，着其应以报效国家为首志，其余次之，刘浦诚暗记在心。

在军营待了两日，因尚有寿王托付的任务，刘浦诚告别一众依依不舍的军中兄弟，往凉州出发。凉州在太宗时期曾一度是吐蕃、突厥和大唐的三边贸易市集，此城虽地处大唐，但地域偏远，有些类似三不管地带，龙蛇混杂。因各处来往做买卖的人甚多，故而较为繁荣，若要选购上等西域马匹，凉州实乃不二之选。

刘浦诚为防金马鞍太过招摇，从军营出来后已用布革包裹一层，看上去只像是副残破马鞍。来到凉州，他为了能与吐蕃和突厥的贩子顺畅地沟通，每日向附近的一些游牧民族学习当地风俗人情和语言，还有善良的突厥猎人教他骑射技巧。这趟因公出差兼探亲，着实令刘浦诚在各方面收获不小。

学学练练了十来日，刘浦诚凭借自小混迹市井的经验，终向一位突厥马贩子以稍低于正常的价格购到了一匹吐蕃马和一匹突厥马。两马虽比不上灰影，甚至连青鬃兽亦有所不及，但已较寻常马优秀得多。他相信只要训练得宜，假以时日定能超过青鬃兽赶上黄面豹。

采购完毕，一人三骑浩浩荡荡往河南府奔驰，灰影突然间多了两个平等阶级的同类为伴，每日昂首欢嘶，畅快莫名。

晓行夜宿，这日进入东都城门恰逢立夏，王城大街热闹非常，行人摩肩接踵，各地往来的行脚商热情友好。刘浦诚将三马牵在一起，以防人多走散。转过一个街口，但见卖艺杂耍花样繁多，练把式的故作轻松碎石舞刀，会特技的屈伸拗腿顶缸擎碗。卖蒲扇的伸长脖子喊破喉咙，贩西瓜的拦住过客先尝后买。集市上繁华兴盛，尽显一片朝气蓬勃之景。

突地传来一声大喝："逆贼太平，见了朕还不速速跪下受死，更待何时？"刘浦诚往声音来源处瞧去，只见一身龙袍方巾、头戴冕旒的唐玄宗正怒目遥指对面一个女人。

那被称作太平的女人歪鼻斜目，长脸奁耳，眉分四股，嘴咧两旁，她散乱着发髻，颤声叫道："三郎小儿，你姑母的手段还远远未完呢！"

说着从背后抽出一支木剑，劈头盖脸朝玄宗刺去。唐玄宗沉着冷静，待得剑锋堪堪及身，闪步避让，晃身之间手上亦多了把青虹剑，剑身锋利，在日光下闪闪耀目。他纵身跃前，冲太平抖剑疾挥，太平接架相还，二人战在了一起。

顿时身影交替，步伐变换；剑来剑往，好不激烈。一众围观者纷纷鼓掌叫好，戏台四周彩声热烈。

原来这是一出皮影戏，艺人口中喊词，手里舞动着纸板做成的人物剪影从而做出各种不同的姿势动作，配上打击乐器，将流行民间的故事呈现在观者面前。那纸板人物虽无法与真人相提并论，但却是繁简得宜、虚实相生，使原本平平无奇的纸板有如注入生命一般惟妙惟肖、眉目传神。操演人更是言辞生动，激情演绎，令整个表演精彩纷呈、高潮不断。

二人缠斗了一阵，玄宗挺身一剑削去。太平举剑相隔，不料木剑难抵青虹神锋，一触即折，太平一声惨呼，被玄宗顺势一剑刺穿肩膀，青虹剑透体而出，她大叫一声往后败走。唐玄宗气定神闲地挽个剑花，紧随其后穷追不舍。二人一前一后地随着锣鼓鼓响退下台去，周围又爆起欢呼掌声。

刘浦诚看着这出皮影戏，想象着当年玄宗诛奸的历史画面，心中大感欣慰。正因昔时这些反奸斗争，方能有现在的和平生活，而黎民百姓演绎的戏剧曲歌，正是他们对如今大唐盛世表达庆幸感激的写照。民心所向，玄宗确是盛世明君，听到这些歌颂他生平事迹的曲词便可从不同角度了解到当今天子的治国有方。他不由得想起赛马大会颁奖之时，玄宗脸上那和蔼慈祥的表情，纵然未有注意到他这冠军骑师，但一国之君的雍容气度依旧令人敬佩心折。

皮影艺人歇了一会儿，旋又向观众介绍道：“接下来上演的是三英战吕布，请各位看官不要走开，精彩马上继续。呜吒——蜀国桃园三兄弟……”

刘浦诚惦记着回王府交差，虽然这皮影戏颇有意思，却无心多看。牵马回到王府，却不见守门的侍卫，他略微奇怪，径往里走，来到马厩将三骑马拴好，心中的疑惑却不减反增。从府外至马厩这段不短的路程里，他未见到一个王府的人，难道是全部有事外出了？可即便是赛马大会这类盛会，亦留了几人看府，不致王府空无一人，且寿王的白龙驹仍在马厩吃草，显然他并未外出，那么府内至少应该有侍卫和婢女，不会如眼下这般冷清无人。

他纳闷地往内府走去，忽然听到一个熟悉的嗓音无精打采地问道："什么人啊？"

刘浦诚认出是贺忠，忙道："忠伯，我是浦诚，从凉州选购良骏回来了，王府的人为何都不见了呢？发生了什么事情？"

贺忠来至刘浦诚身前，声音夹杂着几分激动、几分无奈道："浦诚回来啦！唉，是王爷他……他……"

路上需时，平日干练的贺忠才两个月没见，头上竟添了许多白发，陡似苍老了几年一般，连一句完整的话亦说不清楚。料想王府定然出了大事，刘浦诚心中一紧，第一反应是杨玉环的安危。他一把抓住贺忠，急道："王妃怎么啦？"情急之下，将心中的关切之情脱口而出。

好在贺忠此刻亦神志迷乱，没有计较王爷与王妃的一字之差。只听他断断续续道："王爷一连数日都很不开心，呃……骂这个打那个，动不动便拿侍卫婢女撒气。后来一怒之下干脆将他们全部逐出府去，然后便将自己关在房里，不愿出来。我怎么劝他也不听，浦诚你回来就好，替我劝劝王爷，他或许会听你的话。"

刘浦诚听贺忠说了半天，也只知结果不明原因。他急欲知道杨玉环的近况，便撇下贺忠径直奔向寿王的寝房，心中只关心一个人的安危，她现在究竟怎样了？

推开房门，一抹阳光顺着敞开的门扉投射到阴暗的房内，一人半倚半靠在榻边，耷拉着披头散发的脑袋，脸朝下，手里握着一个空酒盏，衣衫不整，形销骨立。整个房间弥漫着一股酒气与潮湿霉臭掺杂混合的难闻气味，地上尽是碟罐碎片与撕烂的布帛绸缎，一片狼藉。

靠在榻边的人听得开门声响，有气无力地摆了摆右手，含糊不清地道："关上门，光好刺眼，快关上。"

刘浦诚首次没有遵从寿王的指示，来到寿王身前唤道："王爷，浦诚回来啦！你这是怎么了？"

寿王闻言微微一怔，随即抬起头来。刘浦诚惊诧莫名地瞧着眼前之人，素日里那个俊俏儒雅的寿王哪里还在，眼下这个鸠形鹄面，满颊参差胡须，双目通红浮肿，嘴里喷吐酒气的人分明似城隍庙前乞食的邋遢酒鬼。乍见寿王变成如斯模样，难以想象刘浦诚自往鄯城去后的这段日子以来寿王府到底发生了何事，竟令潇洒俊雅的寿王变成邋遢颓废的酒鬼。

寿王骤见刘浦诚，本是黯淡无光的双目回复了少许颜色，他扶着刘浦诚站起身来，冲刚刚赶到的贺忠吩咐："去拿几坛酒来，今日浦诚回来了，得好好喝个痛快。"

贺忠站着没动，求助的目光早已置于刘浦诚身上。刘浦诚强忍着寿王嘴里呼出的难闻酒气，皱眉道："究竟发生了何事？令王爷要借酒来自我麻醉，是忠王府又耍了什么新花样吗？还是棣王捣的鬼？"

"麻醉？不不不，咱们是要庆祝，你回来肯定有好消息告诉本王吧——带回来多少匹神马良骏？咱们好好地训练一番，明年再胜一场。哈哈哈，李亨算个什么，黄面豹又如何？还不是照样输给寿王府的灰白龙，唔，不……不对，是叫赤焰灰，不是，咦？是叫什么灰来着，看本王这记性，怎么把咱们王府冠军的名字给忘记了——嘿嘿。"寿王脚步踉跄，将手中的空酒盏凑到唇边一饮而尽，然后语无伦次地说着。此刻他离开了床榻的支撑，软软偎在刘浦诚的怀里，似要找个依靠来支撑他那不堪负荷的身体。

刘浦诚抓住寿王双肩，不让他自行瘫软，嘴里缓缓吐出最关心的三个字来："王妃呢？"

寿王闻言，浑身剧震，犹如在梦中遭遇了最恐怖的凶妖厉鬼般不得逃脱，他颤抖着失声尖叫道："玉环呢？本王的王妃呢？爱妃你到哪里去了？为何抛下本王独自一人？啊——本王记起来了，玉环被父皇召到皇宫去伴驾，再也不会回来啦！哈哈哈……呜呜呜……"此刻寿王的情绪好像决堤的江水一样已然全面失控，一会儿笑，一会儿哭，眼泪鼻涕齐齐喷溅而出，其状既悲且哀。

刘浦诚亦是难以相信自己此刻听到的事实，但寿王如斯模样又令他不得不信，失神间双手不禁一松，寿王如一摊散架肉泥般跌坐地上。自己则呆若木鸡般茫然后退，心底泛起千层雪万叠浪。

玉环竟被召入皇宫陪皇伴驾，她不是皇上的儿媳妇吗？皇上不是她的公爹吗？这世上居然还会有公爹要儿媳陪伴的事情？那岂不是抢了自己儿子的女人？这人不是别人，竟是那象征着律法与楷模、仁德兼圣明，至高无上的一国之君唐玄宗！！街头巷尾称赞歌颂的有道明君难道会干出这种连市井小民亦做不出的寡廉鲜耻之事？当真天下之大谬。刘浦诚忽闻那个曾经敬佩至极的君王霸占儿媳的野蛮行径，实难相信这个事实。他胃内莫名泛起一阵恶心，很想呕吐。那感觉似被人告知，从小到大饮了这么多年的水适才刚被查验清楚，那些看起来像水的液体其实不是水，而是尿。

门外一股冷风吹入房中，更把室内那霉湿的酒气拂至各个角落。

刘浦诚心神大乱，身子无意识往后倒退，不虞脚下一滑踩到个侧翻的酒坛。随着酒坛滚开，他重心失衡，脑袋后仰，一头撞上身后墙壁，随即眼前一黑，便人事不知。

当他再次睁开双眼，发现自己睡在榻上。天已全黑，只有房中油灯的微弱烛火，贺忠在一旁瞧着他。待见到刘浦诚醒来，始松了口气道："浦诚你醒啦！昨日瞧你往墙上一碰，真给我吓得不轻，赶忙找了大夫来看，说没有大碍，才将你抬到房来。你已睡了一日了，现在觉得怎样？"

刘浦诚坐起身子，歉然道："有劳忠伯费心，我现在没事了。王爷呢？他怎么样？"

贺忠叹了口气道："唉，王爷还是那副模样，他又有什么法子。你在赛马大会上得的赏赐我都替你包好了，另外还备了些银两和衣衫，都放在了桌上。寿王府眼下是没什么指望了，你尚年轻，有大好前程，还是另谋出路去吧！我这把老骨头这辈子反正是要葬在寿王府的了，王爷如今这副模样，亦得有人照料。"

刘浦诚料不到贺忠居然要遣他走，疑惑地道："忠伯？"

贺忠摆摆手道："什么都不用说啦，弄成这个样子谁又能预料得到呢？你留在这里也起不了什么作用，还会让王爷记起过去的伤心事来。唉，公爹抢儿媳，千古奇闻。"

在微弱的火焰下，灯芯轻轻地爆了一声，蜡烛又继续苟延残喘地燃烧着。

刘浦诚还能说什么呢？贺忠本想让他帮忙安慰寿王，结果刘浦诚没有令其重新振作，反倒进一步刺激其情绪，最后还自己晕倒在地，给贺忠增添麻烦，又得多照顾一人。

他带着歉意穿好衣衫，将贺忠整理好的包袱背上，随着贺忠前往寿王寝房，欲宽慰两句再向其辞行。

途经花园，望着飘落满地无人清扫的五月雪，刘浦诚不由得想起出发前他站在这里听杨玉环唱了那首挂念关切自己的词，如今油桐依旧，物是人非。

命运无从改变，难道就这般坐以待毙吗？寿王可以选择用酒来排遣压抑心中的苦闷无奈，杨玉环呢？她这个被迫屈从于自己公爹的当事人又该怎么办？念及杨玉环，刘浦诚一颗心不由得又活跃起来，他突然涌出一个大胆的念头，欲将这个想法告知寿王，需他配合自己方可一同完成。

来到寿王的寝房，房内未掌灯，漆黑一片。贺忠点燃了屋里的蜡烛，但见寿王一改昨日的醉鬼模样，梳好了头，擦干净脸，手中捧着一件杨玉环经常穿的白绸衫，坐在地上悄然垂泪，一串串泪珠顺着他的脸颊滑落，滴溅在那件白绸衫上，泪水已将衣衫染湿了一大片。

刘浦诚唤了两声王爷，寿王充耳不闻，口中喃喃念叨玉环的名字，似将白绸衫当作了昔日的王妃，在同她说着趣事情话。刘浦诚原欲上前安慰几句，想方设法激起寿王的男儿斗志，届时二人再并肩面对前方困苦。当见到寿王这副哭哭啼啼的娘儿模样，刘浦诚心底莫名生出几分厌烦。他此刻能将自己的话听入耳去吗？想到早前为了赛马一事在花园冲着杨玉环大呼小叫，这般懦弱性格之人真敢反抗自己的命运吗？妻子被爹抢走的残酷现实，将一个英俊潇洒的王爷折磨得不成人样。

失妻打击，已令其斗志消亡。

唐玄宗真是作孽。

刘浦诚适才萌生的念头被寿王此刻的表现击溃至消于无形，他朝贺忠打了告辞的手势，轻手轻脚地退出房来。走到马厩，估计寿王是不会再有闲情参加以后的赛马大会了，解下灰影与另外两马的缰绳，将它们一起牵出马厩，唯有白龙驹仍旧孤零零地待在原地，望着同类来了又去，如同自己的主人一样郁郁难过。

骑上灰影，刘浦诚侧头望了望门楣上“寿王府”的门匾，在一阵复杂的心境之中策骑而去。

【第九回】

厚颜谄媚乖送礼 溜须拍马误认亲

刘浦诚驱着三马奔驰在前往长安的官道上，他在寿王府还尽量控制自己不让情绪外露，现在随着马蹄的翻腾再也压抑不住内心的震撼。

当初刚至洛阳，见到杨玉环成为王妃，生活幸福，寿王待她十分体贴，刘浦诚确实为她高兴。这是她的选择。这一切他刘浦诚给予不了，寿王李瑁可以办到。她能找到属于自己的归宿，他亦感到欣慰。只要他能站在一旁看到她脸上满足的笑容，余愿足矣。

可现在又是怎么一回事？短短两个月便将经年累月所有的美好轻而易举地打破击碎，刘浦诚只觉得天旋地转、黑白颠倒。如果他不是恰巧在寿王府做事，谁又能想到当今天子唐明皇能做出如此荒唐至极、无耻至极的事情来？杨玉环玉女天仙之躯落入这样一个有违人伦的恶魔爪中，会是一番何等不堪入目的污秽场景。

刘浦诚不敢再继续胡思乱想下去，激动的情绪令他浑身不禁颤抖起来，怨愤怒火渐渐填聚心胸。

接下来他应该做些什么呢？眼睁睁地瞧着心爱的人陷身魔爪，受尽折磨？刘浦诚自问办不到，可是凭自己单人三骑，又能有什么作为？

也许寿王可以帮着想想办法，毕竟是他的王妃被抢走了，岂能无动于衷？自己妻子被别人抢了，只要是个男人，谁会善罢甘休？

当他看到寿王那副低头垂泪的德行，想到之前顺心即微笑、不遂意便撒气呼喝的模样，又不愿对这种人抱有幻想、心存希望。

真正的有志男儿应该在事情发生后努力思索处理应对的办法，而不是借酒消愁、痛哭流涕。况且寿王妃杨玉环被抢走、寿王遣散王府众人该不是近几日才发生的事，过了这么多天寿王依旧没有从打击中重新振作，可以想见刘浦诚劝慰他的结果。

或许在他成长的环境中从来没有遇到过挫折困难，以至当艰难险阻来临时束手无策。赛马大会尚有一个刘浦诚和灰影站出来，助其侥幸渡过难关，现在呢？眼下的挫折可是他那代表着权力与威严的皇爹。

也难为寿王只得这般无可奈何地自暴自弃。

刘浦诚却不与他们沾亲带故，他自小在外流浪时也没有浩荡的皇恩前来搭救，现有的成绩全凭机缘与自己实力换来，没有精神上的负累。

与其冀望于不成熟的寿王，倒不如鞭策自己。凡事终归得靠自己，只有自我才是最能信赖的人，且不会因其他原因畏缩退却，令心存的希望最后复归失望。

此番前往长安还没有详细的计划，只知道杨玉环身陷皇宫，他要将她拯救出来。可在长安城无亲无故，只得先找一处地方落脚，其余的慢慢再做打算。他尚未忘记曾与杨玉环在茂州酒楼帮助过现任长安御史中丞李佑国的管事陈逸等人，有个熟人总比瞎撞乱碰要强，刘浦诚决定先去碰碰运气，再做长远计较。

行了数日，长安在望。皇城王都果然气派非凡，护城河既宽且深，城墙高耸矗立，两者并行结合成固若金汤的堡垒屏障，无声地捍卫象征着至高无上的君主权力。

进入城内，繁华热闹的景象较洛阳有过之而无不及，目光所到，楼房成群林立，酒肆、当铺、食店遍布街道两旁。远处卖艺人正在唱曲，曲词传来，正是在茂州听过的《明皇颂》。刘浦诚此番再闻，只感到说不出的刺耳。他向一家食店的伙计打听了御史中丞的府邸，便照着指示而行。

来到中丞府，刘浦诚告诉守卫，寿王府骑师求见。过了一会儿，骤见包勇骂骂咧咧朝那入府通传的侍卫道："寿王府骑师同咱们中丞府有什么关系，现在又没有赛马大会，你直接让人走不就得了，老爷现在是什么情况你不知道吗？什么人都不能见……"

刘浦诚见到熟人，朗声唤道："包兄，还记得小弟吗？茂州一别，近来可好？"

包勇愕然往声音来源的方向观瞧，此时的刘浦诚已非当初那个未经磨炼的小子，相貌亦发生些微变化，他瞅了好一会儿，才摇头说道："是你这小子，原来你就是寿王府骑师呀！嗨——我说咱们中丞府和寿王府素无来往，他们府上的骑师跑来这里做什么？呵呵呵，走，进府里说。"他亲热地揽着刘浦诚的肩头，吩咐守卫将马匹带往马厩。

刘浦诚涌起他乡遇故知的亲切感觉，欣然道："好几年未见，你老哥身板又结实了不少，陈公还好吗？"

包勇笑道："陈公挺好的，自那次回来后，我们喝酒时偶尔还说起你来，当初有位小兄弟挺身而出。不过说到变化，你才是真的变了样，我几乎都认不出你来了。”

“这几年发生了许多事，非是一两句说得清楚，找机会和老哥你把酒谈心，慢慢向你交代。”

两个人边走边说，来到内堂。见到了仍是教书先生打扮的陈逸，包勇道：“陈公，咱们有熟客到了。你看看这是谁？”

刘浦诚微笑着道：“陈公别来可好？”

陈逸瞅了瞅刘浦诚，摇头问道：“请恕陈某年老眼花，阁下是——”

包勇性急地道：“我说你的变化大吧，连陈公都认不出你来，他是咱们在茂州酒楼碰到的那个小兄弟，记起了吗？人家现在是寿王府的骑师啦！”

“噢！哦！都长这么高啦！还当上寿王府的骑师，不错，不错。哎呀，你看我真糊涂，坐下说吧，小红，给客人上茶。”陈逸一拍脑袋，冲一旁的婢女道。

待婢女献上茶，茶罢搁盏。刘浦诚开门见山向俩人说明此次来意，希望在长安谋求发展。

陈逸叹了口气道：“浦诚来得真不是时候，我们老爷卧病在床，请了御医亦束手无策，这当口莫说发展，连中丞府亦前景堪忧啊……”

刘浦诚愣道：“怎么会这样呢？李大人得的是什么病？”

包勇怒道：“老爷根本就没有病，是被那奸相气成这副模样的，御医当然治不好。”

“包勇！”陈逸欲阻他继续说下去。

包勇自顾续道：“不是吗？老爷好不容易在征税律法上取得如斯成效，李林甫深恐老爷日后会取代他，便从中作梗，将功劳归之于亲信盛楠那家伙头上，哼，就凭那蠢材还能提出如此独到的见解？那我包勇亦可独自治理一州了。老爷一番心血遭人窃夺，气愤不过，积怒成疾，才卧床不起的。”

刘浦诚没料到刚来长安会碰上这么一桩事，此刻亦不知该说什么好。

陈逸跟着叹了口气，摇头道：“朝中诸事，非是你我所能议论的。浦诚远道而来，暂且先在中丞府歇息，待老爷康复，日后再慢慢为你在朝中举荐官职。”

刘浦诚点点头，心忖如今也只好这样了。

翌日陈逸带刘浦诚去探望了躺在榻上的李佑国，虽是首次见面，但他从包勇口中已得知不少这个为国为民的清官事迹。世事往往便是如此，贪官污吏祸害朝廷，无法无天地欺压百姓；廉明清官卧病在家，心有余而力不足地惦念为民谋福的使命。

一晃过去月余，刘浦诚来到长安仍没有什么建树。中丞府对他来说只是一个可供休息的客栈，多他刘浦诚一个闲人不多，也就是多一张嘴吃饭而已。

最重要的是仍没有想到可行的办法拯救杨玉环，斗志却在每天重复的日常生活中被无谓地消磨。是等到天黑混进宫里行刺？还是偷偷潜往尚食局下毒？且不论他的主要目的是救人而非刺杀皇帝，单说皇宫戒备森严，不是一般人能够自由出入的地方。即便成功混了进去，得手的机会亦十分渺茫。他自己孑然一身赔上一命倒也无怨无悔，倘若牵连了中丞府的众人，那便罪孽深重了。

刘浦诚胡思乱想不得其法，只得每天上街转悠散心。今日他骑了一匹从凉州所购的白鬃乌骓在街上晃荡。希望喜欢西域良马的王公贵族能碰上他这冠军骑师，届时便可再述引荐之词。忽见街面上人群竞相奔走，似有什么大事发生，他忙跟在几人身后欲瞧个热闹。

转过一条巷子，陡见一幢豪华气派的大宅外面站满了人，围观人群个个露出期待的神色。府门前蹲伏着两只耀武扬威的白玉石狮，凛然生威。门匾上“相府”两个金灿灿的大字，展现着这府邸的派头。

刘浦诚暗自寻思：竟然会这么巧的，这不就是把李佑国气病在床的当朝宰相李林甫的府邸吗？他这相府门口的气魄连寿王府亦有所不及，单从这一点便可想象李林甫在皇城中的权势。

他朝身旁一位汉子问道：“这位大哥，请问大伙儿围在这里干吗？待会儿有戏唱吗？”

那汉子先是嘲弄地瞧了刘浦诚一眼，待见到他牵了匹不同寻常的马，才将原本集中于府门口的注意力撤回一半过来解释道：“看你肯定是外乡来的，今日可是皇上身边第一红人当朝宰相李林甫大人的六十高寿，只要进去给他老人家磕个头、道声喜便可拿到赏钱，且名额不限，长安城的百姓有谁不来凑热闹呢？”

此时围观的人已越聚越多，相府外有十几名侍卫正在维持秩序，从府内走出一位颌下留着山羊胡管事打扮的人，他慢慢踱至府外，朗声道：“众位乡亲父老、兄弟姐妹，我知道大家都意深情切欲一睹相爷风采，给他老人家祝寿请安。请诸位保持秩序，不要拥挤，一个个陆续入府。相爷在正厅相候，每十人一拨。”话音刚落，第一波人便抢着入内，有人还从侍卫腋下穿过，生怕迟了半步得到的赏钱便会比旁人少上一些。

一旁的侍卫嘟囔道：“刘叔也真是的，一个个往里面放行不就得了，偏生这么一拨往里闯，让这些市井蚁民坏了规矩。”

不多时分，那率先入内的一波人已回到府门口，个个手执一串开元通宝，赞不绝口地向仍在排队的人群颂赞相爷豪爽大方。

刘浦诚乍见这般情景，真有离乡进城见世面之感，他自忖在洛阳没有少见稀奇事，皇亲国戚贺辰祝寿的花样繁多，但似李林甫如此阔绰派钱的，尚是首次碰上。

他不愿随着这班人进去阿谀讨赏，径自牵着白鬃乌骓折返离去。走到十字街口，刘浦诚忽然生出不知该何去何从的颓然感觉。路经大街皮影戏棚，此时正上演着西楚霸王项羽劈斩奸臣赵高一幕，听那赵高颤声道：“想始皇合六国之功，创万世基业，竟被尔等楚贼毁于一旦，真乃可恶至极。”项羽厉声斥道：“兀那奸臣，秦朝非是毁于我手，而是亡在你这弄权之臣的股掌之中，受死吧！”大刀挥舞，赵高顿时身首异处。

台下喝彩连连，刘浦诚若有所思，反复咀嚼那句“亡在你这弄权之臣的股掌之中”。一家绸缎铺子正逢开张大吉，几串爆竹响过，隔壁左右店铺的人不住道贺，店老板的亲朋好友奉上贺礼。望着那彩带锦盒包装的精美贺礼，刘浦诚脑际灵光一闪，有所觉悟，无耻君主还须得奸佞之臣来收拾，自古如此。只要能达到最终目的，纵然不择手段，亦顾不得那么多了。他此际豁然开朗，遂又拨转马头，重往相府而来。

酉牌时分，相府门外讨赏的人群逐渐散去，只剩下门口四名侍卫，府内灯火通明，不时有唱曲笑语夹杂着琴管丝竹之声传出。刘浦诚尚未道明来意，一名侍卫先冲他喝道：“相爷已去招待宾客了，去别处凑热闹吧！”

那侍卫见他身着锦衣，手牵骏马，出言尚算客气，若换作一般人，早不由分说用棍棒取代问询了。

刘浦诚同这类人打交道轻车熟路，朝侍卫点头道："这位大哥你好，我是寿王府的骑师，趁着今日相爷大寿，特来献上一匹宝马，劳烦帮忙通传一声，多谢了。"他右手扬了扬牵马的缰绳，示意了一下这非凡的贡品，左手摸出五两银子塞到了守卫手中。

侍卫见刘浦诚是王府派来贺寿的人，态度立时好转，何况对方又如此"知情识趣"。他笑着接过银子，虚伪地寒暄两句，然后向同伴招呼一声，便转身入府禀报。

不多一会儿，早前那山羊胡刘管事随在侍卫身后一同出来，见了刘浦诚大大咧咧地问道："你是哪家王府的呀？"

刘浦诚亦随着侍卫对其称呼道："刘叔你好，我是寿王府的骑师，从洛阳来。王爷知晓今日乃相爷寿辰，特命小人前来献上一匹良驹。"说毕如方才一般识趣地将十两银子塞到管事手里。他既打出王府的招牌，出手自不能太过寒酸，阔绰之余亦能显出他这王府骑师的架势气派。

谁知刘管事却不领情地尖声喝道："你干什么？"身子往后一缩，整块银子在半空中打个翻滚，跌落地上，与地砖发出一声清脆的碰撞声响，纵在这不甚安静的环境里仍清晰可闻。

门口几个侍卫均往这边瞅来，刘管事则若无其事地望着前方，气氛尴尬至极。

刘浦诚微一错愕，随即哈哈一笑，弯腰俯身拾起地上银子，又掏了十两出来放在一起。续重复一遍方才的动作，口中道："有劳刘叔在相爷面前通传引见，一点意思，请勿嫌少。"

这一次居然没有半点语声或行动的干涉阻挠，出奇顺利。刘管事那张脸上波澜不起，仍旧那副若无其事的表情，他将银子纳入怀里，瞧着刘浦诚不紧不慢地道："既然是从寿王府远道而来，我便同你实说了吧，老爷正在招待太子太傅、尚书令和几位大将军，此刻分身乏术，恐怕无法见你。大夫人倒是有空，只不过恐怕无法满足你的要求。"

相府打发这类上门来借故拜访送礼，实则求职办事的人每日没有一百，也近五十。刘管事更是精明人，早前故意试探一番，却不料刘浦诚如此大方，二十两银子可不是小数目，这般阔绰打赏必有所求。既然拿人钱财，应当提点一二，省得人家没有达到预期目的，白花了银子，心中怨恨。倘若是一般的商贾百姓自无须有此顾虑，眼下这人既来自王府，亦需有所交代。

刘浦诚闻言急忙道谢，说是今趟来了，任谁也要见上一面。刘管事也不多话，冲他招一招手。

一番辛苦，刘浦诚终于踏入长安第一红人的府内。

将马交予门口侍卫，刘管事带着刘浦诚绕过主厅，经偏厅直入后进院子。与寿王府相比，此间名画古玩多不胜数，便是那造型别具一格的方圆窗棂亦堪称一景。

来到西厢房，着刘浦诚稍待片刻。刘管事入内通报，不多时出来冲刘浦诚道："我同大夫人说你仰慕相爷已久，特地从河南府远道而来，难得一番诚心诚意，大夫人才愿意见你的。待会儿可别说错话。"

刘浦诚心道：你倒设想周到，也不枉花了二十两银子进门。嘴上自然又是一番感谢。

刘管事在门口通传一声，内里有婢女应了一下，刘浦诚见到刘管事着他入内的手势，推门撩帘进房。但见一妇罗锦披肩，素绒衬缎，年在五旬左右。虽已徐娘半老，但风韵犹存。

"大夫人在上，小子刘浦诚给您请安了。"刘浦诚躬身施礼，头未抬起便开口道。

大夫人俞氏用戴戒挂珠的右手晃了晃掌中的凤翎羽扇，着他抬头，然后漫不经心地问："听刘信说你从寿王府来，在王府做什么呀？"

刘浦诚前身微倾，恭敬立在俞氏身前一丈，答道："小子父母早逝，曾在鄯州守城，后为寿王府骑师。小子自幼仰慕相爷，对他老人家很是钦佩，一直希望能够来府上拜见，一睹风采。正逢今日他老人家大寿，便献上一匹塞外良驹，聊表崇敬之心。"

大夫人淡淡道："你也算有心，可时不凑巧。想必刘信也告诉你了，老爷正陪着贵客，没工夫见你。他是大忙人，朝堂上忙乎，回到家后亦是难得空闲。我想见他一面都不容易，何况你初来乍到。他是贵人事忙，不似我这清闲老妪。整日闲闷得紧，便欲找人来说说话。"

刘浦诚听她这般说，没有立时逐客的意思，旋换上一副谦恭笑容道：“相爷贵为一国之相，国事缠身，那是自然。他在外面可谓一人之下，万人之上。但回到家里，还是得您这一家之主说了算。您虽然不操心国家大事，却得掌管兼顾整个家庭。一些所谓的爱国志士、文人墨客总喜欢把‘有国才有家’一说挂在嘴边，那均是空口白谈。倘若没有了家，又何来心情去谈国事。依小子之见，正因为大夫人将相府里诸事处理得井井有条，始有相爷无后顾之忧在朝堂处理军国大事。相爷有如今的成就，您实在功不可没。”

他这一番话直说到了俞氏的心坎里，类似的话不是没有人讲过。相府里的人说了俞氏只道这些人为讨自己欢心，然而从刘浦诚这样一个来自王府颇有见识的骑师口中道出又是国又是家的关键性要点，则从更深的层面打动了这宰相夫人的心。

俞氏听了刘浦诚的奉承之言，眉梢上扬，笑道：“没想到你这孩子倒会哄人开心。我让刘信替你收拾间房，就先住在府里吧，待老爷空闲了，我再同他提提你的事。”

刘浦诚见形势大好，即刻把握时机，从怀里掏出一只手掌大的锦盒，捧至俞氏面前道：“今趟除了献给相爷西域骏马外，小子还有只手镯奉上，您看喜不喜欢。”边说边掀开盒盖，但见一只晶莹通透的镯子躺在里面，非金非石，在灯烛火光照耀下，发出橙、紫两种不同的光泽，只要不是眼盲之人，便看得出此物定非凡品。

这镯子本是刘浦诚为投奔李佑国，在朱雀大街的奇珍坊所购，准备送给李佑国夫人的。后来李佑国一直卧病在床，中丞府失势，他便把这事给忘了。今日见着俞氏，又想了起来。

待见俞氏欢喜的神情溢于言表，刘浦诚暗暗感慨，想当初在寿王府每日弄花锄草的日子也没白过，眼下这投其所好、礼送成双的诀窍便是与王府家丁闲聊时修炼的。

俞氏身为宰相夫人，不是没见过世面，但包含两种颜色的手镯亦属少见。她瞧着火烛照耀下手镯反射出柔和的润泽光，嘴上喜道：“这孩子——好吧！礼我收下了，今儿也不早了，你也早点歇息，明儿我自同老爷说让他抽空见你一面。”

刘浦诚不住道谢，同自古那些送礼托人帮忙者一样，送出去东西反倒要向对方表示感谢。俞氏唤来刘信交代了几句，后者遂将刘浦诚领往客房休息。

夜凉如水，这晚不见星月，只有一望无边的黑色天幕，躺在榻上的刘浦诚无法入眠，他一路使钱送礼鬼使神差地来到相府，全然不似自己一贯的性格作风，今日亦像陡然重新认识自我一般，就好似身处一个不真实的梦境，此时正扮演了另一个角色。灰影及包袱尚留在中丞府，倘若自己日后成为相府的人，他该如何面对陈逸诸人？这个地方又是否如他所愿，能顺利施展拯救计划？李林甫会接纳他这个寿王府的骑师吗？他不知道，也不愿去想，眼下情势唯有走一步看一步了。

翻来覆去睡不着，刘浦诚索性穿衣起身，出去走走。深夜的相府已然失去了日间的嘈杂热闹，沉寂在天幕的漆黑之中。几名值夜的守卫在火把下打着盹，成为这无声水墨画里唯一的亮点。

刘浦诚不愿惊扰站岗执勤的侍卫，轻手轻脚径往火光不及的暗处而行，岂知相府地形异常复杂，黑灯瞎火转来转去竟不认得回房的路。他正暗自着急，忽听一声尖叫，虽然叫唤的人压低了声息，但在这安静的夜晚仍清晰可闻，左右寻不着路，刘浦诚便循声前往一探究竟。

到得一幢大寝房近前，他才听清是男欢女爱的呻吟，刘浦诚暗叫误会，准备悄悄溜走。室内已然偃旗息鼓，只听一个浓重的男声喘着气道：“这小子……什么来头？你问清楚没有？每天来相府谋职办事的多，讨赏混饭的赖皮阿三也不少！”

一个女声接口说道：“哎呀——你轻点儿，我问清楚啦！他说是寿王府来的骑师。看样子是诚心求个一官半职的，人家又是赠马又送镯子，下的本钱也不少，该不是为讨几个赏钱。寿王府出了那档子事，还有什么好待的。”

刘浦诚原不欲偷听别人欢好，但骤闻女人话中赠马送镯之人显然指的就是自己，那么这房中二人的身份便呼之欲出了。

竟会有这么巧的事，他夜里出门转悠竟摸到这寿星公的寝房来，说出去任谁也不敢相信。

李林甫和俞氏说的既是有关他刘浦诚的事情，纵然有窥探隐私之嫌，他亦要硬起头皮一听到底。好在此刻夜深人静，侍卫不会来寝房巡夜，亦不虞被人发现。

“闭嘴，寿王府的事是咱们这些人能谈的吗？老爷我能走到今天，便只谈论该谈的，不该讲的要全部烂在肚子里。记住没？”李林甫压低嗓音训斥道。

俞氏埋怨一句：“不说就不说，这么晚了还怕谁听见。除了你那几个小妖精，这府里上下谁敢偷听你说话。”

李林甫不愿同她夹杂不清，岔回正题道：“你既说那小子有诚意，正好前日朝堂有桩心烦事，这次出使突厥，便派他去吧。今日几个将军还来催促老夫。”

“他去合适吗？这类出使异域的外交事宜向来不是由鸿胪寺派人吗？”俞氏疑惑道。

李林甫冷哼一声，哂道：“这趟就是要遣不合适的人去，突厥兴兵来犯，谈不拢便即开仗。朝里那几个家伙今日表面上来给老夫祝寿，实则前来向我施压，欲强迫老夫用他们安排的人。我会这么轻易便受人摆布吗？”

窗外的刘浦诚听得既惑且惊，既然突厥要来攻唐，以自己对抗吐蕃番兵的经验，说不定这是个露脸的机会。但隐隐又觉得李林甫称他为不合适的人似别有用意，其中定然隐含了自己尚不知晓的讯息，当朝宰相的心机确非寻常人能够揣度。

俞氏问出了刘浦诚心内的疑问：“你遣他出去，倘若办砸了事情，那皇上和群臣不全来指责你的不是吗？”

“你一妇道人家就不懂这个了，老夫乃是出于爱才之心，为国家推举有志气能力的年轻人，况且这小子是寿王府的人，属于中立一方。老夫不派自己人出使，不荐那几个老顽固的亲信，让他出使并非私心，且办砸了皇上亦不会去为难寿王。届时他这烂头卒从突厥无功而返，主动权便又回到了老夫手里，要选谁去抗击番兵，便由我说了算，轮不到那班朝臣反对了。”李林甫阴恻恻地道。

俞氏惋惜地道：“那这小子回来后岂不是要挨罚受罪？是否掉脑袋？他还挺讨人喜欢的。”

李林甫笑道：“我会先收他做义子，再奏请皇上指派其出使突厥，有寿王府作挡箭牌，皇上必定从轻处罚，不会有事的。替老夫出去跑趟腿办件事，即可换来一个宰相义子的身份，自不委屈了他。日后你喜欢留在府里养马种花随你的意，这总成了吧？”

“嗯，这还差不多。哎，慢点儿，看你急的。”

刘浦诚听俩人又开始继续私密之事，便轻轻离开。适才尚未发觉，他背后已出了一身冷汗，起初只猜到出使塞外肯定没有好事，殊不料这背后竟夹杂了李林甫弄权玩术的政治手段以及朝堂众臣的权力斗争。倘若不是今夜无眠出来乱走，误打误撞下得闻个中隐情，任他想象力如何丰富亦不知其中利害关系。

他忽然有股莫名激动，丝毫不担心出使后自身的安危境况，倒是尚未谋面的李林甫，未见其人先闻其声。听他心计之深，手段之巧，其野心欲望可见一斑。李林甫越够狠毒，刘浦诚便越有希望达到自己拯救杨玉环的目的。

走到花园，唤醒一名正在打盹的侍卫，谎称出来小解迷路向其询问回房的路线。待侍卫指点归途，回到房内的刘浦诚思忖好对策，便卧枕而眠。

次日刘浦诚做好心理准备，有了昨晚的情报，他亦有了应对之法。满以为李林甫会来找自己谈心，却并未如他所料。寿宴如同昨日一样，照例让百姓入府来磕头领赏，前来贺寿的王公大臣、文武百官络绎不绝。这般光景总共持续了足足七日，单是送往厢房的贺礼便摆满了五间屋子，这位当朝宰相的人气可谓一时无二。

刘浦诚这几日也没闲着，在相府里四处转悠熟悉环境，料想今后改投李林甫，不便总往中丞府跑，遂去将马匹包袱都取了过来，将另外一骑采购的骏马留在了马厩，说是预祝日后李佑国康复的贺礼。陈逸、包勇问其离开的原因，他不敢讲投靠了相府，只说想去突厥看看风景。陈逸本无意留他，偕包勇一同说了些保重之类的祝福后便任刘浦诚离去。

到了第八日晚，刘浦诚终于等到李林甫空闲，随着刘信来到位于府宅东面的书房，里面陈设考究雅致。左右各有一排桃木椅，每相邻两椅之间隔着一张桃木方几，北首正中是一张桃木书案，上面放有一簇海桐木盆景，一幅苍劲挺拔的雪松图高悬墙面，图旁配了副对联，右边是“社稷要臣长年百碌”，左方写“柏松之木四季一色”，中间横批“国之栋梁”。待见书案之后坐着一人，此人外罩青缎长袍，内衬金边锦绸衫，面如一潭寒水，脸上岁月堆出的皱纹似潭中荡起的涟漪，眉分八采，双目有神，透出饱经官场、洞察世事的精明利芒。

刘浦诚心道：如此相貌方配得上这般人物。他走上一步，单膝跪倒施礼：“刘浦诚拜见相爷，小子久慕相爷声名，崇敬至极。一直无缘得睹，恰逢您老大寿，特献上西域白鬃乌骓一匹，愿您福如东海，寿比南山。”

李林甫上前扶起刘浦诚，摆了摆手道：“客套话全免了吧！夫人已同本相说了，你既然从寿王府改投过来，必有所求。是想升官晋级？还是看上了哪位大臣家的千金小姐，不好意思开口？”

刘浦诚没料到李林甫如此直接，首次见面便开门见山，倘若自己不是早已知晓他的真实意图，或许会真的感恩戴德。现在当然又是另一回事。

他确实是有目的，但这目的可不是讨个官职或是迎娶某位官家小姐那般轻易简单。

刘浦诚故意摇头道：“只要能替相爷办事便成，其余事情均没有想过。浦诚曾任鄯城都尉，打退过吐蕃军的偷袭。只盼能在相府求个看门守卫之职，纵是睡马厩、食残羹亦心甘情愿。”

李林甫听他说到“鄯城”时轻嗯了一声，待刘浦诚讲完，这当朝宰相端起茶盏，用杯盖拨了拨茶叶，浅呷了一口淡淡道：“如果派你出使突厥，浦诚觉得自己能胜任吗？”

刘浦诚心里唤一声“来啦”，表面自然装作惊讶地道：“是要突袭还是和谈？突厥不是早已归顺了我大唐吗？”

李林甫有如实质的锋利目光朝他望来，解释道：“据丰州传来的消息，原本已归顺的拔曳固部落不知何故反叛，杀了丰州刺史。皇上欲先派使者前去和谈，如不成功，届时再出兵讨伐。这几日前来贺寿的同僚都在询问本相派遣何人出使。你既在边塞待过，该了解外族人的脾性，纵然吐蕃与突厥不是一个地方，但对大唐来说全算外夷吧？”

刘浦诚露出一个原来如此的表情，那什么拔曳固部落既然敢杀丰州刺史，亦不怕多宰他一个和谈使者。如此有去无回的差事自当交给这来自寿王府的闲人。他此刻有些后悔，暗骂自己不知天高地厚，朝堂政治暗流汹涌，稍一不慎便会将小命搭上，届时客死异乡，还谈什么救出杨玉环。想到今趟出使的任务凶多吉少，心底不免有些发怵。但恐怕此刻就算他不愿去，李林甫亦不肯放他离开，唯有硬起头皮强撑道：“倘若相爷信任小子，浦诚愿意前往，这趟必定尽力而为。”

李林甫眼中闪过一丝狡狯，欣慰道：“难怪夫人同本相说你讨人喜欢，老夫也觉得你很不错。这样吧！为了替你壮大声势，本相收你做义子，和谈的人数不宜过多，再派遣十名侍卫同你随行好了。”

他还能说什么呢？十个酒囊饭袋的侍卫只怕连五个突厥兵亦敌不过，心中叫苦，脸上却要装作感激涕零地磕头道：“浦诚多谢义父，请受孩儿一拜。”

李林甫笑着将刘浦诚拉了起来，点头道：“既是一家人了，就不必见外，这块玉佩算是义父给你的见面礼。明日上朝我会向皇上奏请这事，你亦得做好出使的准备。”

刘浦诚谢过后接了雕有麒麟图案的玉佩，将其挂在腰间。又听李林甫说了一些朝中的时事要闻，天色渐晚，两人直谈到初更方罢。

此后两日，李林甫派了位鸿胪寺的典客向刘浦诚介绍突厥的礼仪和拔曳固部落的大致情况。虽然刘浦诚心中已有这次出使的成败结论，但亦做足表面工作。由于之前往凉州买马时接触过突厥语，刘浦诚学得很快，多一分熟悉，便多一分和谈的把握。事关生死，他自然用心记忆。

一如李林甫的计划，玄宗下旨，刘浦诚顺利成为这次出使突厥的使臣。各事准备已毕，这日艳阳高照，李林甫及一班朝臣在明德门送行十一人的使团，刘浦诚望着这些人皆挂着期盼牵挂的统一表情，暗骂他们各自心怀鬼胎。他亦是虚情假意地挥手作别。在那些围观的百姓看来，大唐能有如此忠臣良将为国出力操心，怎能不令人流泪感动？

【第十回】

轻骑孤兵入敌境
弯弓搭箭显豪情

刘浦诚策骑灰影，众侍卫驾了五辆大车，赶着一千头牛羊浩浩荡荡往丰州而行。途中担心牲畜走失，又雇了二十名牲口贩子帮忙驱赶。从长安一路向北，经邠州、宁州，过庆州，这天来到灵州。灵州位于长城脚下，刘浦诚仰望着这千百年来抵御外族的宏伟建筑，崇敬之感油然而生。

一行人找了家客店歇脚，刘浦诚让所有人全换上平民服饰，自己也穿了轻便的衣衫，为的是避免冲突，从第一印象上便给突厥人和谈的诚意。

护卫何治是相府的侍卫，此刻饮了些酒，嘴里冲刘浦诚嘟囔道："刘兄弟是个好人，这般外出公干带咱们弟兄见见世面，是做好事，可这好事十成里却只有三成算数，还差了七成。唉，可惜，可惜。呃——"他正说着，一个酒嗝上来，将话语自然截断。

同在相府当差的周浩瞪了他一眼，催道："吃饱了没事便回房睡觉，别在这乱喷酒气，瞧你那熊样，去去去！"

何治一拨周浩的手，嚷道："睡什么觉，等脑袋被突厥人砍了，届时再睡个够！老子讲的是实情，本来大伙随刘兄弟一起出使是个好差。可惜去的不是洛阳、蜀州这些地方，这趟是去突厥人的领地，那些可都是杀人不眨眼的魔鬼。凭咱们这十来人能干什么。哎——可惜了俺那小叶子呀！你的治治这趟是有去无回，再也不能陪你啦！哇——"他越说越激动，最后酒气上窜，张口呕了不少秽物出来。

何治这酒后之言虽然说得有些武断，却亦是事实。无奈这班侍卫唯有听命行事，纵使不情不愿，亦只能奉命前往，于酒后向刘浦诚发发牢骚。

见刘浦诚没有言语，周浩亦叹了口气，低声道："反正这趟左右是有去无回，我也对刘兄弟实话实说。何治这家伙如此悲观，是因为那丰州刺史被杀的详情实在可怖，突厥人野蛮成性，将刺史砍了不说，还割下他的首级，挂在马鞍上。皇上对这事十分慎重，已决定派大军征讨，是相爷建议先遣使者摸摸情况，看能否和平解决，为了黎民百姓着想，能不打仗便尽量不动刀兵。嘿——同这些野蛮人有什么好讲的，白白送上我们这批人的性命和恁多礼物。其余侍卫都是皇城的禁军，也是我同老何命不好，就我俩被相爷挑中。哎——”

何治已伏在桌上打起鼾来，听到周浩的话语，猛地抬起头来，傻笑道:“瞧我说的没有说错吧，哈哈哈。”笑罢旋又一头栽下。

刘浦诚那晚已在李林甫房外偷听到了事情的真相，这刻结合周浩所说的内容，完整的事件又多了一部分补充，权力斗争的牺牲品尚不只有他刘浦诚一个，还有这一班侍卫，那些货物、牲口。

做决策的人向来不需要顾虑这许多，那晚李林甫安慰俞氏说他还能回来受处罚，刘浦诚至少还有一丝侥幸希望。但此刻照何治和周浩的结论来看，李林甫未料到有丧命之危，抑或他根本就不在乎，派出两名相府的侍卫亦是做做姿态，他这宰相没有置身事外。纵然使团全军覆没，只可怨怪突厥人的凶蛮狠毒。从轻处罚那些话只属为了安慰女人的说辞，他们这批人低贱得就如牛羊一般，是李林甫争取主动权的弃子。

想通此节，刘浦诚心中反倒没了惧意，当真实情况明朗后，从某种意义上反而激起了他的斗志。环境越是凶险，便越有与其抗争的决心。他沉声道:“两位大哥放心，既然大伙随着刘某从长安出来，必定能一起回去。”

周浩没有吭声，显然对他这句空口白话信心不足，只是瞅着伏在桌上睡相夸张的何治，一脸的不置可否。

虽明知九死一生，但路程仍得继续。倘若不是有家眷留在长安，这批人只怕尽数做了逃兵，总好过被野蛮的突厥人扒皮拆骨。

出长城过了怀远，已然进入草原地域，一望无际的青碧绿毯从脚下直直延伸到天地尽头。头顶着白云蓝天，与灰影一同奔驰在辽阔的大地上，仿佛与自然万物融为一体。刘浦诚固然一扫长途跋涉的郁闷，灰影亦越跑越有精神，不住雀跃嘶鸣。何治自那日醉酒后便再没有放下酒囊，终日用酒精麻痹自己；周浩则神不守舍，不知在想些什么。其余侍卫均是一样，早先有的人还谈谈说说，离丰州越近，越是无精打采。个个认为此行的路程快要走到尽头，人生也即将到达生命终点。

刘浦诚兀自思量对策，对众人的反应也不多作计较。这日来到丰州，向新任刺史询问了拔曳固部落的近况。丰州刺史赵独异见朝廷派了使者前来和谈，慌忙设宴招待，席间夸张地描述了突厥人的暴虐残忍，只听得原本人心惶惶的使团更加胆战惊怖。

刘浦诚没空听他多扯，问明了部落驻扎的大致方位后，便率众人驾车赶了牲口前往。

单说使团寻到阴山附近，远远瞧见百来座突厥人的游牧帐篷。因塞外皆是干旱地区，水源较少，突厥人必须用迁移放牧的方式才能更好地利用水草资源，不长期居住在一地，一般居住在便于拆卸移动与搭建的帐篷内。

一千牛羊的叫声飘传漫山遍野，隔远吵得营帐中的部落人纷纷出来观瞧。刘浦诚策马奔到近前，用突厥话打着招呼自我介绍，并求见阿思赫首领。经过一个突厥男人指点，首领的圆帐在营盘中央，刘浦诚招呼随行侍卫将马车和牲口留在营外，单人独骑前往见首领。

他牵着灰影往营内而行，所过之处皆以微笑同营内的男女老少问好，好似这个部落中的一员。一众突厥人均感新鲜好奇，不明白为何这个外族人像熟人朋友一般会用突厥话同自己打招呼。

但见此处一个个男人均赤膊，现出魁梧结实的筋肉，女人则丝幔遮体，长发披散，并未扎髻。几个小孩见有陌生人前来，均凑过来观瞧，因突厥人好马，有几人见了灰影的奇相，忍不住伸手过来抚摸。刘浦诚大方地任他们随意观看，并热情地用突厥话说着灰影的名字及其来历。

行至中央最大一个帐篷前，刘浦诚率先介绍道："我是来自长安的使臣刘浦诚，受皇上所托求见阿思赫首领。"守卫是一名比刘浦诚高出半个头的魁梧汉子，他方才见刘浦诚一路而来，随和地与一众族人打着招呼，完全不似唐朝官员高居马上的傲慢作风。守卫已先行通知了首领，此刻未作留难，冲他做个往里请的手势。刘浦诚冲几名突厥小孩招呼一声，劳烦他们代为照看自己的马匹，待见到孩子们雀跃地围着灰影七嘴八舌，他始才微笑着步入帐内。

圆帐中一应陈设简朴，游牧民族的家具都甚为简单，因经常迁徙，过于复杂的物件不方便携带，倒不如简单的毛毡、皮毯等物来得方便适用。待见帐内居中坐有一人，这人宽肩阔背，双臂粗如树干，马皮牛革制成的短衫敞开着，露出毛茸茸的胸膛，陡然瞧去，误以为是头棕熊。精悍的目光从他一对铜铃大小的双眼射出，头发如铁针一般倒插在脑袋上，配合着迥异中土人士的五官，确可称为奇貌奇相。刘浦诚看得暗暗赞叹，唯有这塞外地区的水土方孕育得出如此彪悍人物。

这人左方下首还坐了一位身材瘦矮之人，除了那双黄色的瞳孔外，其余的器官均与刘浦诚无甚区别。

居中那位该是首领阿思赫，刘浦诚用突厥话问了好，然后掏出准备好的公文递了过去。阿思赫神色漠然，一旁的瘦矮人起身接了过来，朗声诵读，堪堪读完。阿思赫冷哼一声，没有言语。

刘浦诚不欲场面就此尴尬，干咳一声道："此次皇上让我带来了千头牛羊和五车礼品，有一车丝绸布匹、一车美酒、一车香料、一车瓷器、一车金银。这些都已在营外等候，些微礼物，代表我国愿意和谈的一点诚意，望首领笑纳。"

阿思赫一瞬不瞬地盯着刘浦诚，冷声道："你们送来的东西对我们没有用处，牛羊部落里自有，你们的美酒没有我们的马奶酒香醇，中土的那套习惯在这里派不上用场。"

刘浦诚早料到无法凭三言两语便令其放下成见，正欲说些突厥故事来博取好感，却被一阵马蹄声打断。从帐外进来一名身手矫健的汉子，奔至阿思赫近前率先行礼，然后说道："咱们的人已探到了二十里外，没有见到唐朝军队，只有他们这批三十多人的牲口贩子，还有牛羊马车。"

阿思赫点了点头，这汉子旋又离帐而去。刘浦诚正待询问，那瘦矮之人用汉语说道："我叫蓟巴，是部落的汉语翻译，因为首领曾经上过唐朝官员的当，因此须得小心在意。使者果然胆色过人，没有带军队前来，确是有和谈的诚意。"

刘浦诚心道你又怎知唐朝大臣的真实用意，嘴上仍是用突厥话道："的确如此，此番有赖蓟先生多多斡旋调解，我想反叛一说肯定另有别情，致生误会。皇上是希望能够和平解决双方的误会。"

阿思赫摆摆手道："使者远道而来，暂且稍事休息，让蓟巴带你看看我们的日常生活。"

刘浦诚也不求刚到第一天便能解决问题，反正现在别人也没有要砍要杀的意思，一切随遇而安。

辞过阿思赫，随蓟巴出了圆帐，来到营外。着侍卫和牲口贩子将牛羊圈了起来，刘浦诚只带何、周二人陪同自己入营。

何治和周浩起初见刘浦诚单独入营，料想过不多久突厥人便会一拥而出，将他们这班人乱刀分尸，想象自己成为碎肉尸块的恐怖场面，暗暗吓得哆嗦。

刘浦诚活着从营内出来，大伙不禁诧异万分，见部落人对他恭敬有礼，何、周二人亦多了两分敬佩，此刻跟着他入营，见到突厥人也不过是两腿双臂，碰到刘浦诚亦和颜悦色叽里咕噜地大说鸟话，没有传闻的那般残暴、恐怖，胆子也渐渐大了起来。

晚间刘浦诚受邀来到阿思赫的大帐与其共进晚餐，何、周二人亦随同左右。阿思赫左右各坐了一名部落族长，身后坐了一位红裙女族人，此女以红巾遮面，只露出一对英气勃发的杏目，想来亦是族中尊贵之人。

蓟巴在北面相陪，刘浦诚与何、周二人坐于南面。阿思赫两下击掌，从帐外进来四名突厥女人、两位乐手，均身着薄丝短裤，大部分肌肤裸露在外，冶艳非常。几人向阿思赫行礼完毕，然后在帐中吹奏旋舞。

胡琴乃塞外部落的弓拉弦鸣乐器，其音色柔和浑厚，将大草原那独特的粗犷豪迈展现得淋漓尽致，伴着异域热情奔放的舞蹈，别有一番动人的塞外风情。

正自欣赏，一旁的侍者拿了一个宽大的羊皮囊往席上每人的碗内盛酒，蓟巴用汉语介绍道："难得贵客光临拔曳固部落，我们民风朴实，没有什么好东西招待，且奉上草原人最喜爱的马奶酒和生牛肉，诸位请用。"

阿思赫端起碗朝着刘浦诚抬手遥敬，未待后者举碗便先饮为敬，马奶酒顺着嘴角经过脖子直淌到他的胸膛亦浑不在乎。那蓟巴和另两个部落族长亦是如此，一碗饮完，便即伸手抓起几上的牛肉，撕咬而食。阿思赫蒲扇大手一抹嘴颊，叫声痛快，便往刘浦诚瞧来。

刘浦诚自然知道塞外部落的文化与规矩，当初在凉州教他骑射的突厥人便讲过，塞外有塞外的待客之道，要让人家尊敬你，需得按照别人的规矩来。

他刚准备端起碗饮酒，一旁的何治早已忍耐不住，看见有酒便抢先灌入嘴里，哪知他从未饮过马奶酒，不知个中滋味，只听得"哇"的一声，何治将酒水连带早前吃的干粮全部吐在了毡毯上，还骂嚷不迭地道：

“这是什么膻味酒？老子的尿都比这味道香，他们居然喝得如此开心带劲。”待见刘浦诚瞪着自己，兀自不以为然地道：“怎么？不相信我的话，不然你喝着试试。”

阿思赫与另外几名突厥人见何治大叫大嚷，虽听不懂他话语的含义，但见其将酒全吐了出来，显然极不尊重塞外的风俗，众人脸上不禁勃然变色。

蓟巴冷冷地道：“饮马奶酒是我族待客的传统规矩，便如中土家中来了访客向人敬茶一般，主人将茶奉上，而客人却吐在地上，还用言语侮辱，定是瞧不起我们部落的待客之道咯？”

一名族长右手已按上腰间刀柄，只待首领一声令下，便要这无礼的客人血溅当场。

此时舞乐俱停，场中央的表演者亦冲刘浦诚这桌怒目而视，为无故受辱感到不忿。周浩与何治皆被这剑拔弩张的气氛吓得愣在原处，不懂得应变。

刘浦诚暗骂白痴何治坏事，原本融洽的环境硬被他这蠢材弄得形势紧张。他尴尬地打个哈哈，起身歉然道：“首领勿要见怪，诸位朋友请别疑心。我这同伴只因在前来的途中染上了疟疾，喝什么都会吐出去。原本我是让他待在营外的，但他仰慕部落异族风情，便求我带他一同前来。方才失态，致令各位见疑，我代他赔个不是。这碗敬拔曳固族的隆情厚谊！”说罢端起碗一饮而尽。

马奶酒有其独特的奶香，并非每个中原人都能适应。他在凉州也只是一口一口慢慢地喝，此刻为了让人释疑，学着突厥人一般饮法。任那酒水倾泻直下，流入腹中。

一碗饮毕，刘浦诚强自压抑腥膻与酸甜混合的怪味，胃里一阵抽搐与痉挛，刚刚落肚的液体又倒撞上涌。他面上不露出任何神色，抓起一块仍带着血丝的牛肉撕咬起来，强笑咀嚼，再连同已经涌至咽喉的酒一起吞落肚中。

不知为何，刘浦诚感到有双目光灼灼地瞧着自己，形同实质。在这等众目睽睽的场合，他此刻又是场中的焦点，本该如此，但那感觉又说不上来，古怪奇异。

阿思赫见他吃喝豪迈，如突厥人一般无异，遂露出笑容，竖起大拇指，赞了声“好”。

其余人脸上阴霾尽去，舞蹈胡乐重又继续，如同什么都未发生一般。

刘浦诚冲阿思赫点头回礼，赞道：“拔曳固部落的特产较别处的与众不同，我还是首次喝这么烈的马奶酒。”

一旁的族长听他夸赞本族的特产，欣然解释道：“有些地方的马奶酒是直接等到马奶发酵变酸才开始酿制，而我们部落却是先将马奶火上蒸馏，再融合酒精制成。故此酒精度较别的马奶酒高出不少。”

刘浦诚闻言恍然，原来这里面还真有区别，他先前一番话只欲客气地抬举一下对方部落，想不到果真包含了不同的工艺，打心里佩服起这些长居塞外的人们来。

何治、周浩适才心忖这次必死无疑，待见刘浦诚站起身与突厥人一番叽叽喳喳，又是喝酒又是吃肉，对方居然没有抽刀出来砍他们，俱是十分意外。身旁这个泰然自若的小子对付突厥人果然有其独到之处，能够保住性命自然心下暗喜，却也不敢再胡言乱语，又不愿喝那膻味酒，只得默默地瞅着跳舞的胡女。

刘浦诚又敬了阿思赫一碗，始引出正题道：“肉也吃了，酒亦饮了，不如我们说回正事。这番只要拔曳固部落再次归顺大唐，年年进贡，我保证大唐不会干涉部落正常发展，毕竟……”

阿思赫尚未言语，蓟巴却打断道：“使者的意思我们明白，可是唐人狡诈奸猾，面上说一套，暗地里做的是另一套。虽然我们相信你这次除了牛羊礼品没有带士兵前来，但如何能保证你回去之后没有军队来攻打我们。如今拔曳固的所作所为只不过是为了向那些死去的族人交代，纵然你们兵马充足，但我们拔曳固族却不惧一战。”

蓟巴语声方落，阿思赫与其余族长均露出视死如归的表情，就连演奏的乐手和舞者亦是一脸慨然，单只看这几人的神情便可感受到拔曳固族的勇气与决心。

刘浦诚暗暗叫糟，这局面岂不是正如李林甫所预料的一样？当他看到那些突厥孩童的天真活泼，便已决定要尽一切办法阻止战争，一旦唐军来临，眼前这个部落美好的事物全部将烟消云散，孩童纯真的笑脸亦不复存在。如今已不是单纯为了保命或是不让李林甫阴谋得逞，而是有了更高的目标，为了真正的和平。

想及此，刘浦诚耐心辩解道："唐人并非个个狡猾奸诈，不是每个人都言而无信。你们肯定知道王昭君出塞的故事，汉元帝与匈奴和亲之事流芳千古，不正说明了其仁义守诺吗？我如今前来议和更证明大唐皇帝既往不咎，你们杀了丰州刺史，已惹得我朝上下震动。圣上料想事出有因，和平得来不易，还是派我前来了解原因，让双方握手言和，重归于好。"

当他说到王昭君时，人人均露出思索的神色，昭君出塞的故事草原人大都知晓，刘浦诚亦是欲借此事引起共鸣，但提及杀丰州刺史的事，阿思赫脸上竟露出激愤之色，瞧得刘浦诚不明所以。

只听蓟巴激动地道："昭君出塞的故事人人听过，首领并不是没有考虑归顺。但我们已然杀了刺史，这件事无法回头。听你方才所说，这番倘若劝降不成，唐朝大军是否随后即到，只要我们不同意归降，便会有灭族之灾，而此番你们来送礼只不过是麻痹我们的遮掩与幌子？"

帐内气氛又趋沉重，刘浦诚又感到那灼热目光，他环目扫视，终于找到了来源。除了阿思赫与两名族长，一直未有发言的红裙女亦瞅着自己，而那两道似欲将他看通瞧透的目光，俱是从她英气勃发的眼中露出。

通过与蓟巴的辩论，此时刘浦诚已然看出来，在拔曳固部落里，首领极具威信，只负责处理纠纷、发号施令。真正的智囊及发言人乃是这个叫蓟巴的译官，此人头脑精明，思维敏捷，只凭他几句话便可推论出八九分事实的真相。刘浦诚亦明白此刻只要答错一字，方才好不容易赢来的尊敬好感便会顷刻间付诸流水。

蓟巴说到后来语声激动，显然为这推断出的结论感到震怒。帐外听见里面似在争吵，冲进几名手执马刀的突厥勇士，见到首领兀自端坐，不怒自威，便恭敬地立在东首，恶狠狠地瞪着刘浦诚几人，只待一声令下，立时扑上将这三个汉人剁成血肉碎块。

周浩轻轻扯了扯刘浦诚的衣袖，提醒他切勿轻举妄言，惹恼这批野蛮人，否则还未见到草原上的月亮，便要先去阎王殿报到了。

刘浦诚自然明白其意，但这事却轮不到自己妥协，一旦他们葬身此处或无功而返，李林甫便有借口另选猛将集结大军讨伐，届时这里只会沦为战场。刘浦诚明白战场，那便如一场梦魇般的大火，能够燃尽世间所有的幸福与希望，拔曳固这个名字今后将不复存在。他能做到的便是动之以情、晓之以理，尽力促成议和。

刘浦诚缓缓站起身来，先意味深长地望了蓟巴一眼，然后冲着阿思赫诚恳地道："我不管朝里的大官有什么意图，我来此是为了和平。首领可以将我们这几人全部杀了，然后对大唐宣战，拔曳固族固然无所畏惧，但是又能有什么用呢？你杀我、我杀你不过是逞一时之快。身为一族首领，难道你愿意见到拔曳固部落的人们因为一个错误决定而无辜牺牲，族人被卷入无情战火的场面吗？关于反叛一事，我可回去向皇上奏明，以后不允许有边塞刺史干涉部落内部的习俗人事，否则必将严惩。这是我能够承诺的，请首领与在场诸位相信我。如今我们同样是冒着性命危险来到这里，使团一干人丢命在此事小，拔曳固部落全族前途命运事大，请首领三思。"

站在东首的突厥勇士呼喝叫嚷，欲将这不知所谓的汉人拖出帐外。周浩双手抱头，两眼紧闭，不忍观瞧接下来的一幕惨状。何治骇得张大了嘴，久久合不拢口，刘浦诚只顾说个痛快，自己亦将陪着他享受那乱刀斩肢的苦楚。

阿思赫突然站起，冲突厥勇士打了个手势，待后者噤声退了开去。他才对刘浦诚道："客人已经累了，早点休息，回头再谈。"

蓟巴将刘浦诚三人送至一个中等大小的帐篷外，淡淡道："使者远道而来，想必已然困乏，还是早些休息。首领自会另选日子再同使者商讨的。"他回望了刘浦诚一个意味深长的眼神，便转身离去。

夜凉如水，毡毯上的刘浦诚揣测着蓟巴那眼神中的含义，猜不透拔曳固部落杀丰州刺史的真实原因，他原以为不外乎那些当官的不尊重部落习惯风俗，招惹祸事。但方才用言语试探，显然个中原委又没有这么简单，想来想去没有头绪，连瞌睡也没有了。

一丝轻微的撞击响声传入耳内，倘若不是心中有事，他必不会听闻。横竖睡不着，便起身去看看好了。

轻身绕过睡得正酣的何、周二人，刘浦诚揭帐而出。

草原的夜晚竟是如此迷人，璀璨星辰遍布轮月四周，生动形象地诠释了众星拱月的唯美景象。站在草原星空下感受大自然那份梦幻奇异，仿佛置身由银河群星构成的寰宇穹苍之中。难得的是天空澄澈无比，没有碍事的云层阻隔，更增此刻明月照人的光辉魅力。

前方人影一闪，提醒刘浦诚此刻非是欣赏夜景的良机，何用多说，他拔身而起，立即动身追了上去。

那人身手敏捷，且对部落营地甚为了解，驾轻就熟地左拐右岔，最后径直奔向一座山坡。刘浦诚已知晓对方是故意惊动自己，然后跟着追去。此刻也懒得理会是否是一个针对他的陷阱，直欲先擒住对方再一探究竟。

堪堪奔至山坡边缘，下面则是悬崖深谷。眼见无路可走，那人出乎意料地回过头来，劈手一掌朝刘浦诚胸膛打来。这人穿了夜行服饰，仿似从头到脚裹在一团漆黑的云雾之中，难以分辨其性别身材。

但攻来的一掌却不容小觑，大有疾电迅雷之势。刘浦诚未料到对方骤然出手，来不及反应就一拳递出，打算来个以攻对攻。

谁知那人好像早就料到他会这般应对，在掌拳即将相触的前一瞬变掌为爪，趁刘浦诚旧力已尽而新力未生之际，在其臂上留下三道印痕。

刘浦诚没想到对方反应如此之快，他击出的一拳就像伸手过去给人喂招一般，好在对方手下留情，否则留在手臂上的就不只是印痕那么简单了。

想到黑衣人留有余地，刘浦诚心念甫动，右手挨招的同时左手再攻一拳，既然敏捷不及别人，只有斗勇拼狠了。

这次黑衣人没有故技重施，料想他亦没料到刘浦诚适才刚吃过亏，却又用同一招式对敌。

在金黄色月光笼罩下，山坡上的二人掌来拳往，赋予此静谧的夜晚一种奇妙的动态光影。

黑衣人没有料敌先机，这次两手回防格挡，刘浦诚要的就是对方采取防御，他左拳使到中途，变拳为指，往上撩去，直取黑衣人脸上头罩。

那人的庐山真面目随着掩面头罩的摘掉而揭晓。

“竟然是你……”此刻刘浦诚手抓黑头罩，瞪着对方愣道。

对方不是别人，正是在宴上一直未发声，却屡次用灼热目光盯他的红裙女。

此刻她身穿黑衣，包裹住了曼妙的身姿，但去掉遮面之物，其星眸薄唇、如云秀发一览无余地呈现在刘浦诚面前。

借着月色点缀，她那张异域女性的成熟脸庞如星河一般深邃迷人，竟是如此美丽。

见刘浦诚呆瞪着自己，这突厥丽人轻咳一声打破尴尬，大方地自我介绍道:“我叫娜仁托娅，是阿思赫的妹妹，你敢出头替大唐议和，难道不怕死吗？知否几位族长均极力建议哥哥让你们无法活着离开？”

刘浦诚心道形势又会有这么危急的？抑或这些只是她的恫吓之词，对方只不过是想探探他这御使的底线口风？

他心中思忖，口上却毅然道:“死有什么好怕的，谁人能不死呢？但我为了拔曳固族而死，总算是有点价值吧。”

娜仁托娅闻言走近几步，不知从何处变出一把弧形匕首，以迅快的手法架至刘浦诚脖颈，不无暧昧地凑往他耳旁道:“说得倒挺伟大。蓟巴说汉人均是花言巧语，拔曳固部落有你的妻子朋友吗？你凭什么为部落而死？”

她这几句话显然问得大有道理，要知道唐朝官员莫不是自私自利之辈，现在陡然来了一个使者口口声声说要以部落利益为先，恐怕这理由连傻子亦不会相信。

但这确实是刘浦诚的真实想法，唯有这次和平解决争端，他始能在相府立足，进而于长安城闯出名堂，再设法救出杨玉环。解决拔曳固部落的矛盾只是刘浦诚所要迈出的第一步，在公是为免受战火侵袭的人们，在私是为了自己。所以尽管现在被这美女用刀架在脖子上面，他依旧坦然直言。

“虽然我在拔曳固部落没有妻子朋友，但打从踏足草原的那刻，见到这些民风淳朴的人们开始，我便已决定捍卫这里，哪怕以生命为代价。”刘浦诚一边说着一边迎上娜仁托娅的目光，他心里想到的则是救杨玉环脱困的事，嘴上便说得坚决肯定，透出一股真诚且正直的意味，兼捎带那不可动摇的决心。

娜仁托娅显然被他这股神情所打动，那双英气勃发的大眼细瞧了刘浦诚好一会儿，手腕一翻收起匕首，横了他百媚千娇的一眼，妩媚道："别怪人家没提醒你，想要议和可不是那么容易的，考验尚在后面。"

说罢往来时方向奔去，留下刘浦诚一人傻拿着头罩兀自望着月光下丽人的背影怔怔出神。

翌日，听闻帐外一片吵嚷之声，何治喃喃地骂道："野蛮子，我说今趟九死无生吧。现在他们定是在外边弄着祭奠已故族人的什么仪式，待会便要把我们几个拖出去生剐了。唉——我倒情愿一刀痛快了事，省的多受苦罪。我的小叶子才这般年轻便要守寡了。"

周浩掀开营帐一角向外观瞧，闻言头也不回地骂道："你这蠢材能不能少抱怨两句，昨日要不是刘兄解围，你把人家招待客人的酒全呕了出来，才真是要剐了你。平日猛灌黄汤，真让你喝时又灌不了了，真是一个废物！"

何治不以为然地道："昨日怎么没见你英勇地喝一碗呢？反倒是刘兄弟站起身来全干了，你还不是只会卖嘴乖，那膻味酒不是人人喝得惯的，只有他们经常喝的人才能习惯那股味道。嫌我吵便将耳朵闭起来，以后你想听治爷的话怕是没有机会咯！"

他俩你一言我一语地相互讥嘲，不一会儿又讲起对方的丑事，连在相府偷看婢女洗澡的旧闻均翻了出来。刘浦诚听得好笑，瞧了瞧帐外部落族人全在拆卸帐篷，腾挪空余草地，似在准备着什么一般。料想猜测亦是无用，唯有以静制动，以不变应万变。任周、何二人继续吵骂，刘浦诚躺下补觉，不一会儿便迷迷糊糊睡了过去。

蓦地见到身处青山绿水之间，杨玉环在咫尺身畔正对着自己呵气如兰，她的一颦一笑，一个娇憨的神态表情，一个嗔怒的姿态动作，都是那般清晰无遗地展现眼前，刘浦诚的鼻息内充溢着她活泼健康的体香。正当他要把伊人拥入怀内，一瞬间咫尺距离骤变作万水千山，杨玉环离自己越来越远，直至隐入一片云端之中。刘浦诚忽然觉得她离自己犹如前世今生般模糊得茫不可测，虽然努力回想每个具有纪念意义的场景片段，偏偏搜索枯肠只得一片空白，只肯定那个身影熟悉至极，却没有印象在哪里见过，此番似曾相识的感觉从何而来。

他在梦中迷糊地辗转沉浮，脑海时而清醒，时而混沌，感觉一些熟悉和陌生的事物来来往往，欲伸手抓住一些，偏偏触摸不到。

这日醒醒睡睡地过了一天，到了第二日起来，见到何、周二人双目满布红丝，黑圈环伺，料想是整日提心吊胆，无法入眠之故。有族中勇士前来请刘浦诚等人去见首领，刚步出帐外，但见眼前豁然开朗，百来个本是簇拥在一团的帐篷全移了方位，分散成一个辽阔的椭圆形状，帐顶系以彩色方巾相连。五颜六色，煞是美丽。

首领阿思赫的圆帐仍处于整个椭圆阵营的中央，上有白云蓝天，下衬青草黄土，光是这幅塞外青天碧草的图画，就足以令刘浦诚奋力为其争取和平。

突厥勇士将三人的马牵了过来，灰影的头上多了一个野花与青草编织而成的花环，此刻见到主人，它用嘴亲热地碰碰刘浦诚的脸颊，似欲告诉他自己这两天的境遇。

不用灰影嘶鸣出声，刘浦诚亦知道定是那班孩童带着他的拍档领略了这个马之故乡的美丽风情。他上马随着突厥族人奔向中央最大的帐篷，待见一众拔曳固族人尽集于此，似有好几百人。男人上身赤裸，女人身穿薄丝短裤。阿思赫正同几位年长的老人说着话，蓟巴见刘浦诚等人到了近前，招呼道："再过十日便是草原上的蹴鞠大会，这是大草原上各族部落的传统节日，祈愿突厥各族和平安定。诸位适逢盛会，欢迎之至。倘若昨日打搅了三位休息，还请见谅。"

刘浦诚下马客气几句，蓟巴领着他来到阿思赫身旁，边走边道："首领听了你一席话语，与几位族长讨论了使者的提议，部落里分成了两派，一派誓不妥协，主张顽强抵抗；一派则是归顺大唐，换取和平。首领好生为难，为了不令部落分裂，最后唯有请使者来参加我们的蹴鞠大会，让长生天来决定。假如使者可以一显身手，凭技艺盖过拔曳固族勇士。整个部落自然归降大唐，无话可说；反之，议和一事使者再也休提。"

蓟巴说完，阿思赫适时地问道："使者该不会觉得为难吧？"

刘浦诚此时的心情亦喜亦忧，喜的是整件事情终于迎来了过半程度的转机，忧的则是他这外族人的诸般技艺如何能盖过自小便接触各项运动的游牧民族。但有希望总胜过无念想，遂侥幸问道："怎么比法？"

蓟巴介绍道："蹴鞠大会有蹴球、射箭、摔跤及套马四种比赛项目，任使者挑选其中一项，只要能够胜过我们的首领，拔曳固部落一切全听尊意。"

刘浦诚寻思：蓟巴说的这几个项目里，蹴鞠为多人竞技，讲究团队协作，就冲自己带来的那些安逸侍卫，还是罢了；摔跤与套马他未曾试过，那是必败无疑。射箭尚在鄯城训练时练习过，多亏了杜校尉的高强度练兵，昔日的辛苦尚算没有落下；在凉州他的骑射亦曾得突厥人指点，刘浦诚亦下过一番苦功，对这一项还是颇有自信。但阿思赫身为全族首领，其射术自然是全族内数一数二的，即便刘浦诚能够百步穿杨，这趟胜负亦是难料。

他硬着头皮试探问："倘若刘某在射箭项目上侥幸胜过首领，那他岂非在众多族人面前下不了台，影响首领在部落的威信？嘿！不如大家干脆痛痛快快喝一场，就答应我说的。"

蓟巴摇头截断道："大草原有大草原的规矩，使者请尊重部落的传统。实话告诉你，首领的箭法族内无人能及，他是主张顽强抵抗的一方，正因知道使者胜算渺茫，首领才提出比试一说。只是为了全族利益，才象征性地比赛。大草原上向来只尊敬有本事的英雄好汉，瞧不起那些只会耍嘴皮子的人，故没有使者顾虑的下不了台这一说。倘若使者能够取胜，拔曳固部落人人自会心服口服，均认定你是长生天派来议和的。反之则觉得长生天的旨意是让我们顽强抵抗，不要屈服。这么说使者该明白了吧。"

刘浦诚大感头疼，这分明是要迫自己背水一战，只许胜，不能败。蓟巴不理他双眉紧蹙的表情续道："使者决定了射箭吗？好，那我先来说说规则，也便让你在这段时间准备准备。大草原上的射箭不同于中土，我族更讲求跑马疾射，即两匹马绕着一块圆形场地奔驰，比试者在马上伺机放箭，射向百步外的箭靶，每人均发三箭，最终看箭靶上留下的箭数与准确率来决定胜负，便这么简单。"

刘浦诚倒吸一口凉气，策马在直线奔跑中骤然放箭他是知道，那至多要求射手在马上与箭靶保持水平，然后集中目力与准绳便成。蓟巴说的这种绕场而射，骑手不仅要觑准箭靶掌握准绳，同时还得兼顾策控胯下之马围场而奔，如此一心二用，其难度与前者相较自有云泥之别。

与蓟巴又聊了一些比赛的注意事项等问题，辞过阿思赫及各族长，刘浦诚三人径回帐篷，部落的首领则继续准备蹴鞠大会的相关事宜。

议和一事已然有了明确的目标，但刘浦诚却对骑射比试忧心焦虑，回想蓟巴所言阿思赫持主战的立场，令他对这次蹴鞠大会的结果实不敢抱有任何乐观期望。

何、周二人嘟囔一声，复入帐倒头大睡。刘浦诚坐在帐篷前的草地上，仰望晴空万里的蓝天，正思忖不知是否去找个地方练练射箭，一支羽箭陡然疾射而至，险险插入身前一尺开外的草地，箭身没入土里一半。

刘浦诚赫然抬头，娜仁托娅策骑而至，带着轻蔑口吻讥讽道："大唐使者，这么快便垂头丧气啦？蹴鞠大会仍未开始呀。"

她今日一袭枣红短衣短裤，露出经过长期日晒呈现古铜色泽的健康肌肤，如瀑长发自然地垂在身后，胯下骑了一匹白棕斑点相间的红马，手执长弓拨弦弄箭。其人其马，疑似哪个神话故事中的火神，又像寓言传奇里的巾帼英雄，端的是威风凛凛、神采飞扬。

刘浦诚瞧得呆了一呆，待见娜仁托娅弯弓搭箭准备第二轮嘲弄，始跳起来道："谁垂头丧气了？我只是在思考罢了。"

娜仁托娅似早有预备，反手取下挂在马鞍右侧的一张长弓和箭袋，抛给刘浦诚道："坐在地上想是无法胜过我哥的。"语毕拨转马头，娇喝驱策前行。

刘浦诚哪还不知其意，扬手接过弓箭，跃上灰影，跟在红马背后追去。

跑了大概四五里，娜仁托娅探手一指远方地平线上隆起的山丘，傲然道："大唐使者，我们来比比脚力，看谁先到那处山坡，输了的人必须送对方一样东西。"

若是要比什么跳舞、摔跤，他刘浦诚自然甘拜下风，说到赛马，这位在洛阳得过第一的骑师当然有稳胜的自信。

刘浦诚也不多言，微笑点头："好，一言为定。"

也不见娜仁托娅有何驱策动作，她胯下的红马下一秒便如同弓弦上的箭一样射了出去。

细看其四蹄奔腾的轨迹，刘浦诚后悔适才过于托大，他急忙轻拍灰影右颈，让这拍档加速追赶。

可无论灰影如何发力提速，娜仁托娅与其红马总是领先前者一个马头，任刘浦诚想尽腾跃轻身的骑术办法，仍旧缩减不了这个不大的差距。

转眼山丘已至，两马同早前一般，按照原顺序先后而至。

到得近前始知山丘脚下有一小湖，不少野马、飞禽在此饮水嬉戏，蓝天白云倒映其中，平添大草原自然生态的原始真趣。

娜仁托娅这胜利者笑着翻身下马，步至刘浦诚身前抬手道："拿来！"

刘浦诚亦离开马鞍，兀自不甘心地嘟囔道："什么拿来？"

"愿赌服输，我要你身上的那块玉。"娜仁托娅扬手指了指刘浦诚腰间。

原来她看中了李林甫送给自己的麒麟玉佩，虽然此物并非奇珍异宝，但要这般轻易送人，刘浦诚又有些不舍。

转念一想，娜仁托娅带自己过来亦是为了帮助他提升技艺，饰品终究乃身外之物，有无皆随缘。

玉佩残留着刘浦诚手心的余温来至娜仁托娅的纤掌。

"为什么只差那么一点，我的马就是跑不过你？"刘浦诚忍不住将疑问吐了出来。

输也要输得明白，至少他不相信灰影的速度比不上红马。

正在轻轻抚摸玉佩的娜仁托娅似听到了什么有趣滑稽的故事，笑得花枝乱颤，如同一朵盛开的柳兰，用嘴努了努灰影，道："你自己看。"

刘浦诚不看则已，一看亦是笑出了声。

灰影凑在红马身旁，不时将脑袋挨过去蹭蹭，一副恋爱中的谦卑模样，红马则爱理不理地埋头啃草，任前者在一旁郁闷低嘶，尽显良驹母马的矜持风范。

敢情灰影居然看上了人家，也难怪它不敢超越红马奔至前面，他还有什么可说的呢？刘浦诚今趟确实输得心服口服了。

知晓了灰影落后的秘密，娜仁托娅优美的声音传入耳内："骑者应当掌握坐骑的实时状况，赛场上的情势千变万化，前一刻的优势也许在下一刻便成劣势，演变为对手的优势。”

刘浦诚此刻已然收起自满之心，谦虚地请教道：“小姐说得有理，赛场之中确实大意不得。对于蹴鞠大会的骑射项目，还请指点一二。”

娜仁托娅见刘浦诚肯虚心求教，心头泛起一丝甜蜜，口中呼哨一声，红马听闻立时奔至。待她翻身上马，灰影亦怅然若失地来至刘浦诚身旁，刘浦诚笑着拍了拍它安慰道：“总有机会让你如愿以偿的。”

“现在我们各自沿着这湖的两边奔驰，你用箭去射那些石堆顶端的羊头，我会予以干扰。”娜仁托娅马鞭一指十丈开外的石堆，朗声道。

刘浦诚经她示意，这才注意几十米外果然有几堆碎石，依稀可见上面的白色羊头，这一切显然是娜仁托娅早就准备好的，心底不禁对她这份心意多了几分感激。

要在这么远的距离射中羊头可不容易，间中娜仁托娅还利用地势和骑术制造种种心理压力增添障碍，二人这般从上午练至日落西山，刘浦诚十箭终有七箭命中羊头。

“助你练习的事情千万不可令第三人知道。”此刻躺在毛毡上的刘浦诚仍回想着娜仁托娅叮嘱自己的话语，既然她是一片好意，他亦不去多想，专心练习罢了。

此后数日，刘浦诚每日自到山丘与娜仁托娅碰面，何、周二人见他早出晚归，只道是徒然挣扎，为大伙几条小命多拖延几日，依旧整日不厌其烦地打着嘴仗。

娜仁托娅陪着刘浦诚在湖畔努力练习骑射，这严格的导师不断将射击难度提升，刘浦诚所要射中的目标体积亦越来越小，弃羊头换饮酒的小盏，从十丈到二十丈，誓要练成百步穿杨的神技。

他俩这般朝夕练习亦渐渐熟络亲密，有这位突厥佳人陪伴，刘浦诚恍惚回到了昔日蜀州境外的山谷，他自己也解释不了为何会有如此感受。

灰影同红马的感情也是一日千里，后者名为阿古达木，即广阔之意，在灰影早晚不间断磨蹭的“纠缠”下，阿古达木终用同样方式予其回应。

夕阳于西方天际射出霞光，地上的二人在那万道金光之中看着两马亲亲热热，尽情享受大自然赋予的灵动生命，只觉美好无限。

十日骑射的时光转瞬即逝，虽然日子不长，但刘浦诚却有脱胎换骨的全新感受，说不出究竟是娜仁托娅指导有方，还是大草原水土育人，抑或两者兼有之故。

盛会当日，早早有突厥勇士过来邀请刘浦诚三人，待会合了拔曳固众人，蓟巴照例向刘浦诚交代几句，向阿思赫禀报后，便去场地指挥安排。何、周二人听到蓟巴说的汉语，加上长久以来的悲观心态，已断定刘浦诚胜算渺茫，对这般无谓挣扎自没存侥幸希望，连鼓励打气的话语亦半句没有。

刘浦诚原本对二人不做任何指望，深吸口气，抛开胜负后接踵而至的结局后果，转头望见阿思赫翻身上马，踹镫、侧身、落鞍、提缰几个动作行云流水，一气呵成，只看得他暗暗叫好。单瞧这上马的姿势，便可推断其精湛马术，阿思赫与忠王府的韩无名相较怕是只强不弱。

阿思赫用马鞭遥指亦翻身上马的刘浦诚，口中呼喝两声，双手抽缰，胯下棕马振鬃而嘶，两只前蹄抬了起来。马鞍上的阿思赫高举马鞭，大声呼啸，在场所有拔曳固族人全体大喝回应。刘浦诚料想这必是他们部落激励士气的方式，抚着灰影静静观看。阿思赫一打手势，着刘浦诚跟来，便当先骑行。

顺着帐篷往北奔驰一里，来到比赛场地，草地上已用牲口的鲜血画好一个七十丈方圆的圈子，正中央插着一个丈高的正方形四面箭靶。有人给刘浦诚递上牛筋弦制成的弓和羽箭，但见阿思赫的箭尾羽毛被涂成了黑色，他执着三支白羽箭，想来是以黑白作为区分。拔曳固族人纷纷骑马来至场外，男女老少均在喝彩打气，希望于这特殊的节日见识首领的英姿风采。

刘浦诚俯身轻轻拍了拍胯下的伙伴，凑到它的耳边道：“老伙计，我们日后还能不能一块儿奔驰，就看你今趟的表现啦，不要输给对面那棕色的家伙。”灰影摇头低嘶一声，仿似在埋怨刘浦诚恁啰唆。准备就绪，刘浦诚与阿思赫两骑分站圈中东西方位，蓟巴亦骑了匹白马作为裁判，站在圈外北面。他分别用突厥话和汉语说了两遍比赛规则，然后一声高喝：“比赛开始！”

阿思赫将弓箭负在背上，好整以暇地伸伸胳膊，然后扬缰踢镫，鞍下棕马便踏着红线自西向东绕场驰奔。刘浦诚见他身形甫动，亦是一夹灰影马腹，依法施为由东往西策骑。便是在这般两马一东一西地绕圈奔驰之时，围观人群均在赞叹二马的神骏之时，也未见到阿思赫如何撑弓引箭，一支黑羽箭以飞快的速度从刘浦诚双目余光范围激射而出，直奔箭靶，随着一声轻响，羽箭射入南面箭靶的中央，拔曳固族人登时爆起热烈的喝彩之声。

刘浦诚经过连日来的练习早已知晓，这般骑射旨在考验一心二用，既要全神贯注地瞄准出箭，又得掌握好马匹奔驰的速度，实在不简单。塞外部落的人自小生于马背，这对他们来说只是稀松平常。好在灰影与自己的默契可以稍稍弥补这方面的差距，现在头筹已被阿思赫先占，刘浦诚唯有尽力扳回一箭。

身随意动，手随心转，待灰影驰至正对北面箭靶即将奔开的一刹，刘浦诚搭白矢，放弓弦，只听得“嗖”的一声，当真是只闻弦声，不见箭踪。待众人反应过来，北面箭靶上亦多了一支白羽箭。

圈外同样响起热烈的欢呼声，草原部落的人们果如蓟巴所言，他们只尊敬勇士，任谁射中箭靶，同样是予族长一般的喝彩。刘浦诚瞥眼之间，忽见到了何、周二人，这两个家伙夹杂在人群里亦大声喊叫着，并非对这次比赛结果漠不关心。娜仁托娅夹在族人之中，朝他投以鼓励的微笑，给予刘浦诚再下一城的信心。

阿思赫见刘浦诚亦射中一箭，叫了声好，他稳住棕马疾驰的势子，正欲释放手拈的第二箭。

这次刘浦诚看得真切，不放过其任何一个动作，待见阿思赫挺身抬臂，下一秒便会释放手中黑矢。他来不及细想，全凭身体自发反应，就这么将手中搭好的一箭电射而出。说时迟那时快，场外诸人只听到一声弓弦响动，却见黑羽白羽两箭飞出，阿思赫正处场中南面，刘浦诚则奔到了东南方向，由于他所处位置不适，白羽箭没有朝着箭靶飞去。他尚未来得及暗自感叹可惜，便见白羽箭箭势不衰继续往东南方向飞蹿，恰好撞上往正南方向箭靶而来的黑羽箭。原本黑羽箭带着此行简单的使命正中箭靶便即完结，离弦才刚刚飞行一段，却被不长眼的白羽箭撞了个正着，心不甘情不愿地又滑行了一阵，终在即将到达箭靶一尺距离时无可奈何地落到了地上。

在场所有人何曾见识过如此紧张刺激的比箭，全部瞪圆双目看傻了眼，不知是谁首先反应过来带头喝彩，所有人才爆发出激动人心的呼声。

回说场中，刘浦诚万料不到这条件反射下的一次乱射居然另建奇功，如此神技可一不可再，好像冥冥之中真有草原长生天在眷顾他一般，否则怎能发生这万分之一概率都无法办到的事。第一箭二人均射入箭靶，算是打和；第二箭全部射偏，当算作废；关键便是接下来决定命运的最后一箭了。

阿思赫见本是制胜一箭竟然未能建功，冷哼一声，疾驱坐骑，越奔越快，同处一个场中，棕马奔行加快，灰影亦不自觉地脚步渐速。这一下两马绕圈疾驰，犹如不分先后头尾相连，刘浦诚望向阿思赫，因为颠簸兼急速，这首领与棕马在自己眼中已变成一个上下晃动的背影。听得一声轻响，他知道阿思赫最后一箭已然射出。但此刻自己却连箭靶方位亦瞧不准确，这最后一箭自不能似上一箭般慌乱出手，倘若长生天不再关照于他，羽箭射偏的后果实在是难以承受。

既然看不清箭靶，刘浦诚索性将左手弓平肩而举，对准圆圈中心的方向，心中回想山丘训练时的画面场景，凭感觉心射。这一招实属下下之策，洛阳赛马竞速还可倚仗灰影的速度，这一次灰影能帮他瞄准吗？但这亦是没有办法中的办法，他只能把握箭靶的方向，看不清靶心方位，这般平射总胜过了弃弓投降，亦不能让灰影停下脚步来等他看清楚再射，那等同于犯规。

驱开这些扰人的念头，刘浦诚呼出胸腹浊气，耳畔弓弦一响，与此同时他扣弦的右手一松，那最后一支白羽箭便径直射出。

全场倏地变得特别安静，时间似在这一刻停顿，一众族人静待那几名抬靶的突厥男子归来。

这场比赛关系重大，其过程又是如此惊险刺激，而结果关乎着整个部落日后的命运，故每一个人手心里均暗自捏了把汗。

娜仁托娅容色平静，那张如同刀削斧凿的俊雅玉容上既看不见紧张，也瞧不到着急。

何、周二人相比起来却是焦急忧虑，何治仍是张了大嘴踮足眺目而望，周浩用左手遮着双眼，右手拽着何治，让他第一时间告知自己最终的结果，生怕亲眼所见的事实太过残酷，难以接受。

箭靶被部落的勇士抬到圈外，脸上均露出难以置信的表情。刘浦诚与阿思赫此刻已驰到了场外，下马来至近前观瞧：首轮是黑南白北，两面箭靶上均有一箭，视为平手；第二箭二人皆没有上靶，同为作废；最后一箭则在西面箭靶距离靶心的地方一上一下插着黑白羽箭，两箭距离相若，都在靶心附近，就好像是有人在近距离刻意把箭镞插在箭靶上一样，又似一个箭技如神的射手用上连珠箭艺，两箭分上下同取一个目标。如此精准巧合，堪称神迹，难怪所有人脸上不约而同挂着难以置信。

刘浦诚暗暗感激长生天，今趟除了神灵庇护，还有什么可以解释他能如此幸运，连续射出三次精妙绝伦的神箭。现在这比试结果阿思赫既没有赢，刘浦诚亦不算输，双方和平收场，且不失面子，仍有继续和谈的余地，算是个不错的结果。

阿思赫看了箭靶上的最终结果，搂着刘浦诚双肩道：“好箭法，好马！”

刘浦诚被他这突如其来的热情弄得有些不好意思，也学着阿思赫的样子搂着他笑道：“你也好箭法，好马！”

拔曳固部落的人们全体欢呼起来，男男女女将刘浦诚和阿思赫高举起来抛上半空，以这最直接的方式对他们不分胜负的赛绩表示祝贺。

刘浦诚感受着此刻拔曳固族人们的热情，心中一块忐忑大石终于放下一半。何、周二人与两个突厥勇士抱在一起跳起舞来，这次眼见这些人将刘浦诚同他们的首领一样抛上空中喜悦欢呼，该不会是要杀要剐的迹象，自不再担惊受怕。

待众人放下阿思赫和刘浦诚，首领来到灰影的身前，冲着那个肉瘤一阵细瞧，且不时按按摸摸。刘浦诚见状问道：“我当初也觉得这个肉疙瘩挺怪，该不会是这马有难以治愈的疾病吧？”

阿思赫友善地一笑，道：“使者误会了，大草原上曾经流传着一个古老的传说，有个叫巴钶尔的勇士与他的女人艾蜜莉恩爱非常。有天一群马贼经过他们所在的部落，因垂涎艾蜜莉的美貌，便前来抢夺她。巴钶尔天生神勇，奋力杀了十名贼众，怎奈马贼人数太多，巴钶尔精疲力竭下终被对方砍倒。这批魔鬼得到了艾蜜莉尚未甘心，还狠狠鞭打折磨巴钶尔，他们将巴钶尔双手一端用绳子捆缚，另一端系于马鞍，然后骑马飞奔，任巴钶尔在地上打滚。为的是用这法子让勇猛硬汉叫苦讨饶。巴钶尔苦苦支撑，即便草地被鲜血染红，他也没有喊出一声。最后残忍的马贼杀光了部落的族人，赶着全族的牛羊，扔下半死不活的巴钶尔，带着艾蜜莉往西方而去。”

此刻的赛场恢复了早前等待比赛结果时的安静，风吹着碧草，整个草场就像一张广阔的羊毛毡毯由远及近、富有层次地拂动起伏。拔曳固族人待见首领说起巴钶尔与艾蜜莉的故事，纷纷凝神聆听，纵然这是他们部落均知晓的传说，此刻首领在这特殊的节日向客人讲述，自又有一番非凡的含义。

“艾蜜莉流着眼泪望向她的巴钶尔，口中喃喃细语，决意殉身，不让这批恶魔玷污自己。巴钶尔鼓起余力叫喊，要艾蜜莉好好保重，不可自杀，他发誓踏遍草原也要找到自己的爱人，他们定会有重聚的一日。就这样，艾蜜莉被马贼带走了，巴钶尔拖着伤疲之躯一路向西，他要遵守对她的承诺，找回艾蜜莉。可惜巴钶尔的伤势实在太重，又没有得到适当的医治，纵然有钢铁般的意志支撑，仍无法改变事实。这般走了五日五夜，巴钶尔终于不支倒下，他濒死之际手里攥着艾蜜莉的血玉石吊坠，向长生天祷祝，愿变作一匹疾风般的骏马，即便是没有穷尽的荒漠黄沙均能如风一般奔驰而过，那样便能找到他心爱的艾蜜莉。这个悲伤的故事我小时候便听人说过，可部落的族人谁也没见到巴钶尔。曾听乞赫颜部落一位老人说到见过一匹胸前有血玉的神马，也不知是不是真的。当我看到使者骑的骏马，有股奇怪的感觉，适才抚摸之后，第一反应便想起了巴钶尔的故事。”

刘浦诚听着这个凄美的传说，右手轻抚灰影的马背，心神似飞到了遥远的荒漠，他仿佛看到形单影只的灰影孤身在沙漠上哀嘶狂奔，为找寻心爱之人踏遍突厥吐蕃，远行万里致四蹄溅血。

也许长生天听到巴钶尔的祷祝，将他变作了灰影，让其有能力去实现生前未能完成的心愿；也许一切全是基于塞外民族口头相传的美好希望，在这片美丽的大草原上，生命自由固然宝贵，爱情更加高尚，值得人们去一代代流传。

比赛结束，刘浦诚随着拔曳固族人驰回阿思赫的帐篷，后者站在马背上双手挥舞，大声传令，众人轰然应诺，纷纷各自回帐，蓟巴告诉刘浦诚蹴鞠大会才刚刚开始，大家为晚上的篝火盛会做准备去了，其他摔跤、套马的比赛项目半个时辰后继续，着他回帐稍事休息，届时自有人前来恭请。

且不细提刘浦诚观赏一众突厥勇士互相竞技，让他这中原人大饱眼福，领略到塞外运动粗犷豪放之风。单说晚间阿思赫与部落族人在圆帐前隆重招待刘浦诚等一众使团，除了十名侍卫，连赶牲口的贩子亦受到了贵宾的待遇。

几百人围在一堆熊熊燃烧的大火堆旁，吃着烤全羊、生牛肉，喝着马奶酒。女人穿上了花花绿绿的裙子随着胡琴曲乐跳起了草原舞，突厥勇士则成双成对地在相互摔跤，何、周等侍卫终于不必担心葬身大草原，恢复了一贯的酒徒本性，教突厥人划起拳来。刘浦诚望着这个月色笼罩的喧闹夜晚，觉得眼下的和平美好来之不易。

娜仁托娅来到刘浦诚席前，大方邀请道："一起来跳舞吧！"

未待刘浦诚"不会"二字出口，他已被娜仁托娅热情地扯到了跳舞的人群中。

这突厥佳丽换上了一身彩装，披肩秀发在刻意打扮下编成一束束小辫子，烘托出其异域女性的成熟妩媚，恰如其分地契合篝火大会的氛围。

既来之则安之，离了席自不便拂人面子再回去，况且刘浦诚愿意与这位陪自己训练的导师相处，他尚记起还未有好好感谢人家。

"多谢你这段时间的陪伴，这次能有好的结局，实在是……嘿……"他本想好了语句，但望见娜仁托娅瞧他的灼热目光，又不知该说什么好了。

这塞外美女板起面孔哂道："有什么好谢的，你怎知不用打仗？你又没有胜过我哥，一切不过是和比赛前一样罢了，如此便想蒙混过关，也太过便宜。"

刘浦诚闻言一怔，错愕地往她瞧去，见娜仁托娅露出狡狯的笑容，始知她是故意捉弄自己，不由得亦跟着笑了起来。

他俩一面起舞，一面谈笑，周围的族人见了刘浦诚那不敢恭维的舞姿，早已笑得前俯后仰。

刘浦诚在众人爽朗欢愉的笑声中尴尬回席，娜仁托娅递给刘浦诚一碗酒，问道："还不知道使者的名字呢？你的姓名有什么来历？"

"我叫刘浦诚，至于有什么来历，这个怕是连我自己亦说不清。"刘浦诚端着碗答道。

娜仁托娅轻念几遍"刘浦诚"，双眸闪烁着晶莹般的异彩，忽扭头冲着一旁的阿思赫道："哥，我要嫁给他！"

阿思赫正在同族人喝酒，闻言尚未立即回过神来，这边刘浦诚正将碗中酒灌入喉内，乍闻娜仁托娅如此直白地表露心迹，激动之余，呛得他剧烈咳嗽起来。

塞外美女无微不至地替其抚背，向不明所以的阿思赫解释道："刘浦诚将贴身玉佩送给我了，我也喜欢他，所以请哥哥做主成全我们。"

见识了娜仁托娅的热情，料想拔曳固族民风开放，女性亦可主动追求男性。但这般在众目睽睽下谈论婚姻之事，却也令刘浦诚始料未及。

当下阿思赫带着询问的眼神朝刘浦诚望来，似等着后者解释这其中的前因后果。

刘浦诚尴尬道："这玉佩只是输予她的赌注，至于婚娶一事，怎么说呢？我已有心上人啦。"

他这回答忽令原本热烈的气氛骤转冷淡，远处本是跳舞摔跤的族人见到这边筵席氛围变化，亦停止了动作，大伙均东张西望，欲弄清发生了何事。

娜仁托娅没想到刘浦诚这么果断地拒绝了自己，她抽回替其抚背的手，玉容转冷，陡然起身，未抛下只言片语就那么离席而去。

望着她姣好身段的背影，刘浦诚知道前者此刻必定十分伤心，他并非不解风情的蠢牛木马，这趟塞外之行若没有她的帮助与照顾，很难想象结果会是怎样。况且自己对其亦很有好感，但那感觉却不是男女之间的喜欢。他很想追上去哄哄娜仁托娅，但身体里面有个声音却提醒自己心有所属，一想到深陷长安皇宫的那个人，他随即又克制住起身的动作。

阿思赫见了妹妹离席而去，刘浦诚又没有追赶，已猜到这其中神女有心襄王无梦的误会。他乃洒脱之人，哈哈一笑，冲刘浦诚道："刘御使，来——为咱们今日不分胜败喝一口！"

刘浦诚端碗同他饮了，族人见首领神色如旧，亦继续载歌载舞，恢复早前曲悠人乐的气氛。

吞下一块羊肉，蓟巴过来坐在刘浦诚身旁，真挚地道："使者，我能唤你为浦诚吗？"见刘浦诚点头同意，他才继续道："这次这个结果虽出人意料，但却是我希望见到的。"

见刘浦诚投来疑问的目光，这部落译官饮了口酒，苦笑道："其实我属于赞成归顺大唐的那一方，皆因我是战火纷争下的孤儿，由拔曳固部落将我抚养长大，没有人比我更明白和平的可贵。我知道你想说什么，我当然劝过族长，不然怎可能会有比赛一说，致令所有族人见到浦诚的神箭。"

刘浦诚喝了一口马奶酒，心有余悸地道："你老哥现在说得轻巧，那几箭全是不可重复的巧合，第二次同样施为亦难以办到。我今日的确是走运，不然这条小命便搭在草原了。"语毕不由得想起山丘十日训练，以及娜仁托娅在马背上的飒爽英姿。

蓟巴耸了耸肩道："这更说明了浦诚乃长生天眷顾之人，且让一众族人见识到了巴钶尔的真貌，不是我说得夸张，你现在想要竞选族长亦非不可能之事。"

刘浦诚乘机插入正题道："你老哥就别取笑我了，首领怎么说，这次该有一个和平圆满的结果了吧。"

蓟巴替二人斟了碗酒，待酒入肚后道："这个当然，首领已吩咐我全权安排一切。蹴鞠大会一直持续五日，浦诚与大唐来的朋友可尽情玩耍，我自会准备好交换的公文与礼物。"他顿了顿，问道："浦诚可否想过，为何你们中原人均说我们突厥人残忍暴虐？"

刘浦诚闻言怔了一怔，谨慎地道："我考虑过这个问题，想来是一些不懂塞外文化的州官自认自为，不尊重部落风俗，因此惹祸上身。嘿！不过族人处置其手法也太……"

"眼下浦诚已是拔曳固部落的朋友，我才如实相告。丰州刺史张坚前来参加我们的白月节，全族以礼相待，首领的妻子卡丝莉出来跳舞斟酒。那不知好歹的家伙仗着在大唐有宰相撑腰，到了塞外仍肆无忌惮。借了几分酒意调戏卡丝莉，视我们部落礼节于无物。首领大怒之下便砍了他的头，任其士卒把无首尸体抬了回去，故此才有反叛一说。我方此举乃是起警告作用，却被你们那边的官员以讹传讹，说我们暴虐反叛，首领一怒之下，索性懒得解释，之后不久你便来了。现在全族人见识了浦诚的本事以及你的为人，自然便放心将命运交予你手。”

经过蓟巴这番解说，刘浦诚终于从两个角度得以了解整件事情的全部真相。拔曳固族自然不甘羞辱，宁可玉碎不为瓦全抗争到底。李林甫亦是要树立当朝宰相的威信，有谁敢动他的人，自然会付出沉重的代价。这件事的后续过程原本也朝着老狐狸心中的计划而行，纵然他机关算尽，却小觑了刘浦诚这个意外因素。

此刻望着随自己出使的汉人均融入拔曳固部落这个大家庭之中，大伙围着篝火欢笑起舞，无须顾虑民族隔阂、语言不通。这才是团结美好一词最生动的诠释。

刘浦诚不由被这幅温暖的画面引发感触：无论是大唐人还是突厥人，都向往和平，谁亦不愿你杀我、我杀你，但维护尊严、保卫故土乃责无旁贷。倘若能够有说有笑地开怀畅饮，谁又愿意执刀弄枪上战场拼个你死我活呢？他为这次能给这片草原的和睦安宁略尽绵力而感到欣慰。

多亏有她，刘浦诚始能借机缘营造出目下的和平之貌，只可惜那个功劳最大的人被自己气跑，心中对娜仁托娅除了感激，又多了几分愧疚。

阿思赫提了两囊马奶酒走了过来，扔了一囊给刘浦诚，前者一言不发便豪迈地饮了起来，后者已渐渐熟悉了这首领的脾气，亦举囊而饮，二人在明月当空的火堆旁酣然对饮，蓟巴放声高歌：

大草原是我的家，白云碧草天茫茫。
我的心在草原上，我的情在青草旁。
牛羊成群把牧放，骏马奔驰在家乡。
我心爱的大草原，你是母亲你是家！

歌词虽然简单，但情真意切，将游牧民族日常生活中的真情实感豪迈地表达出来，字字透露出草原人的骄傲。阿思赫与刘浦诚饮毕，也一同唱了起来。然后火堆四周的人们全部搭着肩，围着火堆跳起舞、唱起歌。天上的圆月亦因此刻的和平美好而显得格外皎洁无瑕。

【第十一回】

边塞御使怜悯心
皇朝君王相思性

在草原上又待了五日，刘浦诚见识了蹴鞠大会、赛骆驼、圈羊、斗牛等各种多姿多彩的项目。直至大会结束，一直没有见到娜仁托娅，刘浦诚向阿思赫打听，得知她一直待在自己的帐篷内。料想娜仁托娅仍在生闷气，刘浦诚除了愧疚，亦是无法。

这一天到了回程的日子，阿思赫与蓟巴一众拔曳固族人俱是依依不舍，何、周二人同突厥姑娘洒泪作别，心态较二人早先初来时有了翻天覆地的改变。和谈互换的公文礼物不必细说，单是拔曳固部落五百匹骏马的回礼便可见其慷慨大方。阿思赫领着族人将刘浦诚等人直送出五十里才掉头折返，后者一行唱着凯歌赶着骏马南回长安。

赶着马群来到一处小溪，前方单人独骑早已于此等候。刘浦诚略微诧异，但见马上之人红衣红裤，不是娜仁托娅却还是谁。他令队伍稍事休息，自己策着灰影迎了上去。

对这位塞外红颜知已他不知该如何安慰，以她独立直率的个性，或许任何言语上的安慰都是另外一种打击伤害。

娜仁托娅亦驱着阿古达木往他驰来，待得两马错身而过、刘浦诚张嘴开言之际，娜仁托娅侧身扭头迅快地在后者脸颊留下了饱含深情的一吻。

大草原上的万种风情亦比不上此刻的温柔美丽。

嗅着咫尺间对方的体香，刘浦诚骤觉自己又回到了那个训练的山丘，颊上的肌肤之亲勾起了他练习骑射时的美好时光以及娜仁托娅的百种妩媚，千般热情。

倘若将杨玉环比作月亮，有着无限的活泼柔美，那么娜仁托娅便是一轮旭日，洋溢着毫不拘谨的热情与鼓舞支持他的活力。

如此女孩又有哪个男儿能不对其心动疼爱呢?

只叹命运弄人。

这位热情如火、落落大方的巾帼佳人挥鞭打马，在刘浦诚懂得反应之前，一阵风般地去了。

灰影眼见阿古达木飞驰而去，亦扭头追赶，无奈被鞍上的拍档用缰绳紧扯住，它唯有朝着心上马远去的方向纵声长嘶。

阿古达木听闻身后灰影的呼唤，亦扭头嘶鸣回应，可刚唤得两声，便被娜仁托娅催速加鞭的动作阻断，只得依循主人的意愿续往前奔。

灰影见此情形，挟着无奈及对刘浦诚的怨责甩了甩脑袋，用力打了几个响鼻，以此宣泄自己的不满。

刘浦诚任拍档发着脾气，心中的歉疚有增无减。他久久凝望娜仁托娅在马上渐行渐远的身影，越来越小，到最后如一朵红云般在地平线消失不见。

他知道，自己有生之年休想将这一吻及其所带来的心理活动忘掉。那是混杂了诸般感动、失意、爱、怅惘等情感的一吻，仅此一吻，胜过离别前的万语千言。

最难消受美人恩。

收拾心情再上路，使团重回灵州长城脚下。此番归来心境自与早前出发有着天壤之别，想起当初的惴惴不安，刘浦诚等人均有脚踏故土重临人世的感觉。

刘浦诚记起那日对何、周说的豪言壮语，笑着道："我说定会让诸位一起骑马归来，可没有失言吧？"

周浩恭敬地道："刘公子确实有勇有谋，不瞒你说，当初相爷遣你当使者，我心中还有些……那个……呵呵，现在方知真人不露相，想来昔日那苏秦游说六国合纵也不过如此罢了，但他们定没有公子这般马术箭法。"刘浦诚塞外一役已彻底征服了他，就连称呼上也变得尊敬起来。相府侍卫唤李林甫为老爷，刘浦诚这义子自然成了公子。

未待刘浦诚接口，何治抢先道："这刻你又活过来了，还知道说苏秦，早先也未见着你在老蓟面前卖弄。依我看呐！刘公子实非苏秦可比，苏秦只能到那几个国家耍耍嘴皮子，分析分析各国的政治形势，未来局势。倘若要是有国君让其显显身手，不就傻了眼嘛。咱们公子弯弓拈弦、策马放箭那才叫技惊草原的真本事。当时你捂着眼没看到那些突厥人的模样，真惊得一众目瞪口呆，亏得阿思赫出生塞外，自小在草原长大，堪堪与咱们公子打个平手，换作另一个人，肯定白给，早就抛弓认输啦！刘公子百步穿杨，塞外无人能及！"

周浩听后却摇了摇头，缓缓道："不对，不对，你说错了。"

“老子什么地方说错了，那三箭明明堪称神技。你畏畏缩缩不敢观瞧，让老子看了即刻告诉你，给你当现场讲解，这么快便忘了吗？是否要老子给你一点提示？”何治瞪眼撸袖瞅着周浩，似要随时扑过去找对方干架一般。

其余的侍卫亦听得周浩说何治描述得不对，纷纷围了过来，欲一闻真相。

周浩斜眼睨视何治，冷哼道：“怎么？还没回到长安便发虎威了？在别人的地盘就懂扮只软脚醉猫，刚回关内找自己人麻烦却威风八面。想找我练练，时间地点任你选，随时奉陪。说你讲错了便是讲错了，你说刘公子那一手‘闭目奔驰穿杨箭’塞外无人能及，难道关内便有人及得上吗？是长安人有此能耐，还是洛阳人有这本事？我说整个大唐都没几人可以办到，应该更正为天下无人能及。”

何治听了这话，心里赞同，但嘴上却不认输，又强词夺理与周浩杠上了。一众侍卫在旁起哄挑拨二人拌嘴，倒也有趣。刘浦诚哑然失笑，自己碰巧射出的一箭，居然被他们如此夸张形容，讲得他好像前无古人后无来者一般。

回行之途顺顺利利，几百匹马浩浩荡荡南下长安，行路的旅人尽侧目观瞧，奇怪是什么人带了这么多马匹外出。

这日长安终于在望，刘浦诚遣两名侍卫先行进城，禀报此行议和的喜讯，并着城内做好接待准备，以免马队入城造成骚乱。然后缓缓前进，心内想象着李林甫得知和谈成功后的表情。

由于贡品数量繁多，骏马在城外直接交予骑兵营的李校尉。办理完相应交接手续，刘浦诚差侍卫将其他贡品送往皇宫，自己同何、周三人径回相府。

到得相府，守门侍卫早已收到消息，笑脸相迎。何治大摇大摆地命人前去通报相爷，周浩被一众府内侍卫围住问长问短，他则爱理不理，简单回答。

李林甫来到正厅热情相迎，见到刘浦诚，眉开眼笑地道：“早知浦诚能人所不能，却不料你如斯能干。这次真是不简单呀！”说罢哈哈畅快地笑了起来。

听到他话中有话，刘浦诚忙躬身道："有义父早前指点一切，孩儿只是稍尽绵力而已。浦诚已同拔曳固首领达成协议，过往一切仇怨作罢，今后仍旧照例称臣纳贡。"边说边掏出交换的公文。

李林甫高兴得不停搓手，连说了三个"好"，接过文书道："浦诚的确是个人才，皇上闻讯后必定龙颜大悦，届时肯定会对你另封官职。嗯，我儿如此良才，该封你个什么职务好呢？"他捷报还未启奏，便先开始自己思量封赐官职的事，当真忧天子所忧，想皇帝所想。

刘浦诚谦虚地道："能为义父分忧，浦诚便心满意足，其他事全听义父吩咐便是。"

李林甫点头笑道："好吧！你长途赶路必定累了，且先去休息一下。我让厨子多做几个好菜，再着秋菊、冬梅伺候你沐浴。"李林甫唤来刘信，随后又一顿吩咐。

刘浦诚答应一声，告退离去。李林甫确实城府高深，三言两语之间便将情绪控制住。换个角度来说，无论是什么结果，都在这当朝宰相的掌握之中，他永远都是幕后操控大局的赢家。和谈失败，固然可由他选择自己培植的将帅出征塞外，最后消灭异族反叛势力，彰显天朝大国以及一朝宰相的威严；和谈成功，他亦可宣称是自己暗授枢机予其义子刘浦诚，既可体现其用人唯贤的大度，又能将功劳全拉回相府。只不过和谈成功不需要流血，较前者更亦让人接受。总的来说，这趟塞外之行刘浦诚亦收获不少。李林甫见识到了自己的本事能力，今后势必更加倚仗他这义子，刘浦诚离心中的那个目标又近了一步。

穿过廊道，何治那故作滑稽的嗓音隔老远从侍卫休息的寝房传了出来，这家伙正如说书先生一般讲着那日在阿思赫帐篷中饮酒的事，周浩的声音亦在一旁补充说明，二人所描绘当日紧张的情景简直较昔日楚汉相争时的鸿门宴有过之而无不及。他俩皆有刘邦之狡、张良之谋、樊哙之勇，令一众突厥人惊叹天朝大国的侍卫神勇至极，顿生投降归顺之心。一众侍卫、婢女只听得连连惊呼，感受着其言语中千钧一发复又高潮迭起的刺激气氛。刘浦诚听着各人的声音，想象着大伙在何、周这两个夸张家伙的讲述下全神贯注屏息聆听的可笑模样。饮一囊酒也可说得这般夸张，真不知蹴鞠大会上的比箭又会被他俩讲成什么样子。

沐浴时秋菊、冬梅悉心伺候着刘浦诚，想到这相爷义子在塞外立了大功，又听闻何治、周浩一番吹嘘，对他自然刻意迎合奉承，刘浦诚享受着二姝的周到照顾，心中不禁想起娜仁托娅。

她如今在干什么？是否依旧想着自己这个辜负佳人隆情厚爱的傻瓜，她日后会因爱成恨吗？他俩还有相见之期吗？

这些疑问的答案他已无法知晓，想想亦让人黯然神伤。

晚宴上气氛极为热烈，相府中的公子与千金均已听闻刘浦诚在塞外的风光事迹，皆对他客气非常，争相热情敬酒。在众人的强烈要求下，刘浦诚如实说起塞外的草原风光、人情世故及一众突厥人的热情友好，他的如实相告却令府中众人听得呵欠连天，大感无趣。刘浦诚自忖讲故事的本领及不上何治、周浩的十分之一，只是实话实说。或许世人便是如此，他们明知一件事物中有添油加醋、夸张失实的成分，但仍旧聆听得有滋有味、兴趣盎然，胜过那平白无奇的空洞描述。往往亲身经历之人一番体验过后，很难从自身角度将其中的所有惊心动魄全部口述出来。这或许就是要说书人来倾情演绎之处吧。

当晚无话，在塞外每日均席地卧在毛毡上，刘浦诚久未沾床，终于躺在榻上睡了舒适的一觉。翌日晌午过后，李林甫早朝归来，着刘浦诚换身得体衣衫，随其入宫面圣，说是皇上要见一见他这和谈使者，并亲自赏赐。刘浦诚沐浴更衣，随着李林甫来到皇宫，得太监告知玄宗、贵妃正在沐浴，二人只得候在偏殿之外。等了大约一个时辰，李林甫已站得双腿麻痹抽筋，太监过来报讯，说皇上已在长生殿等候。李、刘二人搓腿伸脚，又急急忙忙往长生殿赶去。

到了长生殿，把门太监一声通传，刘浦诚紧随在李林甫身后步入殿内。只见室内香炉燃熏，紫烟缭绕，将御案供桌后的九五之尊烘托勾勒出一个疑幻似真的仙影神躯，如非刘浦诚早前在御马道见过玄宗真貌，必以为到了九重仙宫之上，见着了玉皇大帝的缥缈仙姿，然则人间君王岂有如此神貌仙态？纵然那周朝武王复生、隋代文帝降世，亦不过龙躯蛟足，怎及得上此间圣颜的半足寸趾，一眉尺发？

尚未真切细瞧御座上玄宗出浴后的形貌，李林甫当先跪倒行起大礼，刘浦诚只得东施效颦，有样学样。

一声柔和的“免礼”从御座对面传来，刘浦诚站起身来用余光观瞧。此时近距离而看，缭绕紫烟渐渐转淡，玄宗一身宽袍玉带，意态悠闲地坐着，双瞳透出些许疲惫倦怠，但精神却十分高涨，额角渗出细细的汗珠，脸上带着和蔼微笑，正好整以暇地打量着自己。

相比上次在赛马大会的遥距眺望，这次算得上是近距离接触。不是每位大臣都能有幸见到皇帝沐浴后的样子，刘浦诚算是沾了李林甫这宰相的光，其恩泽荣幸自与在河南府那次无法相提并论。

唐玄宗带着欣慰的语气道：“早朝时朕听闻李相说这次成功安抚拔曳固部落的乃是一位后起才俊刘浦诚。朕当时听了这名字还觉得有些耳熟，曾经似在何处亦有所闻。现在见到庐山真面目，立时便有了印象，原来是我们今年赛马大会的首席骑师。哈哈哈——好，好，浦诚不仅是首席骑师，还是位出色的招抚典客。你只凭孤身一人带领十名侍卫便将一场塞外部落的反叛消于无形，其功不小。有何志向心愿，不妨说来听听。”

能够得到当今天子如此高的评价，对一个普通人来说，等于今后飞黄腾达有了保证，倘若是之前那个仍在鄯州的刘浦诚必定会感恩戴德，为圣明之君肝脑涂地。但如今的刘浦诚已不是曾经那个无见无识的小子了，诸般经历已令玄宗往昔的形象在其心中大为改观。

他听着唐玄宗的话语，脑海里反射出的却是另一幅画面：寿王在寝房内无可奈何地郁郁哭泣，杨玉环在深宫中不得逃脱，叫天不应、唤地不灵，唐玄宗从神貌仙姿摇身一变至妖面魔躯，张牙舞爪，一脸狰狞地冲着李、杨二人变态狂笑。

原本一个幸福美满的家庭被眼前这个道貌岸然为满足自己欲望的虚伪君王一手拆散。刘浦诚很想当面质问他一番，为何曾经的仁德之君会做出公爹抢儿媳如此荒诞的事情？

但这念头仅是想想而已，中国千百年来的封建统治岂能让他这小子如斯放肆？刘浦诚倘若将念头付诸现实，只能落得一个救人不成，反被五马分尸的结果。因此他低着头，避免与玄宗目光接触，怕后者见到他眼眸中的怨恨，然后努力挤出充满感激的语气道：“这次多亏了宰相大人的先见之明，在浦诚出行前诸多提点，亲授枢机，才能有如今的和平结果，浦诚实无寸功。若要说心愿，浦诚想请皇上下诏派遣一些熟悉塞外礼仪且体恤爱民的大臣去任交接地界各州刺史，那么类似反叛的事件便不会再发生。每个部落的族人均与我大唐儿女一般无二，人人对和平皆充满向往之心，还望皇上明鉴。”

唐玄宗闻言露出深思的神情，左手轻抚下颌墨染长须，点头赞道："难得浦诚年轻有为，谦虚知礼不忘本。不邀功请赏，反还惦念塞外各族人民。嗯——朕定会如你所请，派遣贤将驻守，这次事件对我方来说亦是一次警示。至于浦诚嘛！这样好了，朕封你为礼部主客郎中，专责外交，归李相管辖。爱卿你看如何？”他后一句偏过头来冲着李林甫而言。

李林甫忙躬身道："皇上圣明，一切便如皇上所言。”说毕扯了一下兀自发愣的刘浦诚低声道“谢恩”。

刘浦诚依言行礼，唐玄宗随后与李林甫商量了一些任命下诏的具体细节，太监换过热茶，又端上一些御用糕点。刘浦诚早先等待沐浴时便饿了，此刻老实不客气地吃了几块绿豆糕，忽听玄宗问道："浦诚是何时离开寿王府的，瑁儿近况如何？他还好吗？”

刘浦诚闻言险些将一声冷哼从鼻腔内释放出来，心中暗骂："假仁假义，你也会来关心自己儿子吗？”嘴上实话实说："浦诚来长安已有段时间了，走的时候寿王已形销骨立、悲伤不已。他遣散了一众侍卫婢女，只有管事仍在府中，王爷终日将自己关在房里饮酒，也不出门。”

“唉——”这位仁慈父亲长长地叹了口气，内中似乎有一些复杂难明的情感，具体包含了哪些，亦只有他自己才清楚了。

殿中一君二臣的谈话气氛原本十分轻松，但由玄宗这一声叹息过后开始转为尴尬。李林甫嗔怪地瞅了刘浦诚一眼，怨他从实相告，没有编些谎话应付过去。刘浦诚自顾吃点心喝茶，装作没有瞧见。

长生殿一时沉默下来，只余紫烟缭绕，更无其他声息。

李林甫终打破沉默，岔开话题奏报了各道诸州一些税收情况，玄宗渐渐显得有些心不在焉，勉强应付着。李林甫又道："汉阳太守王忠嗣数日前暴毙而逝，河东平卢、范阳节度使安禄山立下战功，擒获突厥降兵数百人，请问皇上此二事如何善后、封赏？”

玄宗龙目半睁半闭，左手在大腿上轻打节拍，口里轻声哼着听不真切的小曲，嘴角上扬地答非所问道："嗯，还是穿这件好看。”忽闻一声咳嗽，醒悟眼下身处之地，即时摆摆右手，强掩适才失态道：“丧事？啊——嗯丧事嘛——王忠嗣的丧事便依太守的官职级别来办嘛！安禄山立了功便再加封他一个吏部侍郎，这些事情由李相拿主意便成了，无须巨细全部向朕奏报，有爱卿在，朕放得下心。”

李林甫谄媚笑道：“皇上乃一国之君，老臣只可出谋划策，但这决策之事，还需您亲自做主，旁人不能代劳，不可坏了规矩。”顿了顿续道：“王忠嗣虽然病亡，但西面战事仍需继续。皇上，依老臣之见，今趟可派哥舒翰出征，他曾是王忠嗣的得力副将，现已升任河西、陇右节度使，亦当是为国效力的时候了。”

唐玄宗闭目摇首微晃，突地一下笑出声来，瞧见李、刘二人莫名诧异的表情，他干咳一声掩饰道：“朕在思量李相方才说得是否合适，唔——是谁来着？”

李林甫只得无奈又重复一遍，兴许是天气逐渐转热，他的额头已爬满了汗珠，但仍是忍耐坚持，未有举袖擦拭。

唐玄宗亦看在眼里，正好借故道：“嗯，一切就依爱卿所言而行，看李相满头汗水，想必十分累了。时候也不早了，朕岂能为了国事而枉顾大臣辛劳，今日便如此罢了，明日早朝再谈。”

说罢又交代一声，便扶着太监匆匆往后宫而去。见玄宗心不在焉，李林甫亦只得告退，与刘浦诚一同打道回府。望着玄宗如获大赦迅疾匆忙离去的样子，一众宫女太监还是首次发现，这位天子虽已届耳顺之年，却浑不似一个六旬的老人。

有诗为证：

操劳各州诸府事，奖惩朝内文武官。
莫言君王身乏术，自有佳人候寝宫。

李、刘二人回到相府书房，李林甫朝刘浦诚道：“浦诚倒是会往我脸上贴金，亲授枢机。呵呵，不枉老夫一番栽培。嗯，打从明儿开始，你便得每日上朝了。”

刘浦诚问道：“那礼部主客郎中是干吗的？听起来文绉绉的感觉，还要上朝？”

李林甫解释道：“你道成日里只有皇上同老夫二人在那宽敞的太极殿里待着吗？文官五品以及监察御史、员外郎、太常博士须得每日朝参，皇上封你的主客郎中正好是五品文官，主要负责接待其他民族及外国宾客。并非天天都有使者前来，因此主客郎中算是个相对轻松的差事。没想到皇上倒挺喜欢你，这官职比我预想的要高。”

刘浦诚不以为然地道：“浦诚一直以来都是动多过静，这个文官职务……是否有些不合适呢？”

“哦？”李林甫斜眼瞧着刘浦诚，“这类官职可是千人盼、万人求的美差，少劳多得，你想放弃轻松无忧的事情去干那些吃力不讨好且有性命之虞的活吗？”

刘浦诚怕李林甫生起疑心，笑着道：“浦诚自然知道义父是为我着想，有义父这文官之首在朝中照应，我这礼部主客郎中自然一路平步青云扶摇直上。”他说到这里故意顿了顿，察看李林甫的反应，又接着道：“可浦诚不能总考虑自己，做人需得饮水思源。这次出使拔曳固部落便是很好的例子，义父于朝中策划，浦诚在外面执行，里外配合才能起到降服塞外部落的作用。”

待见李林甫皱着眉头，若有所思地点了点头，刘浦诚继续分析道：“那些边塞大吏官封数镇节度使，坐拥十几万兵马，权力越来越大，连皇上亦不瞧在眼里，昔日王忠嗣抗旨拒绝攻打石堡城一事便是例子。这些边塞的节度使终是异族之人，如何保证一辈子对大唐死心塌地？”

话说到此，李林甫纵然是蠢牛木马也听得出其中含义，何况他是当朝的精明宰相。李林甫双目亮起精芒，一瞬不瞬地盯着刘浦诚瞧了好一阵，始道：“王忠嗣公然违抗皇命，皇上仁慈，才只贬不杀。我早说过节度使拥兵自重的事，可皇上偏不相信，反倒被群不识时务的迂腐告了老夫一个口蜜腹剑、排除异己的罪名。唉——你的想法和我一样，但光我俩想到一处又有何用？关键还得看皇上怎么想。”说到后来，他的语气有些意兴阑珊。

刘浦诚撺掇道：“凡事不可一蹴而就，大树无法一砍即倒，我们可以先往边塞安插心腹之人，密切关注这些节度使的行为举止，收集其心怀不轨、犯上作乱的证物。倘无行差踏错那便罢了，稍有异心即要令这些人万劫不复。届时义父证据确凿，朝中那些人谁还敢来说您老人家排除异己呢？立此大功，今后皇上势必对您更加倚仗，言听计从。”

李林甫闻言只“哦”了一声，但内里却被刘浦诚一番话说得怦然心动，后者的办法他不是没有想过用过，那些戎马出身的节度使亦非蠢材，对他这宰相派遣到身边的人刻意小心提防，而且每次去的都是无法舞刀弄剑的文官，与那些征战在外的武将沟通困难，因各自经历不同无法引起情感上的共鸣。多了接触的隔阂，收集情报便增添了一层难度，故而至今仍未找到有杀伤力的证据。

如今来了一个有过从军经历的刘浦诚，优势又开始往他这宰相身边靠拢。李林甫缓缓用只有他自己能够感觉到的幅度点了点头，向刘浦诚道:“你言之有理，待老夫考虑一番。你这便先下去吧。”

刘浦诚答应一声，从书房退了出来。他已察觉出李林甫动心了，这老狐狸肯定会有一番举动，而自己内心的计划亦渐渐成形。

【第十二回】

昔日边帅竟抗旨
新任将军再出征

早在唐朝太宗时期，为了应对大唐边境的战事，抵御以塞外游牧民族为主的长途奔袭、攻其不备的战术，当朝者便侧重于部署在边境进行驻军防御战略。

至开元年间，天下军镇逐渐分握九大节度使掌中。随着战事变迁，朝政革新及人才凋零，为了方便统帅更有效地率军御敌，逐步由军事才能出众的边帅兼任邻近军镇的节度使。

截至开元二十九年（741），唐朝全国大致上分成了西北、东北与西南、东南四大主要边塞军镇。原处西北的河西、陇右节度使王忠嗣因抗旨不遵被判死罪，后因其副使哥舒翰在玄宗面前极力求情，方才得免死罪，改贬为汉阳太守。哥舒翰遂顺理成章接替了其职务，心中苦闷的王忠嗣只过了一年便抑郁暴毙。

北庭、安西、朔方、剑南、岭南等地的节度使安分守己，只是尽责守御疆土，做好本分工作。虽无功劳，亦无差错。

东北方面的河东、范阳兼平卢节度使安禄山则深知伴君如伴虎的道理，同长安王宫权贵往来频繁，尤与李林甫甚密。为的便是知晓任何政治上的风吹草动，令朝堂的文臣将他这拥兵自重的潜在威胁对象排除在外。

唐玄宗一直自恃非凡的文才武略，堪比当年的秦始皇、昔日的汉武帝。现今开元盛况的繁荣之貌一直持续了二十九年，天下各州物阜民丰，塞外异族称臣纳贡，身为成就这一切的圣明之君，他自然感到无比满足。加上满朝文武歌功颂德，后宫佳丽莺莺称赞，实已建立前朝任一皇帝均无所能及之功业。

纵然朝内百官称颂，朝外黎民赞扬，玄宗总觉得美中不足，尚欠缺了点什么，但一时间又形容不出，遂改国号为“天宝”，欲将无比美好的盛世之况延续到更加繁荣的阶段。

自古建功立业，奠定不世之基，不外乎开辟疆土、扩展版图，令番邦异域的民众能够见识中原绚丽多彩的文化魅力与充裕富饶的物产储备。玄宗亦是想让化外之民能够感受到他这伟大开明君主的恩泽，从而四海归一、天下升平，子孙后代永享和平福荫。每番念及，玄宗兀自兴奋不已，飘飘如仙，好似瞧见四海升平，全天下的百姓均向他叩拜行礼、歌颂功德，其宏大壮观的盛况令他不禁陶醉至极、憧憬至极。

这日早朝过后，玄宗在两仪殿召来李林甫，与他商讨开疆辟土一事的进展。近段日子，已过耳顺之年的九五之尊忽感到自己年轻了许多，昔日那因岁月的增长而流逝的激情与活力仿佛又尽数回归己身。他将早朝新呈上的奏折全部阅罢，冲立在一旁的李林甫道："爱卿，朕记得你提过东北军镇抵御突厥入侵用的乃是以攻代守的战术策略，西北军镇却对吐蕃的进犯消极防御，以守为主。难道是吐蕃诸兵较之突厥铁骑更加凶悍顽强？"

李林甫躬身答道："回禀皇上，非是吐蕃兵强过突厥兵，而是我大唐雄狮未尽扑杀之力。"

"噢？此言何解呀？"唐玄宗一怔，问道。

"皇上，自古克敌之道在于己，老臣虽未亲临战场，却亦知晓吾强而彼弱、我专而敌分，吾势必胜，则敌不攻而自破的道理。西北军镇长期退守之因非是吐蕃人悍勇，而是河西、陇右的节度使未有克敌必胜的决心矣！"李林甫侃侃而谈，头头是道地分析个中原因。

唐玄宗听得若有所思，微微颔首道："李相言之在理，朕原也想过这方面的情况，那依爱卿所见，该当如何坚定克敌决心呢？"

李林甫想不到玄宗会如此附和自己的观点，胆子亦大了起来，沉声道："依老臣愚见，皇上应当下诏责令统兵之将食君之禄、担君之忧，那河西、陇右的前节度使王忠嗣公然违抗皇命，拒绝出兵攻打石堡城。虽得皇上开恩，仅仅将此人贬斥，免其死罪。但有此前车之鉴，后面的将领有样学样，那吾皇威信何在？老臣建议命那现任节度使哥舒翰继续王忠嗣未完的任务，攻下石堡城，一来可改变其龟缩不出的消极战术，增强克敌制胜的决心；二来令吐蕃知晓我天朝神威，驱使其民众生出臣服我皇之心。"

"嗯，爱卿话是不错。可王忠嗣当年说这石堡城是什么'天之崖高，易守难攻；逆天而行，得不偿失'，现在的节度使是哥舒翰，他是王忠嗣的副将，难保不会以同样理由搪塞而拒绝出兵。届时朕一意孤行，岂不是成了为达目的而置将士性命于不顾的昏君？与那商纣王、隋炀帝又有何区别？"唐玄宗手支下颌，不无隐忧地道。

“皇上为国为民，单是这份为边关将士忧心的仁爱，足与尧舜媲美，岂可自降身份，同无道的亡国之君相提并论。自古以来，成就伟业哪有不流血死人的，周武王推翻商纣、我朝太宗东征西讨，阵亡的士兵难道还少吗？皇上为的是大唐千千万万的子民福泽而被迫出兵征讨，并非是逞一已私欲妄动干戈。这个中的因果道理还望皇上明察。”见玄宗默不作声，李林甫续道：“老臣保举一人作为圣上御驾亲征的代表，在前线监督一众将士。这代表即是皇上龙体金身的影子，代替吾皇亲临战场，连我大唐一国之君亦亲自上阵，试问还有哪位将军不身先士卒呢？”李林甫皮笑肉不笑地献计。

玄宗闻言想象着御驾亲征、将士万众一心的振奋画面，露出笑容，赞许道：“这个主意不错，代替朕亲赴前线，既能激励士气，又可监督作战，真乃一举两得。不过这人需得有勇有谋，且上过战场。爱卿既提出主意，想必心中已有合适人选了吧？”

李林甫点头道：“这人皇上并不陌生，便是之前出使塞外安抚拔曳固部落反叛，新任的礼部主客郎中刘浦诚。他在鄯州军营待过几年，熟悉西北情况，且与吐蕃人正面交战过，对敌情了如指掌，是代表吾皇亲征的不二人选。”

玄宗捻须沉吟，思考该另封刘浦诚何等官职方衬御驾亲征代表，忽见门外人影甫动，一位太监正欲往里奏报，却被一截白衣袖给阻拦拉回。玄宗见到这截衣袖，立时无心再谈国事，随口道：“一切便由爱卿拿主意吧！”语毕就这般扔下还未回过神来的李林甫，步履如飞地携着那截白衣袖的主人迅疾而去。

刘浦诚沿着繁华热闹的长安大街漫步东行，不自觉来到京兆府衙，望着门前张贴的征兵通告，回想起当初在茂州应征时的情景。一切仿佛昨天，前后诸般境遇经历，个中的酸甜苦辣人情冷暖，确实令人感叹。他似被命运这条线扯住，从蜀州来到了长安，是否每个人均有其既定的命运，那些所谓的不同抉择只是殊途同归的分岔口，最后终究会回到结局这一条主干线上来。

那么他刘浦诚的结局又是什么呢？来到长安这么久了，却连杨玉环一面都没有见到，刘浦诚亦知晓，除了太监宫女，便连王爷公主亦难得入后宫一趟，更何况他这小小文官。一时又对那茫不可测的前途命运涌起颓然无力的挫败感，截至目前他的所作所为究竟有没有意义？他很想找个人谈一谈，好好倾诉一下压抑在心底的抑郁，借此获得一丝支撑下去的信念，哪怕仅仅只有千分之一的希望也好，总胜过自己给自己打气。可惜灰影不会说话，不然这转世的巴钶尔就能鼓励他继续忍下去。

脸上忽然感到水珠溅落，在刘浦诚仰脸抬头这片刻工夫，眼前已被细密的雨线连接成一个水幕帘帐，配合骤然升腾的雾气将大街小巷笼罩在一片烟雨朦胧的梦幻世界中。街上的行人奔走相避，他却仍旧保持不疾不徐的步调前行，让身体享受这来自上天的润泽甘露。

福轩楼外，一名店伙计正驱赶着欲入内避雨兼行乞的叫花子。刘浦诚望着那乞丐颌下污渍斑斑半花半白的胡须，忽生恻隐之心，扔给伙计二两银子，让其招呼乞丐吃喝。正在推搡的二人均讶然瞅着他这慷慨豪客，愣在当场。

刘浦诚径自入内，在二楼找了张临窗的桌子坐了下来。望着越来越粗的雨线，心生感慨。

这是个弱肉强食的世界，所有人只会佩服英雄，不会同情弱者，不然方才店伙计便不会用那副表情瞧着自己这阔主。自食其力不如有一个好的出身，李林甫的公子便吃喝不愁，不用担心官职高低，均由他的宰相老子铺垫好一切，坐享其成便可。那些生来便受到上天眷顾的幸运儿过的是与苦难绝缘的生活，而卑贱者则努力摆脱潦倒不堪，冀望他人予以同情怜悯，令自己早日脱此困境，结果却只能换来更多的轻视与白眼。

倘若他刘浦诚没有遇上杨玉环，是否会与楼下那个乞丐同一命运，在蜀州过着有上顿没下顿的生活，一辈子没空去想此生的意义以及命运这些缥缈的东西。

又或塞外出使的任务失败，他没能受到娜仁托娅青睐，无人教导练习骑射，那三箭没有中靶，阿思赫不放他回来。被沦为弃子的刘浦诚无颜留在相府，走投无路，又该往何处去？是回鄯州军营？还是在长安混迹街头？

也许不到最后那一刻，便永远也不知晓答案。

事实是他射中了三箭，赢得塞外民族的尊敬。因为他有娜仁托娅全力相助，有一路走来的信仰，那欲拯救心爱之人脱离水火的目标，刘浦诚的遭遇令他更有理由去相信巴钶尔的故事，因为没有人比他更能明白推动巴钶尔踏遍突厥、吐蕃寻找艾蜜莉的信念。

那是一股已融于精神血脉里的执着，支撑一个人行动的凭依，好比灵魂一般。没有了这信念，人便成了一具空壳，终日行尸走肉。

所以他唯有拒绝娜仁托娅这位对己有情有恩的突厥佳人的美意，并知道今后将深深为自己的决定而伤感怅惘。

但刘浦诚却不为自己的决定而后悔，只会带着这份回忆予他的刻骨铭心，更加明确拯救杨玉环的目标。

店伙计给刘浦诚奉上几样小菜同一壶酒，他就凝望着窗外的雨景，自斟自酌。

对街一个肮脏乞丐光顾包子铺，伙计的叱喝未能将其驱走，反倒令其纠缠不休。店伙计顿时火冒三丈，一把夺过乞食的破碗，瞪圆双目骂骂咧咧地用力掷往地上，随着淅淅沥沥雨声中的一记清脆碎响，那原本便已缺棱少角的残破瓷碗在街面与路石激烈碰撞，爆出其生命中唯一的亦是最后的一次怨叹后，便四分五裂散落地上，完结了与高贵雅致的古玩瓷器差天共地的悲哀命运，殒身在了伙计与乞丐中央的街面路石旁，成为这场无意义争执中的牺牲品。

那伙计似干了一件了不起的得意美差，往泥淖污渍的路面水坑轻蔑地吐了口痰，朝乞丐撂下句狠话后大摇大摆地回了包子铺，遂冲一众买食的客人点头哈腰起来。

雨线渐粗，乞丐回望福轩楼，与刘浦诚的目光偶一相触，叹了一声与对街同行截然不同的乞讨命运，往城门方向缓缓挪去。那褴褛的破布衣衫与这刻雨泼长街的背景原本相称，借着这般迷蒙潮湿的水雾气氛，两者逐渐融为一体，既讽刺又颇耐人寻味。

世间的不公是纠正不完的，便好似楼下两个乞丐的不同遭遇。运气好的可能碰到刘浦诚这类好心人吃顿饱饭，运气差的被人砸碎饭碗，即刻被赶走。冥冥之中自有天意主宰一切，非是世人能够掌控测度。

刘浦诚想着，呆望着乞丐的背影消失在蒙蒙雨雾的空巷大街，兀自怔怔出神，对那茫不可测的命运又多了一份无奈的体会。

第二天早朝后，唐玄宗在兴庆宫召见李林甫与刘浦诚。待行礼已毕，刘浦诚抬起头来，心中剧震，似被惊雷闪电劈到一般，呆呆地不知所措。隔了这么多时日，他终于见到杨玉环了。

唐玄宗与杨玉环贴耳细语了几句，将手自然地搭在杨玉环的手背上，然后向李、刘二人柔声道："瑁儿一个人孤单寂寞，朕决定册封韦昭训的女儿为寿王妃。顺便给你们介绍一下，玉环今后便是朕的贵妃。"

李林甫当先行礼道："贵妃娘娘千岁——恭喜皇上！"

唐玄宗对李林甫这一声恭贺很是满意，道了声"免礼"，那神情比唤他一百句万岁更舒心惬意。

刘浦诚亦照猫画虎地道贺一句，内心却因这幅公爹儿媳男郎女貌的不协调画面压抑至极。此刻他虽然恭立垂手，但脑海中的影像却定格在方才那惊鸿一瞥之中：杨玉环更加艳丽了，身上的盛装令她举手投足之间所散发的雍容高贵气质较之寿王府时更为迷人，全身披着滚金边镶丝帛的绸缎华衫，配着插入凤髻的那些金玉光簪，不仅稳重端庄、典雅大方，且妩媚得动人心魄。曾经天然去雕饰的清丽已不知何时悄然褪去，换上了时下的高贵庄重，凝脂玉肌，绝世容姿，一切对他来说均是那么的熟悉。

玄宗的话语传入刘浦诚耳内："朕与李相早前商议，欲派一名勇将代朕亲征吐蕃，李相一力推荐浦诚，朕亦看好于你，但有一事却不大明白。昔日河西、陇右节度使王忠嗣乃骁勇善战之将，在边塞战场上曾经所向披靡，却于攻打石堡城一事上极力反对，甚至公然违抗皇命。浦诚曾在西北驻守过，熟悉那里的环境，可否一解朕的疑惑？"

刘浦诚将心神重新挪回身处的氛围中，他早与李林甫商量好询问对策，此刻好整以暇地道："西北地域不同于中原任何一处地形，因其海拔较高、空气稀薄，对我军长期居住南边的将士来说十分不利，此乃因素一；我军前去征讨，敌暇而我疲，他有坚城抵御，而我则无地利可恃，以吾之弊攻敌之利，失却有利条件，此乃因素二。单此两点因素，王忠嗣便有违命攻城的理由。"

见玄宗喉头微动，似欲张口提出新的疑问，刘浦诚未待他出声，一口气接着道："只不过《孙子兵法》早已有云：知己知彼，百战不殆，倘若趁着我军士气正旺之时，挟雷霆万钧之势奋力一击，仍有胜算。想来吾皇素有‘善晓伍子胥兴兵之法，精通姜太公布阵之略’的颂誉，圣上既拟定出兵，必有讨伐敌军之策。西北将领长年驻守在外，不了解吾皇的武勇韬略，亦属情有可原。”他一番话娓娓道来，先描绘了战局形势的险恶，旋又峰回路转间接拍了玄宗一顿马屁，巧妙地用之前所讲的劣势作了铺垫，反衬出玄宗的高深谋略。正所谓千穿万穿，马屁不穿，这一记马屁拍得正是位置恰好、力道适度，玄宗哪有不飘飘然地受用之理？

玄宗听了刘浦诚一番话语，不住点头捻须而笑，一时间自觉纵然难以媲美高祖、太宗，理应胜过高宗、义宗。他神态得意扬扬，仿佛于刘浦诚的言辞之间见到大唐猛将精兵占领石堡城得胜凯旋的情景。

李林甫见玄宗满脸尽是陶醉之色，心忖打铁还需趁热，遂躬身提醒道：“还请皇上早日下旨出兵，我大唐将士亦能早日得胜归来。”

玄宗问道：“依浦诚之见，攻克石堡城需要多少兵力？”

刘浦诚微一沉吟，答道：“浦诚以为，如有五万熟悉西北地势的精兵，当可破城。”

玄宗右手食中二指在御座上敲了两下，豪气干云地道：“好，朕现下诏封刘浦诚为忠武将军兼招讨征西御使，代表朕御驾亲征攻打石堡城，责命河西、陇右节度使哥舒翰为征西大将军，率领河西、陇右全体人马，兼征调附近鄯州、兰州、河州、岷州、原州等五州士兵，集十万大军出征吐蕃。刘将军，朕便在长安静候你的捷报佳音了。”

领旨谢恩已毕，李、刘二人便即告退。刘浦诚转身离去前忍不住偷偷望了杨玉环一眼，只恨命运弄人，他俩好不容易才重逢相见，却未能交谈只字片语，满腔话语闷在刘浦诚心中不得倾吐。杨玉环是否同他一样，有苦说不出，陷身皇宫这个大牢笼内，万不得已与无耻公爹虚与委蛇，她心中的苦闷较刘浦诚恐怕只多不少。他暗暗告诫自己克制忍耐，终有一日，要打破牢笼拯救杨玉环。

翌日辰时，唐玄宗亲率文武百官于点将台焚香杀畜，祭拜天地。太监诵读圣旨，刘浦诚换上一身白袍戎装银盔战甲，叩拜领命。

待诸般繁礼已毕，这位新任招讨征西御使领着一队护卫军告别玄宗及一众文武百官，出城西行。因边塞各州均有驻守的将士军卒，他只需一纸公文加上手中兵符即可调遣大军，无须费时费力地带领水土不服的士卒从长安劳师远征，既耽误时间，又耗费军粮。

一路上途经边塞各州调兵遣将，这日来到鄯州等待大军集结，刘浦诚又回到了当初练兵的军营，这次出征自然少不了一众出生入死的弟兄。杜威与一班手足见他又晋级升官，均是喜不自胜，仍旧毫无隔阂地同刘浦诚开玩笑，拉着他讲述别后境况，众人七嘴八舌，他好一阵应付，直说了个舌瘫唇麻。一番吵嚷后，刘浦诚又来营房见杜校尉，讲述今趟出征调兵之事。

杜校尉见到刘浦诚后连忙参行军礼，刘浦诚赶紧挡住，道："校尉不必如此，浦诚能有今日全靠校尉栽培，这些俗礼便免了吧！"此刻刘浦诚已受封为忠武将军，比杜校尉官阶要高，故有行礼一说。

杜校尉后退一步，让过刘浦诚拦挡的双手，仍是原势不变地行了一礼。刘浦诚望向这昔日亦师亦父的长辈，他两鬓的头发已遭岁月染成了银色，额头与眼角多了些许皱纹，但杜校尉的背脊依然是那么笔挺。自己离开鄯州不过几年，适才一众弟兄围着问长问短，他尚未觉得时间过了多久，好像仍是以前出营训练归来一般。此刻看见时间在他尊敬之人的头脸上留下了光阴的痕迹，不得不承认在岁月面前，光阴的残酷无情。

杜校尉行毕军礼，便恭敬地站立一旁，神色肃然不发一语，亦不瞅刘浦诚一眼。

刘浦诚见状愣了愣，杜校尉从方才的执意行礼至现在一声不吭，都令他感到莫名的压抑难受。以前刘浦诚他们在军营里犯了错，杜校尉均是呵斥一番，然后军棍伺候，即使是挨了棍子也比这般不理不睬的滋味好受。那感觉就像是熟悉的人突然之间变得隔阂陌生，令人不明所以。刘浦诚谨慎问道："浦诚是否有什么地方做得不对？还请校尉责罚。"

当初杜校尉在军营里定下规矩，凡触犯军纪者，坦白认罪，惩罚减半；倘若隐瞒抗拒的，一经查实，加倍处罚。刘浦诚与杜威曾闯过不少祸，每趟都是用前一招坦白交代以减少皮肉之苦，杜校尉是口硬心软、外冷内热的人，有时还会找个台阶饶了他俩。此时刘浦诚似又回到了往昔时光，不假思索开口求罚。

杜校尉亦忆起往事，闻言向他望来，先是长叹一声，才开口道：“浦诚可知自我驻守鄯城的这些年来，共有多少士兵伤亡吗？”

刘浦诚不懂他忽然提出这问题的用意，只得小心翼翼地如实答道：“有校尉坐镇鄯城，伤亡士兵自然较其他州要少。”

杜校尉双目凝视着营房兵器架上的一杆长枪的红缨，缓缓道：“我在这鄯城待了二十年，伤亡的人数累计不过三百，不是杜某自夸，任那吐蕃兵再凶悍十倍，亦休想犯我寸土，教我大唐军卒损兵折将。”

刘浦诚点头道：“正因为校尉如此骁勇，这次皇上才下旨，调遣附近五州的军兵增援攻打石堡城，欲……”

杜校尉冷冷地截断他道：“当初我见你是可造之材，才将机会予你去寿王府磨砺。食君之禄的目的在于为国分忧，而不是求赏升官。石堡城地处险要，易守难攻，当年王忠嗣将军如此勇武亦没有攻占的把握，这次胜负实难预料。吐蕃军占据地利，这场仗尚未开打，我方已然输了七成，还不知会有多少弟兄命丧战场，一将功成万骨枯，浦诚明白吗？”

杜校尉一番话说得刘浦诚冷汗直冒，他在李林甫与唐玄宗面前可以戴起面具，为达到目的巧玩手段。但面对杜校尉，就如同昔日那个犯错受罚的小子一样，对眼前的恩师慈父怎么也撒不出谎。

刘浦诚支吾着道：“校尉……教训的是，当年王忠嗣将军非是……怕了吐蕃人而抗旨不遵，乃是顾念全军将士的性命。那这次……我们就……围而不攻，只做做样子吧。”

杜校尉摆手道：“皇命既下，亦不可儿戏。哥舒将军已在前来会合的途中，一切待他来后再行定夺，如今身在朝堂，望你好自为之吧。”说罢撇下刘浦诚径往校场而去。

刘浦诚瞧着杜校尉渐行渐远的身影，心中涌出一丝懊恼与无奈，在他拯救杨玉环这条孤独的路上，自己必将与这昔日的良师越走越远，且无法回头。

哥舒翰带领河西、陇右两镇大军于第七日未时抵达鄯城，邻近五州的人马早于前几日集结完毕，合计十万大军。哥舒翰担心军队进城影响民众，遂将营盘扎于鄯州城北二十里处，带领几员副将轻骑入城，着副节度使在营内指挥调度。

待哥舒翰来到鄯州军营，刘浦诚拿出兵符公文，打开圣旨，宣读玄宗此番西征吐蕃的决心及对众将的勉励，内容大致是攻克石堡城，望各方人马齐心协力，命哥舒翰尽力配合代表皇帝亲临的刘浦诚，早日得胜回朝云云。

刘浦诚将圣旨交到哥舒翰手里，他尚是首次见到这位坐镇西北的节度使。一方名将好不威风，国字脸上五官均匀分布，高鼻梁、深颧骨、大嘴叉，颌下五缕长须飘摆，腰畔系着白虎剑，足蹬虎头战靴，好似韩信之威武，又兼项羽之霸气，不愧是威震河朔的边塞将帅。他正瞧得暗暗心折，只听哥舒翰道："刘御使这次作为皇上亲征的代表，对攻打石堡城不知有何高见，还请赐示。"

刘浦诚忽然发现在场来自不同各州的几十位将官均将目光聚焦于自己身上，这些人俱是彪悍武勇之辈，年纪皆在三旬末尾，四旬开外，倒是自己这御使显得最为年轻。有几人更是毫不掩饰地露出了鄙夷轻蔑的神色，定然将他与以往那些没上过战场只懂扬威空谈的文官混为了一类人。

刘浦诚也不计较，冲周围众将作了个四方揖，道："小弟凭着在鄯州待过几年的经历，这次才有幸被皇上选作亲征御使，与哥舒将军和诸位长驻塞外的将军相较，仍是经验尚浅。高见自是不敢当，行军布阵全听哥舒将军安排，将军亦无须有任何顾忌，我这所谓的忠武将军任凭调遣。"他知这些人都是西北粗俗汉子，最看不惯朝廷内臣高高在上颐指气使，遂尽量言语谦虚拉近距离，方能齐心协力作战。

哥舒翰客气两句，道："御使不必谦虚，如此哥舒便有僭了。"既然圣旨有令攻打石堡城，他亦不能如王忠嗣一般再次抗命。一阵指挥，鄯城军卒搬来石堡城周围山川地势的简易模型，哥舒翰遂当着一众将官讨论布置进兵路线，攻城方法，然后下令众将各司其职，但见他分派兵将井然有序，有条不紊。刘浦诚见被指派到的将领凛然应诺，无有不从，心中对哥舒翰更多了几分钦佩，有这般人物出任节度使防御边塞，大唐能免于外族侵侮，亦不足为奇。鄯州与其余各州一样，只留下冯都尉带领几百人固守军营，杜校尉与其余士兵全部出征，务求倾尽全力，攻克石堡城。

在鄯城运筹帷幄三日，探马源源不断往来汇报石堡城的最新情况，从各地调集的辎重亦陆续运到，到第四日卯时，鄯州城号炮三响，全体将领踏镫上马，左右军兵推车运粮，集体出城回归城外大军。营盘大军早已得探马提前通知，整装待发，哥舒翰一声令下，十万大军拔营起行，一时间但见风刮沙滚，帐掀旗摆，声势浩荡至极。

唐朝大军浩浩荡荡向北而行，灰影回到塞外便仿似鱼游水潭，雀跃莫名，无论是什么马走在前面，它都欲赶前超过。刘浦诚只好请示哥舒翰，让他与斥候探马一同行动。这般晓行夜宿地走了九日，第十日清晨但见远方一幢高大黑影，石堡城已在二十里外遥遥在望。回报前军，哥舒翰下令全军加快脚步，又翻过一座山丘，只见地平线上矗立着一座雄伟的圆顶城池，在这处飞沙走石之地分外叫人惊叹建筑设计者的独具匠心。

【第十三回】

金戈铁马撼石堡
尸骨鲜血恸山岳

刘浦诚站在马背上手搭凉棚定睛眺望这座好似建造在山之崖、云之巅的石堡城。前几日于鄯州商讨攻城对策时他已将相关信息详记脑中：该城是在昔日隋文帝杨坚时期，吐蕃为防御中原进犯而据此地势高绝、视野极佳之处修建的屏障要塞。说是城池，充其量不过是一处大型哨垒，里面至多可驻军一万一千人，驻扎于此的吐蕃士兵长期不得归家，数年轮岗一次，而现在正值换岗时间。哥舒翰趁着此时攻城，便是觑准老兵思乡归家、新兵阵脚未稳这样一个防御最松懈的时期，以弥补唐军在地利上的不足。

石堡城外墙在修筑时均用坚固的岩石混杂牦牛的粪便合砌而成，墙砖成形后，将官命令一众士兵用各种坚兵利器进行凿打，且明言若墙砖破碎一块，便杀工匠一人。待死了三名工匠后，任军卒费尽力气，擂锤撞碰，亦只能在岩砖上留下串串白点痕迹，可见其坚固的程度。即便城池外墙没有如此坚固，单是这里地势之高，攻城用的云梯车及木驴无法运至，四周又无树木可伐，荒山孤城，只能全凭人力冲锋。看着这三面环崖的峭壁，自然而然生出无能为力的感觉。无怪善战的名将王忠嗣亦对此城空叹，无可奈何。他刘浦诚确实将问题想得过于简单了一些。

不过感觉归感觉，圣旨既出，大军的步伐是停不下了，好在有这十万大军壮胆助威。俗话说得好，人到一万，连天接地；人至十万，无边无际。现在既有经验丰富如哥舒翰、杜校尉等一批边塞宿将，又有杜威及一班冲锋陷阵的后起精英，如今趁着唐军士气正自高涨，石堡城防御松懈之时来袭，前方纵是那令人闻风丧胆的鬼门关、阎王殿，也要狠狠攻破踏平。

待大军行至距离石堡城五里处，哥舒翰下令停止行军，安营扎寨，并派出斥候探察敌情。过不多时，探马回报，各处地势与早前的信息一样，唯有正面进攻一途。哥舒翰遂命全军埋锅造饭，所有将领齐至帅帐商讨攻城之策。

石堡城建于山之彼端，城门朝南，仅有一条窄小的石桥作为来往通路，桥下即是万丈深渊。东、北、西三面均是悬崖峭壁，即便是在无人守城的情况下从东西两边攀崖而上，亦非易事。众将你说一句，我插一嘴，讲来讲去讨论了一个时辰，也没有得出一个上佳的攻城办法。最后哥舒翰一挥手，决定集中兵力全力攻打南门，用人海战术以求突破缺口，再一鼓作气冲入城内。

当日哥舒翰分派将领，决定首趟冲锋的人员，然后命全军士兵养精蓄锐，吃罢饭便入帐休息，单等明日攻城。

石堡城上的吐蕃兵见到唐军大举来犯，兀自慢悠悠地准备着守城所需的滚木礌石。因此城乃两国必争的要塞，吐蕃非是首次抵御唐军攻城，但每次皆以唐军失败而回告终。吐蕃人料想凭此坚城险地可以抵挡千军万马的一切进攻，这次亦不例外，故心态上也不怎么着急。

到了第二天卯时初，嘹亮的集结号在军营四面响起，五百面丈来高的军鼓在唐军营前排成二十列，操鼓手赤膊露肩，擎棒在手。哥舒翰身披鲜明的枣红盔甲挺立帅台，那份气势风范，当真俨如战国李牧重临，大唐李靖再生。只见他高举右手，鼓手停击，执棒悬空，大军阵中屏息静气，只等主帅发号施令。哥舒翰右手倏地落下，五百面军鼓顿时一齐擂动，霎时间鼓声震天，气势如虹。唐军主阵中两万将士高声大喝，啸音撼岳震山，一众士兵挟着一往无前的气势往石堡城南门涌去。当先领军的将官是原、岷二州的校尉高吉与胡凯，这二人一个左手擎枪，一个两手握锤，端的如人中猛虎一般，二人身后各跟着一万步兵冲锋队，真可谓鼓壮人势，人借声威。放眼望去，四下里是清一色的唐军甲衣，如一团玄色蛟龙张牙舞爪地向敌城猛烈狂卷而去。

哥舒翰见己方士气正旺，左手一扬，号角手见到主帅发令，知道自己表现的时候到了，集体玩命地吹起冲锋号。鼓声中夹杂着号鸣，配合着这刻攻城略地的声势场面，真如一出无与伦比的战争混合乐。

倘若是两军在平地阵前交战，又或对垒时互相冲锋陷阵，甚至是平原地区的旷野攻城，那么唐军这两万人齐涌而上，胜利只是一个时间迟早的问题。而今是在地势颇高的山巅上攻打一座仅有唯一通道的坚城，其结果自非常理所能预料。

冲在最前方的高、胡二将此刻已踏足通往南城门的唯一石桥，这石桥最宽处只容得下十数步，算来也只能十人并排而行。石桥的尽头便是石堡城的外墙与城门，两旁是无底深渊，确实非常之险。

其时万人冲锋，跑在最前面的人待见这种地势全都倒抽一口气，双脚不自觉地放缓了步伐，后面涌上来的士兵不知道前面的情势，只一个劲地朝前冲，前面的人欲稳住阵势却收不住脚，先锋队顿时变得拥挤混乱。高、胡二将呼喝军卒站稳阵形，怎奈石桥位置有限，站在石桥上的唐军才不过两千人，后方万八千的大部队只闻鼓声号鸣，哪听得到将领喊声，继续往前行进。

便在这般后涌前挤，高、胡二将心中焦急的时候，石桥上的唐军人数越来越多，忽听左边传来一声惨叫，这记惨叫起初响彻四周，到后来越来越细，越来越小。高吉扭头回望，始知一名军兵被自己人挤落桥下。

与此同时，右后方又传来了数个叫声，高吉心中叫糟，正欲下令莫要拥挤，一大截滚木从上方兜头罩来，压向与他同处前排的一众军卒。原来城头上的吐蕃兵见唐军挤成一团送上门来，便拿出弓箭与滚木待客。这一下只苦了唐军士兵，挤在桥上的士卒本已乱了手脚，又没有闪避弓箭滚木的距离，只得眼睁睁地瞧着箭矢与滚木迎面而来。一时间，石桥上尽是怒斥惨叫，喝骂、哀号之声不绝于耳，与本阵军营的喧天助威鼓、动地声援号并成塞外攻城三曲。

胡凯眼见高吉被滚木击中，后路被己方士兵堵得水泄不通。情势紧急，下令救援自已无用，唯有尽快打开城门。他孤身一人当先抢到石桥尽头的门前，双臂使劲，口中大喝一声举锤往城门砸去。

要说这胡校尉在岷州可是有名的大力士，双锤下去便可击毙一头大黄牛，他自忖纵无法砸破城门，至少会裂出一条小缝，进而可再接再厉。哪知锤撞城门后的结果与他心中所料的情景相去甚远。石堡城的大门乃是两块数千斤巨石，利用土木机关的原理由铁链牵引在城内闭合，旁人欲从城外单凭人力强行打开，实属妄想。胡凯双锤奋力一击，只不过磨下了些许碎石粉末，城门大石依旧纹丝不动。饶是他有一身武艺力气，遇上这般情况，亦无能为力。缺乏攻城利器的唐军面对这非人力所能破开的石门，真体验到了耗子拉龟的无奈。

胡凯在下方劈不开城门，守城的吐蕃兵却不会干瞧着唐军忙活。他们无须耗费多大力气，只是抬起礌石滚木朝城下随手一掷，弓箭手瞄准石桥搭弓放箭，必有唐兵损伤殒命。即便吐蕃兵扶着城墙好整以暇地看热闹，也自有唐兵在混乱拥挤中坠崖，真如一只只穿着甲衣赶着跳水的青蛙。

探马将前线的战况传报哥舒翰，此时已至未时，哥舒翰眼见此法攻城起不了作用，继续下去亦是增添己方损伤，遂下令鸣金收兵。两万人辰时出战，才过了一个上午，回到己阵的只剩下一万五千人，敌城却未损分毫。高吉被城墙上抛下的滚木砸中，重伤而亡。胡凯挨了两箭，闹了个灰头土脸，好在未被射中要害。哥舒翰见首仗不仅未能建功，反而损失了一名将领兼五千军兵，气得要斩胡凯。杜校尉等一众将官纷纷说情，地利在彼，非战之罪。哥舒翰这才罢了，没有处罚胡凯，责其入帐养伤，择日戴罪立功。

待吩咐全军撤回鼓手、号角手，收殓战场上的唐军尸体后，杜校尉挑选了五百名精通吐蕃话的士兵来到城外弓箭不及处冲着城墙上的守军叫骂。唐兵攻不入城且损伤惨重，早憋了一肚子气，“缩头王八、没胆量、龟缩一百年”之类荒诞的污言秽语尽皆骂了出来。城墙上的吐蕃士兵忍不住讥嘲回敬，到后来大唐军兵群情激动，也忘记了要说吐蕃话，各州方言尽数蹦了出来。一时间但听汉语同番言起伏交织，好不热闹。

这边唐军在阵前叫骂，哥舒翰与全体将官在帅帐苦思攻城良策。听了战场士卒汇报的情况后，众将均知早前的攻城实与自杀无异，人人心中嘀咕，嘴上默不作声。见得高、胡二人一死一伤，纵然派出本事比他俩高的将官，亦打不破城门，仍是无用。哥舒翰询问讨敌之法，没有人敢随便开口。第一天便遇到这般战果，接下来的仗又该怎么打。直到戌时，也无人说出一个良谋佳策，哥舒翰见问不出结果，遂让众将各自回营歇息。他独自秉烛观阵，苦思破城之法。

次日唐军没有攻城，依旧派了五百名唐兵对着城墙骂阵，多姿多彩的方言诸般侮辱城内番兵，嘲笑不敢打开城门与大唐雄师一战。

昨日吐蕃兵与唐军骂了半天，已自累了，今日亦懒得出声回嘴，反正他们骂阵的人数即便再多一倍，也吐不倒一堵墙，骂不塌一块砖。从城墙往下看去，但见城外唐兵一个个涨粗脖子红着脸，伸长头颈在那圆圆的藤甲掩护后叽叽呱呱，喋喋不休，活如一只只红颈绿身的王八，吐蕃士兵不怒反乐。一人发现后随即讲给身旁的士兵听，不多时吐蕃兵全体捧腹大笑起来。

城墙上的吐蕃兵兀自找寻乐子，捧腹而笑，看得城下唐兵发指眦裂，又加入不少恶毒、诅咒的言辞，送予城墙上的可恨番兵。

哥舒翰一连三天均只是派遣军卒于城外骂阵，没有好的攻城办法，强行进攻只不过平添损失。刘浦诚与一众将官心情一般，个个焦急无措，他每天都骑着灰影在城外转悠，寻思登上城墙的办法。

这一天刘浦诚正望着石堡城两侧的峭壁发呆，与他一同从长安前来的副使李方过来低声道："刘将军，你看这哥舒翰每日尽在帐内待着，只派些军兵在城外叫骂，分明没将皇上的旨意放在心里，如此消极行为怎该都有个怠慢之罪。依下官之见，此乃立功的绝佳时机，不如将军把这事奏报爹爹，让他老人家启奏皇上。这么一来，皇上定会把哥舒翰革职，那么刘将军便可……"

这李方乃是李林甫的二女婿，原本姓卫，在羽林军当差，因长了一副白皮净脸讨得其女儿欢心，鲤鱼跃龙门入赘到了李家，得以改作李姓。刘浦诚出使拔曳固部落时这小子还未与二小姐成亲，这趟出征前李林甫告知刘浦诚说加派一位帮手来替他出谋划策，收集这些武官的罪证亦好有人做证。刘浦诚嘴上未有反对，心中却是雪亮，李林甫明是派人帮忙，暗则安插监视他的眼线。老狐狸终归是老狐狸，即便刘浦诚从未有过对其不利的念头，李林甫亦要防他一手，留有后招。眼下李方的建议不论出于什么目的，刘浦诚自然不能采纳，说到唐军将领谁人可破石堡城，刘浦诚第一个想到的便是哥舒翰，再没有比这骁勇战将更合适的人选了。倘若让玄宗与李林甫知晓了如今的战况，真下旨阵前换帅，不仅会大大影响全军的士气，还少了一个可供刘浦诚学习的绝佳机会。这种损人不利己的事情，他怎会听旁人撺掇。

但又不能与这家伙撕破脸皮，致令李方小气记仇，跑到李林甫面前告他一状，得不偿失。刘浦诚心念及此，点头道："李兄的好意浦诚明白，其实义父在出征前早已预计了这般结果，心知主帅并不是那么好当的，他这才奏禀皇上推荐小弟任这御使。义父预计这僵持局面不会超过七日，现已过了四天，往后几日我军必会打破僵局。"见李方露出半信半疑的神情，他又扮老友凑近低声道："李兄处处为小弟着想，待回到长安后，自当上奏你的功劳。"

李方一脸谄笑道："刘将军说哪里话，能为爹爹做事，那是咱们的福分，你有何吩咐，我自然效力。不阻将军休息了，真希望早日得胜回朝，这鸟不生蛋的地方可真冻死人了。”言罢哆嗦着回了营帐。

那什么僵局不超过七日之类的说辞只是刘浦诚安慰李方的权宜话语，目前只有先稳住这人，才有余暇另想别策。他又瞧了一眼峭壁山峰，伸手摸了摸山壁的岩石，驱着灰影奔行回营。

酉时，中军官前来传令，众将齐赴帅帐议事。哥舒翰一双虎目带着血丝扫视帐内诸将，沉声道：“我军驻扎此地已经好几天了，除第一日交战之外，再没有其他动静。长此下去，势必影响军心。诸位可有攻城之法，尽管放胆直言，无须忌讳，本帅绝不责怪。”

有人大着胆子建议说去邻近的树林伐木，打造攻城器具，从正面打破城门进入；有人建议赶造箭楼，推动箭楼登城而入；有的则建议毁掉石桥，砍断吐蕃军的补给，困而不攻，石堡城必破……

刘浦诚望向帅椅上的哥舒翰，这位决胜千里的大唐名将眉头深锁，额前皱纹凝成了一个斜斜的“三”字，这些将官提出的办法不是因石桥过窄无法容纳攻城用具，便是客观条件不足，想想容易，实施困难。他虽让众将畅所欲言，没有插嘴打断，但紧皱的双眉已间接地否决了每一个提议。

想到早前观察的石壁山峰，刘浦诚心中一动，上前拱手道：“将军，刘某有一想法，或可成为我军登上城墙的唯一方法。”

哥舒翰闻言，原本沉思的目光随即往他看来，从牙缝中挤出一个字：“讲！”

“我觉得诸位将军说的办法在平地上攻城肯定行，但这里地势特殊，兼之石桥过窄，加大了攻城的难度。与其从正面舍命强攻，不如铤而走险，让河西、陇右的手足在前，其余各州的弟兄在后，分……”

他的办法才说至一半，岷州的胡凯欲戴罪立功，先嚷了起来：“干吗要让其余各州的排在后面，老子岷州的弟兄干起吐蕃兵来不比别人差，纵然身上有伤，也绝不退后一步。”他因第一天损兵折将，心中含怒，一连几日没有出兵，苦无发泄对象。这刻以为刘浦诚故意挖苦自己，一时忘了刘浦诚是代表皇上的，按捺不住喊了起来。

胡凯话音甫落，河西的将领公孙燕冷哼一声，便即哂道：“那让岷州领头吗？好哇！再把咱们大伙全领到悬崖边上，齐齐纵身跳下，不用攻城便能爽爽快快为国献身了。”

胡凯听到公孙燕说起他的伤痛，正是哪壶不开提哪壶，碍于这里是帅帐之内，否则他早冲上去动手了。但兀自怒不可遏，骂了一句粗话，河西、陇右的将领因系哥舒翰直属，一同不甘示弱骂回过来。这一来西北和各州的将领顿时吵了起来，整个帅帐骂骂咧咧，沸沸扬扬，当真外患未平，内忧又起。

“放肆！”哥舒翰一拍虎头案，大喝道：“有这般力气辱骂，不如留待战场上杀敌。将领带头在帐中呼喝，让一众军兵听见，成何体统？”待众将集体噤声，哥舒翰一摆手，点头示意刘浦诚继续说下去。

刘浦诚先朝胡凯拱手道：“胡将军且莫激动，请听我把话说完，这坚城位于西北高原地区，空气稀薄。我们在这里伸手抬腿便较一般平原地区消耗更多体力，更遑论攻城略地。河西、陇右的弟兄大都是自小生活在这片水土的人，早习惯高原环境，所受到的影响自然是最小的。当然，我大唐精兵悍勇无惧，原不将这点小事放在首位，但此地敌方占了地利，他易守我难攻，多一分力量便多一分希望，这不必要的耗损能免则免。”

众将闻言均沉默不语，有几分赞同他这番说法，胡凯则哼了一声，哥舒翰微微点头。刘浦诚见没有人反驳，指着帐内模拟石堡城周围地势所建的沙土木质模型续道：“我曾问过那日攻城的弟兄，听说那城门城墙均是岩石砌成，坚固异常，非人力可破，唯一的通路又只有那道并不甚宽的石桥。在如今攻城器具欠缺的条件下，欲从正面攻破城门，实在困难至极。然而我军弓箭的射程是两百步，因石桥上的空间有限，进攻的人数不宜过多，否则只会阻碍我方的进攻效率，更会造成无谓的伤亡。倘若按一排十人来计算，两百步可站立两百列，攻城人数则在两千为宜。多于这数字亦起不到助攻的效果，在守城……”

“那御使的意思是你只需要两千人便可攻下石堡城咯？你准备何时攻打呀？届时咱们大伙儿便给你在后面擂鼓助威。”原州的一位将领忍不住插嘴道。

刘浦诚摇了摇头，双目忽地绽放异彩，掷地有声地道：“两千人当然不足以攻下石堡城，但却可为我们牵制住城墙上的吐蕃守军，然后派三万大军做出准备攻城的姿态，将这三万人分为十五个矩阵，在两千人攻城队后方待命，随时替换从前方受伤退下的弟兄，此乃南面之攻。除开三万人守御大营、粮草，剩下来所有的兵将则投入到这次攻城的关键——‘东西侧援’上来，实现三面齐攻！！”

三面齐攻？！

刘浦诚此话一出，帐中将官立时骚动起来，数十张脸各用自己特有的表情来演绎“难以置信”这个词。

此次出征的三军将士皆已在石堡城外待了数日，就连炊事营里的王三、钱六亦知道石堡城建筑在倚崖傍山的险地，周围峭壁环绕，下方空谷深渊，除了飞鸟，任你武艺超群，人多马众，均得一筹莫展。众将听到刘浦诚说出三面齐攻这凭空妙想，比之伐木造车更加虚妄，均认为他不是胡言乱语，便是想令哥舒翰难堪，欲借此机会替李林甫排除异己。

哥舒翰微微一怔，淡淡地问道：“三面齐攻？计将安出？”

刘浦诚懒得去瞧其他将领，单只望向哥舒翰道：“众所周知，皇上昔日曾命王忠嗣将军攻打此城，王将军因为明知事不可为，最后违抗皇命。现今这任务才落到了我们肩上，不是因这营帐内的人比王将军更加神勇善战，而是皇命之下，职责所在。让河西、陇右的兄弟来完成这个使命，至少能较其他州那些不清楚环境形势的将领损失伤亡少一点，这不正是当初王将军宁愿抗旨而拒绝出兵的初衷吗？我们唯有用此方式来纪念他。”他在说出计策之前先讲出王忠嗣的本意，以此为铺垫，引起大都曾为其旧部将官的共鸣，减少众将对自己这御使的抵触。

一些将官脸上果然现出动容神色，见哥舒翰亦瞳孔微变，刘浦诚这才大声道：“正因为人人均知晓东西两面的悬崖峭壁难以攀登，吐蕃军亦不会分散兵力驻防两侧，我们才要攻其不备。当吐蕃士兵均以为我军又如上次一般攻打南面正门时，我军则派遣手脚灵活、身体矫健的军卒攀崖而上，突袭至城内打开城门，与正面攻城的人马会合便可一举成功。当然，这攀爬东西两面峭壁的任务异常艰巨，将领士兵亦是九死一生，极有可能有去无回，故此乃兵行险着。因这计策是我提出，刘某率先向将军请战，请让我带领一队兄弟于东面攀崖。”

刘浦诚将连日来观测的情况说了出来，仅有这个方法或可一试，除此之外实别无良策，因他又是提出计策之人，自当身先士卒请战。

众将听了刘浦诚的三面攻城之计，暗道这是他自己精人动口，一班军兵舍身的俏皮话，却不料最后刘浦诚会主动请缨。要知皇上只是派他激励士气，前来督战，以往从没有过御使主动要求参战的事情。军中无戏言，一旦哥舒翰答应，便是板上钉钉之事，不得悔改。倘若这御使有个三长两短，皇上的代表命丧异域，哥舒翰势必难以交差。众将一时均将目光集中在了哥舒翰脸上，似要看看这二人有否合谋串通，一同在帐内上演欲逐先遣的苦肉计。

哥舒翰双眉紧蹙，刘浦诚提出的计策尚可，但要求主动参战一事却令他这主帅有些为难。战场是无情的，任你无敌将帅战绩彪炳，一旦踏出了军营，便生死难料。倘若不答应请战，有徇私的嫌疑，影响一军之帅的威信。正自踌躇难决，听得刘浦诚又道："将军不必为难，此乃刘某提出计策，自当由我出任先锋，无论结果如何，与他人无关，更不牵连将军。在场诸位将军可以做证，刘某于此立下军令状。哥舒将军，请下令吧！"

哥舒翰尚未言语，那边的胡凯哈哈大笑道："没想到刘御使这般勇武！原本俺瞧你那副公子哥的模样不大顺眼，想不到你居然敢主动请战。好样的！将军，请下令吧！他攀东面，我爬西面，咱俩比比看谁先上去，输了的人可得请帐内所有人喝个痛快。"

哥舒翰见事已至此，只得同意请战，当下执兵符，肃然道："众将听令，现命刘、胡二位将军各带一万人分从东西两面登崖攀山侧攻石堡城；张旭将军、廖光将军，命你二人各领五千军兵在崖下接应；杨景将军、邓埇将军、丁洪将军、温白逑将军、车佸将军等十五位将军各带两千弟兄作为替补矩阵队，应援石桥上的杜天项将军；其余将领随我组成机动军，随时策应任何一方，各州兵将需听从所派将官调遣，三日后卯时一刻准时攻城，鼓号为令，不得有误！"

众将群体哄然应诺，陆续出帐。

此后数日唐军营盘忙碌不停，一面准备攀城的绳索及武器，一面挑选身手灵活的军卒士兵。所有唐兵均知这次定要攻下石堡，故此人人摩拳擦掌，斗志高昂。

三日后的卯时。

十阵震耳欲聋的号角长鸣声将刘浦诚走神的注意力扯回战场，他身侧是杜校尉及一班鄯城的弟兄，人人双手已套上了全营为了攀登行动而特意赶制的镔铁钩爪。刘浦诚念及杜校尉年事已高，原想奏请哥舒翰将其留在中军作为策应部队，但杜校尉烈士暮年，壮心不已，不肯舍难取易，刘浦诚只得作罢。此刻人人摩拳擦掌，跃跃欲试。各方战场的将士均已准备就绪，从哥舒翰所站的帅台望下去，真个兵层层，衣着整齐；将处处，盔明甲亮。哥舒翰左手挥令旗，右手高举佩剑，伸臂遥指正前方石堡城，用一往无前的气势喝道："三军儿郎们，拿下石堡城！！"

全体兵将齐声怒吼，声震山岳，十万人的喊叫几可穿云劈空，裂土开山。

南面战场的杜天项率先而动，领着早已排列整齐的矩形阵军卒往前冲去，阵中的士兵皆由弓箭手与藤甲兵组成，远攻近挡吸引守城敌人的注意，牵制兵力，为两侧攀崖的唐兵争取时间。

号响过后，鼓声大起，配合着南面唐军的攻势，宛如喧天雷鸣，刘浦诚听闻鼓响，知是轮到东西两面行动的时刻，将手中的钩爪左右互击一下，大喊一声，率领身后一班生死与共的弟兄，往峭壁山崖奔去。

西面的胡凯不甘示弱，同样一往无前地率领本阵攀爬队冲向那令人畏惧的绝壁天险。

攻城战拉开了新的序幕，唐军兵分三路对石堡城展开猛烈攻击，初晨的阳光这次没有遭遇山雾的阻挠顺利地洒照整个战场，山风依旧呼啸，那些正在长安舒适的卧榻上安睡的人又怎能想到这千里之外战场的凶险情势。

刘浦诚手脚并用地向上攀爬着，四周的兄弟个个奋勇无惧，人人争先恐后的劲头令他胸腔里有股澎湃的冲动。这份冲动能够战胜高崖绝壁所带来的死亡恐惧，促使人们向希望进发，比起尔虞我诈的皇宫相府，他更喜欢军营战场，这里只有舍生忘死的手足情谊，没有其他的复杂欲望恶念。

一块突如其来拳头般大小的飞石仅以毫厘之差与刘浦诚擦耳而过，撞击在他左下方约四尺之距一名唐兵头上，随着那人一声惊恐呼喊，下坠的身躯又陆续撞到四名正在攀爬的同伴，一时惨呼声不绝于耳。

刘浦诚忙向左右喊话，提醒手足这般接力传声，提防飞石。他话音未落，一支飞矢利箭穿透了右边一人的胳膊，疼得那人忍不住松脱抓附的岩石，失足滑跌，接二连三撞到不少下方闪避不及的兄弟，再添许多无辜亡魂。

这般攀爬无法像平地行走一样腾挪转身，因山壁陡峭，攀崖的唐军唯有先用钩爪抓住山石，然后以此为支撑点，寻找下一块落脚的岩石，将肚腹贴着山壁缓缓上攀，任何一个微小的失误都有脱手失足的可能，而一旦出现了差错，便没有第二次机会了。故此是九死一生，但总亦强过那犹如蚍蜉撼树般去正面攻打千斤石门，成为吐蕃守军的箭靶目标。

刘浦诚耳边不断响起己方士兵的哀呼惨号，料想是东西面唐军的行动被吐蕃兵发现，后者开始想方设法阻碍攀登的人了。他不忍去看那些手足坠跌落崖的惨状，偏头望向中军营阵，一众军兵在视线中变得只有手掌那么大了，人影奔跑晃动，显然是哥舒翰不停地在调兵遣将。到了这刻光景，他们登山的先头部队估计已至半山腰，只有上，没有下，下去唯有一个结果，那是登上城墙后再去考虑的事。

他将注意力集中于上方的山壁，一面仰视提防着落石飞箭，一边谨慎地探寻下一步的落脚点，尽量避免一失足成千古恨的事实发生在自己身上。余光忽地看见左方疾速飞来一矢羽箭，落点正是他此时身处的山壁，要在平地躲过飞箭亦不是件轻松容易之事，何况此情此景。刘浦诚看得真切，偏是无从闪避，待羽箭即将接触己身之时，他不甘坐以待毙，身体条件反射般抬起左手撩挡，只听得“叮铃”一声轻响，羽箭垂落而下。适才千钧一发的时刻，箭镞不偏不倚撞上了钩爪的镔铁，实是险到了极点，假如偏上寸许，刘浦诚恐怕已饮恨跌落石堡城的山谷之中。

尚未来得及庆幸，更多坠下深谷的军兵惨呼声在下方飘荡回响，刘浦诚极力克制因并肩作战的弟兄阵亡而袭来的满腔悲愤，全神贯注于往上攀爬的每个动作，他此刻所能做的唯有尽快登顶，替那些葬身崖底的弟兄报仇雪恨。

山风呼呼，无情地肇刮着刘浦诚的脸颊，从他嘴里呼出的气体开始呈现雾状。他的四肢渐渐有些酸软疲累了，头顶上方的崖壁却仍是那副模样，好似通向广阔深邃的天空。

前路无有穷尽，而他的体力却逐渐减少，下面营阵的唐军变得只有手指般大小，山壁上攀登的弟兄越来越少，不知道最后能有多少人攀上城墙。刘浦诚不敢下令左右报数清点人数，心中害怕那个实际数字会低于自己的揣测，令仍自幸存的伙伴产生灰心丧气的消极情绪。

忽然间他心底冒出一个疑问，为什么要来到这里？待在长安老老实实地当礼部主客郎中不好吗？即便不愿每天待在宫里尔虞我诈、钩心斗角，亦可骑着灰影四处打发时间。比起福轩楼外的那个叫花子，他该算得上受老天眷顾，好不容易拼出现在的成绩，偏要撺掇李林甫自告奋勇地跑到战场来，甚至主动于帐前献计，此刻像个滑稽的猴儿一样攀山，不但随时可能送命，连拯救杨玉环的最终目的亦来不及完成。

一时间懊恼失落充满刘浦诚心头，攀爬望不见顶的山壁，他内心生出顺着原路折返往下的消极念头。战场上临阵退缩乃是死罪，纵然他这皇上的代表能够幸免于死，但这一出攀崖攻城可是自己想出来的计谋，且当着所有将官的面立下了军令状。如果这般退了回去，今后还如何做人？回到长安，李林甫和唐玄宗会怎样想？杨玉环会怎么想？

唔——他刘浦诚为什么会来到这儿，因为要让杨玉环早日脱离皇宫那个牢笼，脱离李隆基的魔爪，重回自己的怀抱。自她入宫以后，他的生活与普通人已沾不上边，那些悠哉度时的日子再不属于他，唯有在这般惊涛骇浪中拼搏挣扎，始能时刻保持斗志，提醒自己坚定目标，达到拯救她的目的。为此他刘浦诚必须去做一些哪怕是不想做、不愿做、不易完成的事。譬如与李林甫合谋，主动来到前线战场，早前的献计及眼下的攀崖。纵然不幸身死，亦无甚好怨怪的，至少曾经尝试过，巴钶尔便是如此。听过他与艾蜜莉的故事后，刘浦诚发现每当泄气的时候都会用这个传说来给自己打气，这塞外的爱情故事已在不知不觉间成为他一部分精神动力。

想念及此，刘浦诚又有了些力气，一边出言鼓励周围的弟兄，一边继续攀登着渐趋陡峭的山壁。

【第十四回】

哀见猛将痛捐躯

笑对百官欢庆贺

不知过了多久，阳光被山腰的云雾完全遮住，山壁上方终瞧见岩石哨孔，一张刚好搭上箭的弓从孔内伸了出来。刘浦诚眼疾手快，右手扣住那人搭弓的腕子猛力往外一带，一个吐蕃兵的身躯从城墙垛口上方飞出，伴随着一声从上至下的惨号，攀崖行动终于有了首个进展性的成果。

抢攀上来，刘浦诚取出背后包袱内的长剑，削刺阻止闻声赶来妨碍其余人登顶的吐蕃兵。过了一顿饭时间，待全部唐军陆续上来，刘浦诚清点人数，万人攀崖，爬到终点的不足千人，早前言称今趟九死一生，不料真如此，竟悲哀应验。

刘浦诚着一干军兵保持队形，齐齐冲出哨塔，往下方城门杀去。石堡城傍山而建，内部构造独特，阶廊迂回曲折，唐军刚绕过一个城楼，一队番兵见着唐军侵入城内，纷纷举起兵刃上前阻截。刘浦诚低头避过一支刺脸长矛，抬脚踢中左面番兵执斧的右手，然后长剑疾挥，削掉番兵刚刚撤矛尚来不及再刺的左臂，直痛得后者大声叫嚷，刚唤了两声，即被刘浦诚身后的杜威一个旋身斧砍掉了吃饭的家当。刘浦诚长剑不停，又刺入另一个执斧番兵的胸膛，激涌喷溅的鲜血染红了在场所有唐军士兵的双眼。

尚未解决掉前面这队吐蕃兵，一众唐军身后不知何时又冒出一群敌人来，估计对方亦看出他们此行的目的，欲打开城门，让南面的唐军进入城内。吐蕃军不惜抽调兵力前来抵御，誓要将他们这批好不容易攀上崖来的登山队尽歼于此。

眼见腹背受敌，杜校尉一抖手中关刀，大喝一声，状若天神般率领身旁十几名鄯州军兵转头迎了上去，只看他左砍右扫，一招出手即有一名番兵倒下，旁边的弟兄见到主将悍勇，亦是威猛异常，坚守阵地不让吐蕃兵形成包围圈。然则番兵虽众，但鄯州兵将骁勇善战，配合默契，番兵一时间却也对唐军奈何不得，双方只是各自拼力厮杀，均不欲对方目的得逞。

又战了一会儿，刘浦诚眼观六路，唐军虽然勇猛，但经过一轮攀爬，耗费不少气力在先，此刻鏖战之下终究抵不过番兵人多，人数正逐渐减少。这般力拼挨不了多久，他们便要全军覆没。方才杜校尉全凭一股气势压住阵前的吐蕃军，时候一长，待体力消耗，锐气稍减，必然要败。

杜校尉挡住敌兵的举动固然是要为己方争取前去打开城门的时机，但倘若刘浦诚率兵一去，恩师即遭围攻，实在凶多吉少。他这边正踌躇思虑，委决不下，战事却不等人，杜校尉连砍带踹劈开三名齐齐围攻的番兵，无暇回头，大喊道：“快去开城门，快——”

刘浦诚猛一咬牙，手中长剑化作一条白龙，卸下面前一名番兵的左腿，趁番兵弃刃呼痛之时，一脚踢到后者脸上，口中同时大喝：“弟兄们随我杀向城门！”

除了杜校尉与十几位鄯州的弟兄殿后，其余仍活着的唐兵全跟着刘浦诚往下冲杀。他此刻已杀红了眼，谁阻挡在通往城门的路上，谁便要付出血的代价。

鲜血淋漓，唐兵所过之处，犹如一道鲜红的河川自高向低静静流淌。

冲出一条血路，眼见阶廊下方的城门在望，守城番兵的主力尽皆在此，一名顶盔穿甲的番将正指挥着士兵往城下抛掷礌石滚木。身旁熊熊燃烧着的烈火上架着数十口大锅，锅内翻滚着漆黑的热油，这烫油只要浇淋到人的皮肤上，立时可噬肉见骨。刘浦诚瞧得心中大急，忙从地上捡起一弓，准备施放冷箭，先除掉主将，谁知从垛口处又窜出一队番兵将他们这班唐军围在中央，唐兵纵然勇猛，但一路厮杀过来，人数不断消减，这刻再度身陷重围，情况自是险急堪危。

那吐蕃番将见到己方形势大好，口中呼喝一声，守城的兵员顿时撤下数十人，这些人撤弓执刃立时加入围攻的吐蕃战圈，欲一鼓作气将入城的唐军尽数歼灭。面对着蜂拥而上的番兵，刘浦诚扔掉手中弓箭，抄起一把铁钩，便这么左手钩、右手剑地往番将的位置冲去。一众唐兵见到刘浦诚身形甫动，随即跟上，同心协力地往包围圈外闯。

虽然刘浦诚将全副心神放在奋力杀敌与闪避对方朝自身招呼的兵刃上，但他仍旧感到身边的唐兵一个个陆续倒下的残酷事实。战场便是这样，不是拐弯抹角地尔虞我诈，而是直截了当地以命搏命，靠战术武力拼个你死我活，来不得任何虚假。

刘浦诚一个反手用左手钩刚刚划开妄想趁隙偷袭番兵的喉咙，身后一名唐兵挡住两名敌兵的大刀，背脊撞上了他的胳膊。他飞快地扫了眼仍在苦战的唐军，只剩下不到七人。番兵的包围网越聚越拢，不断缩小着合围的圈子。那番将一心两用，一边指挥着城墙上的守军往下淋油，一边催促围歼的番卒尽快解决唐兵。

听到城下响起一片惨呼哀号，刘浦诚仿佛看到唐军被滚油浇泼的残忍场景。望着不远处番将指指点点、呼呼喝喝的动作，眼前番兵虎视眈眈、逐步逼近的情势，刘浦诚不禁有些乏力，双手因不间断的激战而微微颤抖，心底陡然涌起一丝功亏一篑的悲哀之感。

杜威的声音突然传入他的耳中："发什么愣呀！这般时候威爷自顾不暇，可没工夫照顾你啦！别拖老子后腿！"说毕递出一斧，适时地架住直砍往刘浦诚的当胸一刀。砍出那刀的番兵见一举未能建功，恶狠狠地瞪着杜威，却被后者一足撑在胯下，反踢得他如葫芦一般侧跌开去，与涌上来的同伴撞成一团。

刘浦诚回过神来，听闻杜威的声音，庆幸还有旧友同自己并肩作战，重新振奋道："谁要你照顾了，待会可别唤我过来帮手。"边说话边让过贴身追袭的两刀一斧，右手长剑挥舞成圈，左手铁画银钩，那几名番兵不是被割裂肚腹，肠穿倒毙，便是手断眼瞎，哭爹喊娘。刘浦诚虽然又杀了几名敌兵，但一番动作，身上再添两处伤痕，血染甲袍，原本白袍白盔似在染坊里走了一遭，换过另一种鲜艳红色。

战火将浓黑的硝烟不住送往上方，掩盖住头顶天空原本的模样，仿若预示着他们这批唐兵即将黯淡的命运。

又强撑了一阵，刘浦诚渐感四肢沉重，手臂发麻，身上大小几处伤口火辣辣的刺痛感不断提醒他濒临极限。在攀登了高峰山崖之后，又力战番兵，毫不停歇，体力已超出了以往任何一个时期的消耗值，似透支到了极限。他的身畔只有杜威和两名弟兄还在顽强地抵抗着步步紧逼的敌兵，对方里里外外仍至少有数十人，纵然四人在全盛状态下，亦未有突出重围的把握，遑论眼下这副伤疲交煎的身躯。

杜威移到刘浦诚身后，两个人背脊相贴，肝胆相照。此刻群敌环伺，性命危在旦夕，二人不约而同地想起了昔日火海逃生的一幕。今日攀崖夺城除了惊险万分之外尚多了一个战死石堡的结果，只恨没能替己方大军打开城门。想念及此，心中兀自有些不甘，唯有拼尽力气挥舞武器往临近的番兵身上招呼，发泄在世间最后关头的遗憾。

刘浦诚用左手钩拦住一位怒目圆睁的番兵递入自己剑网内的铁钩，两钩亲密地缠在了一块。前者正待出脚踢开敌人，不料对方力气颇大，猛地使劲后拽，疲乏的刘浦诚一个拿捏不住，左手兵器脱手而飞。番兵眼见形势正好，伸出毛茸茸的大手往他双眼按来。刘浦诚的右手剑被其他番兵用一钩一刀锁住，抽脱不出，欲使下盘功夫脱困，偏生双脚打颤，使不上力。

便在刘浦诚后力不继，自忖我命休矣的时候，本是紧密围攻的番兵外围骤然压力一松，不少人扔下兵器头也不回地往垛口内跑去。刘浦诚精神一振，趁着身前番兵稍一分神，鼓起刚积聚起来的一分力气，飞起右脚往对方裆部勾踢。待后者蹲下身子，骂着吐蕃话的空隙，他右手放脱剑柄，一个打滚从地上抄起把大刀，蓄势反击。

当刘浦诚站起身来，眼前蹲下身子的吐蕃兵已被吞没在如潮水般涌来的唐军队伍里。他侧目往城门瞧去，始知个中原因：当东面上崖的唐军队伍被吐蕃兵逐步围困群歼之时，西面登山的唐军便乘机从另一边杀到城门跟前，打开了城门。胡凯正踩在那方才还不可一世地调度围攻刘浦诚等唐兵的番将尸身上，兀自大叫大嚷。城门终于攻破，虽非他亲手打开，总算是有间接功劳。得以逃过一劫，思想甫一松懈，刘浦诚便脱力至一跤坐倒墙边，望着蜂拥入城的己方部队收拾残局。

这一刻他终能有闲情打量石堡城的环境，其时硝烟被风吹散，黄昏的夕阳已取代了黎明的朝阳，石堡城的垛口与城墙均似笼罩在一片金色的彩装之中，显得圣洁美丽，与此刻战场惨烈的景象形成鲜明对比。即将沉入山后的太阳斜照着石堡内外，处处尸骸遍布，血汇成川。原本是白墙灰壁的石堡城被人为地染成了殷红之色，似在向每一位亲身经历的人讲述适才一战的残酷，不计其数的伤者以各自不同的姿势东倒西歪，形态各异。但刘浦诚却没有开怀的心情，一点也笑不起来，这些伤兵口中的痛呼哀号仿佛在有声地描绘着前一刻惊心动魄的攻防战是何等恐怖。相比之下，石堡城内散落在各处零星残余的抵抗战斗只是这幅凄美图画中的一个布景，一处注脚，不足道哉。传令官从外向内，沿途报告着实时战况，并通知前线将领于酉时一刻齐至城内主楼汇报战况，刘浦诚告知其东面战况，传令官闻讯后又接着向城内行去。

刘浦诚倚挨着城墙，闭上双目恢复体力，现在的他只希望吃顿饱饭，然后随便找个地方躺下大睡一场，将这一整日的攀崖攻城战抛诸脑后，不去想那些唐兵未攀上崖便坠入山谷的惨状，不去想那些唐兵没见到眼下攻克城门的情景便被番兵杀死的悲剧，以及被自己亲手了结的每一条吐蕃性命在临死前一刻是怎生的模样表情。官职、权力同财富与躺在地上一个个不能复生的尸体相比，到底孰轻孰重？他不愿去思考这些事情，但闭上眼睛，相关画面便不断冒出，唯有茫然地呆瞧夕阳。刘浦诚陡然发现石堡城的日落与其他地方不一样，他从未见过太阳红得如此凄厉，这么触目惊怖。

刘浦诚想唤杜威说会儿话，四下张望却未见其踪影，正准备撑起身子去找寻，忽闻堡内传出一声悲愤欲绝的哀恸哭喊，霎时间盖过了其他伤兵的惨叫。刘浦诚心头一震，隐隐有些不好的预感。他爬了起来，扶着城墙循着哭喊一路寻去，但见早前被番兵围困的廊阶处，杜威正扶着杜校尉在一堆尸体旁号啕大哭，刘浦诚默默趋至近前，泪水不受控制地夺眶奔涌而出。

这位如师如父的老将肩背倒插着两把长钩，入肉半尺。胸膛有两道刀口，左腹下还有一处被贯穿的圆洞。他于此身负重伤之际仍奋起神勇，挥刀杀敌，这点可从仍残留在刀柄上的残肢断腕及身旁数名番兵死尸上得出结论，兴许是战至最后油尽灯枯，因失血过多才不支倒下。亦因此给了敌人可乘之机，夺命一剑从身后透颈而过，后入前出，其状惨不忍睹，亦是这致命一剑夺去了这英勇老将残存的生命，直到最后一刻，杜校尉都未能见到攻破城门，死不瞑目。

刘浦诚让杜威抱紧杜校尉，淌泪将一干兵刃从他身上逐个抽离，最后用血手合上这令人崇敬钦佩老将的双目。热泪滴溅在刘浦诚的手背，溶解了部分本已凝固了的斑斑血痕印记，外表的血痕容易冲洗，可内心的血痕又该如何刷洗？

他此时终于明白杜校尉对自己说的那番话，为将者非是要率军东征西讨以建功业，而是要通过战争令上至君王、下及军卒每一个人明白战争的残酷，体会和平的珍贵含义。这位恩师严父一直都在言传身教地用行动讲述着个中道理，只可惜刘浦诚如今才明白，这番感悟的代价实在太过巨大。

打扫战场的士兵将唐军阵亡兵将的尸体集中到一起，届时一并祭奠；吐蕃军的尸首亦归作一堆，统一焚烧，以免腐烂而传染疾病。刘浦诚待见早前还是你砍我杀的双方士兵此刻尽成左右两堆尸骨，心中只感说不出的空虚，对眼下本应庆祝的胜利提不起丝毫畅快的情绪。

酉时一刻，石堡城主楼大殿，战后总结。

经过初步统计，唐军虽然攻下石堡城，但损失惨重，伤亡士卒在五万左右，将领超过三十人。刘浦诚东面的先锋队仅余数人，西面胡凯那边尚有数百人，除了应援的中军与接应东西两侧的部队没有较大的伤亡外，轮换矩形阵的军兵亦是死伤殆尽。十万大军出征，现在剩下不到一半人回家，那些在战场上阵亡或坠入山谷连尸首亦找不到的弟兄们则成为游荡的野鬼，在这他乡异地徘徊。

虽然唐军此战胜利了，可一众将官却无一人脸露欢容，哥舒翰更是面罩寒霜，冷冷下令道："全军整顿三日，留下陇右八千军兵守城，余者全部班师回朝，至鄯州后再各回原处，本将另写奏折向皇上报捷。"

山顶的风既劲且凉，吹入大殿，拂过书案长桌，将灯烛火苗拨得左摇右晃。闪烁的火光映照着众将尽皆呈现凝重神色的脸庞，此刻大家俱是一个表情，但这神态该只有在战败时方才显现，于胜利之后展露颇不寻常。

整个大殿寂然无声，只有偶尔发出一两声叹息成为此时的有声写照。

正所谓：

平川定邦安四海，歼蛮剿虏战番夷。
世人只道功显赫，土坯墓下血骨枯。

大军休整三日，第四日哥舒翰率领众将在石堡城前设案摆香，祭奠阵亡将士。因亡故人数太多，且战场上无棺木。唐军遂采用火葬，将骨灰合葬于一处土丘。哥舒翰伏地大哭，念叨这次出征损失惨重，愧对一干将官军卒。众将在旁宽慰劝解，此番乃战事之祸，非主帅罪责，阵亡的将士为国捐躯，均是大唐忠义的好儿郎。一番哀痛悲悼，自是难以尽述。

拔营返程，十多天回到了鄯州，哥舒翰写好奏折捷报，禀明一众牺牲的将领，差人快马赶送长安。玄宗闻讯后大喜，遣来特使大加犒赏三军。各州人马集结后自回驻守之地，众将一番唏嘘告别。

单说杜校尉以身殉职，被追封为忠义将军。杜威攻城有功，升任为校尉，继承其父职务，驻守鄯州训练新兵。虽然哥舒翰在石堡城外祭奠过众将，但刘浦诚感念杜校尉师恩，与杜威等一众鄯州军兵还是想单独替他办一场葬礼。众人在鄯城定好棺椁，将杜校尉生前用的武器放入其中，于军营校场开设灵堂，选好木质模型马车、房舍等送葬之物，筹备葬礼诸事，另择吉日送葬。

这天正值宜祭祀的日子，校场的灵堂上方高悬一朵用黑白绸缎缝织的斗大菊花。下面是一副对联，左联写"守疆卫土保国安"，右联是"育才治军严军纪"，横批"千古良将"，灵堂中间则放着香案、灵位等物。鄯州军卒两个人一组，共出一百六十二人、八十一只白素舞狮，刘浦诚和杜威二人则共舞一只淡黄色的孝狮送恩师严父最后一程。但听锣鼓声响，八十一只白狮分成九列九排，整齐划一地摇头摆尾，灵堂正前方是刘杜二人的淡黄孝狮，虽未有刻意去观看后面白狮的步调，但张嘴眨眼的动作竟配合得丝毫不差，堪称默契相通。

鄯城的百姓全部来到校场上观看，杜校尉生平卫国安民，深得民众爱戴，一众百姓俱是深感其德，纷纷前来悼念。

演至高潮，刘浦诚甩狮头，杜威撩狮尾，二人四腿互踢，借着旋身翻腾之势，与孝狮一同腾空而起。待到孝狮堪堪从空中落下，刘、杜二人急沉身子来到下方首尾接住，就着接狮之势，与全场其余八十一只舞狮一齐跪地叩首，鼓点骤停，一切声乐至此而止，又仿佛欲续还休地演奏下去。整个舞狮已毕，刘、杜二人与众将士将杜校尉的棺椁用绋套在他那匹黑乌骓身上，拉着前往城外墓地。一众百姓跟在后面唱着挽歌，怀念杜校尉曾经驻守在鄯城的日子。

将棺椁送入墓穴，盖上黄土。颂念一番入土为安之词，众兵纷纷往杜校尉墓前鞠躬行礼。回到军营，食用素斋。如此过了两日，朝中来的特使心挂玄宗等候焦急，催促刘浦诚回朝复命，后者无奈，这才与一众弟兄洒泪而别。杜威与全营军兵出城相送，二人回想昔日在军中一起训练、一同犯事，至几度患难、征战沙场，到此番攻城归来，诸般人事变迁，又是一番唏嘘感慨。

告别杜威与一众军中弟兄，刘浦诚与特使直奔长安。长途跋涉，风尘仆仆。这日回到皇城觐见，哥舒翰亦同奉诏前来。唐玄宗对二人不住称赞，吩咐高力士摆设庆功宴，着文武百官尽皆出席，一同庆祝破城大捷。

且说晚间皇宫御宴，唐玄宗拿下石堡城这块绊脚大石，当真是容光焕发、满面红光，文武百官纷纷颂赞当今圣上神武英明、举世无双。这当世无匹的九五之尊更是心怀舒畅、志得意满，他已听说了刘浦诚这御驾代表献出奇谋，在石堡城大展神威的事迹，真如自己御驾亲征凯旋还朝一般得意忘我。

唐玄宗一抚长髯，先搭手携着身旁的贵妃杨玉环从御座上一同站起，然后端着酒盏冲台下群臣欣然道："朕召众爱卿今晚共聚于此，便是要让大家见识一下我大唐两位猛将的神姿风采，正因有他们的英勇，吐蕃第一坚城才能纳入大唐版图，让我们向他俩致敬。"

皇帝带头敬酒，台下众官竞相道贺，一时间觥筹交错，祝酒之声不绝于耳，更胜过攻打石堡城时震天动地的拼斗厮杀。

忽闻一个苍迈的嗓音道："今日幸得皇上赐此美酒佳宴，又兼一众王公大臣齐至于此，哥舒将军何不给我们一讲英勇讨敌破城的经历，好让在场诸位能够体验到塞外战场上的紧张刺激。"

哥舒翰朝声音来源处瞧去，见说话之人是宰相李林甫。因自己鄙视其排除异己的毒辣手段，从不对其曲意逢迎。李林甫嫉恨他不将自己这一国之相放在眼内，故有心借机刁难，出言挤兑。

此时全场祝酒聊天的声音渐渐停了下来，文武官员均将目光投往哥舒翰身上，两耳凝聚声线，随时准备接收从彼端发出的声音。

哥舒翰干咳一声，走到刘浦诚身旁，右手揽着后者的肩头，不紧不慢地道："宰相大人说笑了，哥舒一直坐镇后方，调遣指挥，来去所见均是战场上的沙土模型，没什么紧张刺激的经历。诸位如想听精彩故事，倒不如让刘将军来说，他既爬悬崖又攀山壁，还带兵攻入敌阵潜入堡内，与一众军兵力抗数千番卒，牵制敌军主力，最终得让我军攻入城内。这次刘将军的经历可比我丰富得多，由他来讲述必定刺激非常。"

刘浦诚听出哥舒翰言辞之外的动怒，他们在塞外阵前出生入死，目睹面前同伴一个个阵亡，回来长安居然还要荒唐地给人说书，如此讽刺侮辱之事，教这一军主帅情何以堪，但在皇上圣驾面前又发作不得，唯有故作风趣地借用刘浦诚这招讨御使来挡挡了。

他正思忖着该如何开口，唐玄宗却急迫地催促道："刘爱卿，朕还道你这次只是献出奇谋，没料到这其中还有诸多攻城的故事，快讲一讲你的英勇事迹嘛！不必过谦，你是代表朕上阵杀敌，皇者亲临，哪还有不挡者披靡的？哈哈哈——"

玄宗自往脸上贴金，一众谄媚者随之阿谀不断。刘浦诚只得遵旨叙述攻战经过，他尽量选用平实的词句，避开描述战场上你死我活的实况，将惊心动魄的亲身经历当作是前世记忆中的一段往事，让那些经过修饰后的刺激惊险取代为国捐躯军兵将士的英勇无畏成为一班王公权贵茶余酒后的消遣谈资。

宴末，唐玄宗当众下旨加封哥舒翰御史大夫、凉州刺史兼河西、陇右节度使，刘浦诚则升为云麾将军兼羽林军副统领。封赏完毕，立时有人上前恭祝道贺。玄宗酒意上涌，急不可待地携了贵妃杨玉环自回寝宫，对一干阵亡的将领只字不提，一切抚恤后事全交予哥舒翰安置处理。

在这个注重结果的时代，人人均只关心最后的成绩，其过程往往会被忽视，没有人去在意努力付出但无成果的人。刘浦诚心里明白，过程才是最重要的核心，他们这次的成功是用五万多条性命交换得来的，没有这样一个哀伤惨痛的数字作为前提，又哪来的战胜封赏？

【第十五回】

慷慨豪爽喜结义
清白无辜伤家亡

刘浦诚从塞外战场回来后，成了皇帝身前的红人，亦直接变作长安城内各王公大臣巴结的主要对象。

李林甫虽不愿见到哥舒翰势大，但此番没有拿到其违抗皇命的证据，也拿他没有办法。还好有刘浦诚的突出表现，且受到玄宗赞赏，升为羽林军副统领，他乐得与一众皇亲国戚夸赞这个能干的义子。

这日刘浦诚又被李林甫安排赴宴，他每天疲于应付各类交际场合，将自身惨痛的经历编辑成新奇勇武的传奇故事说给旁人听。纵然每趟皆不是空手而归，总会有人为了巴结他而赠予一些古玩玉器、奇珍异宝。刘浦诚对这些东西没什么兴趣，皆转送给了李林甫。倘若换作相府的何治，必定会兴奋异常，这正是他的拿手强项，既能满足说书的兴趣又可兼得好处。但对刘浦诚来说却十分难受，偏生又无法推辞，难道去了延王府就不给盛王府面子吗？稍稍没有一视同仁势必会遭人闲话得罪人，在长安确实不如战场上轻松。

听说今日设宴邀请的乃是平卢、范阳、河东三镇的节度使安禄山，刘浦诚对此人早有耳闻，只是未有机缘见面。他料想边塞大吏该如哥舒翰一般令人高山仰止，遂首次不带反感情绪随着李林甫前去赴宴。

安禄山的大肚子是他予人深刻印象的招牌，精悍的容貌团簇在那肥肉堆积的脸上，显得十分滑稽。可当笑容展现之时，却又变得诚恳憨直，让人完全难以将其与三镇节度使的身份联系在一起，从外表上看不过是一个圆滑玲珑、精于世故的商人，丝毫不见其统将御兵的风度。

同样身为节度使的哥舒翰却大不一样，刘浦诚随他出征石堡城，经过一段时间的朝夕相处，后者拥有那种可令将士军兵甘效死命、仰之弥高般的威严，与每个人均隔着一层看不见、道不明却能够感受察觉的距离，举手投足亦能使身边的将领心仪敬佩。安禄山却没有隔阂，此刻从他双瞳中透出哥俩好般的诚挚热情。让方是首次见面的刘浦诚，竟有熟人朋友久别重逢的感受，其肢体语言在大脑支配下所做的每个亲近举动都如潜意识般无声地告诉他，现在是老友重聚，不是初次结识。

府宴的地点亦有别于其他主堂会客的位置，而是设在将军府的东厢花园，驻守边塞的大将在长安均有或赏赐或自购的府邸，以便待在京城期间有地方下榻。这幢前后阔达五进的宅子便是安禄山为方便其结交王公权贵的最好证明。

东厢花园人工掘有一处清池，假山喷泉注水于内，也不见如何引渠通灌，池水自然环流其间，往复循环，生生不息。池中的水既不见多，亦没见少，单是这份巧夺天工的匠技便已价值不菲，遑论那搭建池上约有十来步的玉石小桥，围砌水池四周五彩斑斓叫不出名的砖石，以及池中央三丈见方最显眼的琉璃假山……

李林甫的相府已是独具匠心，没想到安禄山这府邸竟然别具一格，刘浦诚只看得啧啧称奇，不住赞赏。安禄山见他情不自禁地摸着假山，善解人意地介绍道：“我给这处起名瑰丽池，物如其名，想当初安某为了能让前来的客人不虚此行，特意从河东道带来了二十位园艺与巧匠师傅，耗时四个月方才修葺完工，其间所花费的金银是算不过来了。单是池底这些玛瑙翠玉便非比寻常，中间的假山更是花了二十多日一块块拼接而成。”

今日将军府的客人只有李林甫和刘浦诚两位，以安禄山见面熟的气场和性格，实不虞气氛冷场。此刻这位边疆大吏又领着二人看了花园各类树木花草，夸耀一番当初倾注其上的精力心思。刘浦诚曾在寿王府做过花匠，自觉见过不少花花树树。但见园中红枫、月桂、银杏数排颜色各异；梅花、茶花、牡丹花枝招展，芳香馥郁，端的是花开满园、树荫遍地，估料不到这带兵打仗的武将居然如此风雅。

安禄山引着李、刘二人入席，伴着婢女的管弦琴乐之声，各式菜肴轮番奉上，飞禽走兽、游鱼海鲜，一盆一碟罗列满桌，当真是珍馐佳肴，美味盛宴。饶是刘浦诚近日吃遍长安各处王府，亦没有见到如此繁多与古怪稀奇的菜肴。

安禄山伸出圆粗粗的胖手，往李、刘二人碗中各盛了一箸层层片片的红色物事，热情地道：“安某的庖子是直接从范阳带来的，做的大都是长安不易吃到的北方菜，两位请尝尝这菜的滋味如何？”

刘浦诚操箸将碗中之物放入嘴内，但觉入口既滑且软，美味香嫩，却吃不出到底是什么做的。李林甫代他问出同样疑惑：“老夫只知吃的是肉，却迥异于吃过的鸡鸭猪牛，将军能否直言此乃何物？”

安禄山呵呵一笑，运箸夹起一片，介绍道：“方才李相吃的这一片乃是猪舌，刘将军吃的却是驴唇，这道菜共包含了十种不同的家畜，有鸡冠、鸭舌、鹅掌、猪尾、猪舌、驴唇，还兼牛骨、牛筋、牛鞭、狗鞭这类大补食材，集四种不同的烹饪方法尽烩一盆，美其名曰：‘百仙汇’。”见二人又夹了几片尝着味道，他兴致盎然地续道：“原本这是一个润州庖子的拿手绝艺，被我无意中吃到，后来越吃越爱，便让府内的庖子将手艺学了过来。哈——你们这般看我，定是在想安某为何不简单地将那人直接请过来，偏要舍易取难耗时费力地派人去学艺。只因安某善于察觉他人心意，我那庖子有着广纳天下名菜的志向，立志烹饪出天南地北各式美味，既然他有着如此令人钦佩的上进之心，安某又有何理由不成人之美呢？”说罢他将目光往刘浦诚瞧来，双目一改热情，绽放出似能看穿他人内心的锐利目光。

刘浦诚被瞧得有些不大自然，他避过仿佛能看穿自己心事的目光，举杯道：“将军如此盛情招待，让我们既观池赏花，又品尝美酒佳肴，浦诚敬将军一杯。”

三人饮过一轮，安禄山吃了口菜，接着道：“刘将军客气了，这道菜做法倒不复杂，只是手续有些繁复，提前准备食材就得花些功夫，此番旨在令李相与刘将军体验不同风格的美味罢了。”

刘浦诚瞧着盆中形状各异的美食，大感有趣，又试了一箸细丝，这次是辣中带甜，筋道无比，心忖他这节度使倒也懂得享受，光是一道菜也可以弄出这么多的花样名堂，任西北地区的那些将官想破脑袋也没有闲情功夫搞这类东西。

但这正是安禄山的高明之处，单只看安排府宴这一手，便可想见其超凡的交际手腕，笼络朝中当红人物，巴结皇室，正因有这些王忠嗣与哥舒翰都不屑为之、自降身份的举动，才换来安禄山官职显赫且无人非议的声誉。

李林甫摸了摸身旁斟酒婢女的手背，端起滑石杯，面泛红光道：“今趟借安将军的宝宅盛宴，庆贺浦诚荣升羽林军副统领一职，难得皇上信任，将这宫廷要职交托于你。来，我们干了这杯。”

龙武军与羽林军乃是大唐皇城保护天子的近卫，因使命特殊，故此皆由精英的大唐士兵或受皇帝信任的将领担任，李林甫遂有此一说。

安禄山连声祝贺，饮完又斟，斟罢复饮，几杯酒水下肚，刘浦诚酒意上涌，松了松紧身的衣带，不以为然地道：“让两位见笑了，我倒不觉得在皇城当这统领有什么好处，成日无事吃吃喝喝，受宫里各种约束，且得遵守七律八规。倒是安将军坐镇一方，逍遥自在，刘某自认羡慕非常。”兴许压抑久了，他借着酒劲对这个虽是首次见面，但并不生分的节度使吐出连日来未曾透露的心声。

“瞧浦诚说的，这么快便不胜酒力了，快喝些茶，胡言乱语的让安将军听了笑话。”李林甫用言语提醒刘浦诚，切忌在不适当的地点说不该出口的话。

安禄山却似没有听见李林甫话语一般，先叹了口气才道：“真人面前少些虚假，既然老弟对安某酒后吐真言，你我二人也不来将军前将军后那套了。在外人看来，我是掌管三镇的节度使，手握十几万兵马，驻守边关一方，无拘无束。其实个中冷暖只有自己知晓，为何我要买这座宅子结交诸位王公要臣，便是怕人说我功高盖主，心生反叛。每次来长安皆只带领几名随从，连护卫亦不敢带，就怕被人冠上迫挟的罪名。唉——”说到后来用叹息结尾，将不足为外人道的苦衷尽数囊括其中。

刘浦诚瞧了李林甫一眼，见后者同样以错愕的眼神望向自己，料不到他一番抱怨竟引出安禄山的感触，这番说来大家各有各的苦，倒是同病相怜了。

李林甫为免气氛尴尬，端起酒杯道：“烦恼之事便不多说了，你俩苦兄难弟也别在老夫面前诉苦，若是六七品的小吏老夫尚可略尽绵力，向皇上启奏调调位子。只可惜两位现今俱是圣上倚仗的重要人物，恕老夫无能为力。来，为相逢恨晚再干一杯。”

安禄山听到“苦兄难弟”这四个字后心中一动，待饮下杯中酒，他拭去嘴角的酒渍，冲刘浦诚道：“难得今日安某与刘老弟一见如故，不如由李相做个见证人，我俩结为异姓兄弟，刘老弟意下如何？”

刘浦诚没想到安禄山会突然来结义这么一手，他虽对面前这胖子没有反感，相反还有几分投契，但首次见面便同人结拜，怎么感觉都有些不可思议。况且以俩人现在的权势官职，再如何义气都牵扯了一些功利在其中。他朝李林甫望去，因这次是义父带自己前来赴宴，怎么都得瞧瞧他老人家的意思。

李林甫却摆出一副漠不关己的模样，大咧咧地道：“浦诚自己拿主意便成，不用顾及为父。”言罢径自与娇俏婢女戏谑调笑。

刘浦诚回望安禄山，见到对方热切的目光，一团豪气从胸中升起，慨然道：“能与老哥称兄道弟，是刘浦诚的福气，当然乐意至极。”

安禄山闻言大笑，二人相互一叙年纪，安禄山年长十岁，为兄，刘浦诚为弟。当下吩咐仆婢在花园摆案焚香，二人齐齐跪地，向天拜了八拜，起身后又哥哥兄弟叫个好不亲热。当真是：“水稻生南境，小麦产北方。原本两地物，竟可一时酿。”

李林甫恰于此时站起身来，分别递给二人一杯酒水，待他俩饮完，始插口道：“既然让老夫做这见证人，那我可得有言在先说句旁话。这京城乃是非之地，碍于身份特殊，两位自在私下哥哥兄弟相称即可，到了外面勿要被人听见，扣上结党营私的帽子就不好了。”

“那是自然。”安禄山会意一笑，道，“有劳李相想得如此周到，这次安某特意带来了一批汉朝王室用过的皿具，奉于您老赏玩，晚些另行随李相一并送回府中。”

李林甫的兴趣之一便是收集历代前朝的各类器皿用具，安禄山投其所好，后者自然大为受用。

这边哄得李林甫开心，他又向刘浦诚道：“早先看兄弟挺喜欢这花园的池子和花草，做哥哥的也没什么见面礼给你，索性将这宅子赠你吧，云麾将军总得有个宴请宾客的地方。”

刘浦诚闻言愕然道：“这如何使得，这座宅子耗费了哥哥不少心血，我哪里能要，不行不行……”

安禄山板起脸孔哼道：“兄弟不要定是瞧不入眼，嫌这花园的一干货色见不得人，明儿我便一把火将这里全部烧个精光，省得丢人现眼，看了生气。”

刘浦诚还待解释，见安禄山现出节度使的统兵气势，只得道：“既然哥哥如此厚意，我便多谢哥哥了。日后哥哥往来长安，还是前来盘桓小住，如同在自家一般。”

安禄山展露出热情的笑容，欣然道：“这就对了，你我兄弟，既已结拜，还分什么彼此。来人！给我把刘老实唤来。”

过不多时，一位厨师打扮的男人走到三人面前叩首施礼，安禄山指着男人道：“这便是我早先说的那位庖子，他与兄弟同姓，名作老实，人亦厚道淳朴。哥哥我在长安待不了多久，明日便得回范阳了。刘老实从今往后便在府上伺候兄弟，他北方菜全熟，南方菜知晓一大半，不是哥哥我吹牛，就算是京城皇宫御厨举办烹饪大会，刘老实起码能排上前五。”他顿了一顿，又冲刘老实道：“老实呀！这是我新结拜的兄弟刘浦诚将军，至此刻起你便得迁就他的口味啦！记着可别给咱北方人丢面子，输给长安的庖子。”

刘老实连连答应，又拜了几拜，方才起身退了下去。刘浦诚推却道：“哥哥送宅子我要了，将跟随你的庖子也留给兄弟，那你自己谁来伺候？”

安禄山胖手一摆，满不在乎地道：“哥哥府里的庖子多如这园中的花儿一般，兄弟实在多虑了。今日咱俩结义一场，尽让李相在旁看笑话，做人兄长如此寒碜，只有先赠宅赠人予你，聊表心意。对了，这说到人，兄弟喜欢什么样的女人？北方的女人可真不错，腿长，个子高……”

李林甫笑着打断道：“安将军这番心思大可免了，贵妃娘娘今日刚放了话出来，只要浦诚看中了长安城谁家的千金小姐，由她亲自出马说媒，这女人方面嘛！还不任凭咱们的云麾将军挑选。”

刘浦诚瞪大双目瞧着李林甫，脑中不断重复着适才从他嘴里吐出的话语，杨玉环要替自己说媒，她为何要这么做？难道自觉逃脱无望，遂决定牺牲自己，让刘浦诚开始新的生活？他竭力拯救她脱困的一番心意，杨玉环不知道吗？听闻这个说媒的信息不禁令他产生出消极情绪，对心底那个曾以为丝毫不会动摇的信念犹豫起来。

安禄山还以为刘浦诚的表情是在责怪李林甫的夸张形容，附和道：“想来也是，只怕要不了多久，这府邸的门槛便会被那些恭贺道喜的人给踩凹踏平咯。”

接下来话题又谈到了如何挑选女人上，二人越说越有兴致，撇开兀自心神不属的刘浦诚边饮边聊。刘浦诚听着他俩口沫横飞地高谈阔论，其独到细微处更胜过谈论时下各州灾祸与边关军情。

直至初更时分，筵席方散。安禄山遣竹舆送李林甫回府，礼物亦装了三车。刘浦诚成了宅子的主人，留下招呼安禄山这客人。二人同榻夜话，安禄山述说这些年河东等地驻守的边防逸事，刘浦诚亦曾在边塞驻防，彼此二人有着相似经历，共同话题，一直聊到天光放亮仍不觉困意。

次日安禄山将房屋地契交予刘浦诚，宅内一干婢女、花匠、庖子等全部留下伺候，诸事交代完毕，安禄山便启程返回驻地，刘浦诚直送到城外。二人颇有相见恨晚之感，只叹时日太短，相约下趟见面定要好好再叙。

送走安禄山，刘浦诚没有了别的事情转移思想，又陷入盲目揣测杨玉环的心思中，弄不清她究竟是何意图，又不能跑去皇宫问个清楚，着实着急。他骑了灰影四处巡防，忽见几名官差用链子锁着一人迎面走来，官兵在后面推推搡搡，喝骂不断。被锁那人身不由己地被推往前，脚下一不留神，磕绊摔倒，又惹来一顿脚踢怒斥。

刘浦诚发觉被锁之人有些面熟，因其人蓬头污面，一时半刻想不起在哪见过，便向领头的官差询问。

当先带头之人见是羽林军副统领问话，立即改怒为笑，恭敬地道："这家伙是大逆不道的中丞府管事，前者连坐处死时让这贼人给跑了，咱们几人奉命要将他拿回去交给宪部处置。"

刘浦诚寻思：自到相府后忙于出使塞外，便没再关心中丞府的事，其后出征石堡城亦无联系。没料到李佑国居然被连坐处死，实在意外。天幸让他此刻碰上了陈逸，无论如何，不能袖手旁观。

转念之间，他心中已有了计策，嘴上说道："弟兄几个辛苦了，这里有些钱拿去喝茶，中丞府的贼人便先交给我，有些密话要问他。问罢由羽林军的人送去宪部，王大人问起来，你原话照说便是。"说毕向那官差抛出五两银子，且示意他松开锁人的链子。

官差接过银子"嘿嘿"一笑，嬉皮笑脸道："刘将军，只怕这有些不合规矩。不是卑职信不过您，这人虽不是悬赏的恶盗要犯，但总是王大人亲口吩咐，卑职几人这么空手而回，免不了要挨骂！兴许还要受惩罚。"他边说边望向手中的银子，摆出一副交不了差的为难表情，似足尽忠职的模样。

刘浦诚哪不知其心意，又掏出十两银子扔了过去，续道："倘若老兄仍旧为难，刘某便陪几位往宪部走一趟，亲自同王大人开口，诸……”

他话未说完，那官差将到手的银子揣入怀里，连忙道：“不用，不用，哪能让刘将军辛劳，您准备去哪问话？要不哥几位替您将这老小子押过去，免得这脏家伙弄污了将军。”

刘浦诚摆手表示不用，几个官差解下链子，冲他拱一拱手，便拥着往酒楼去了。刘浦诚着两名士卒将陈逸带回府中，又唤来亲卫郑玄，吩咐他如何行事，到了宪部王大人处怎样解释，诸般事宜要在申时办妥，郑玄领命离开。

刘浦诚又策马巡视两圈，上午的差事便结束了。现在这统领虽然有不少禁忌限制，但好处是有人可供他差遣，无须事事亲力亲为，只要打出羽林军刘统领的金字招牌，自有识相之人照意思办事，倒也顺心方便。亦难怪那些为官者用尽各种手段往上爬，权力的好处及对人的诱惑力确实不小。

自思自想间回到府前，入内往见陈逸，他已梳洗一番，换过衣衫，随着刘浦诚来到书房。刘浦诚先安慰了陈逸两句，才问出心中疑惑：“我离开中丞府后究竟发生了什么事？怎么李佑国大人一下便遭遇不幸……”

换过衣衫的陈逸又回复到昔日的儒者之貌，只不过脸上增添了风霜，连番遭遇令他双目深凹，精神委顿，他摇头惨然道：“这次若不是遇上浦诚，只怕我亦是同一下场。唉！这事还得从头说起，我家老爷仕途不顺，命运也颇坎坷，本以为升调到长安会是一帆风顺的好事，哪知只是我等没见识之人一厢情愿的愚蠢想法。”

刘浦诚将茶盏递给陈逸，用无声的行为助其平复波动的情绪。

陈逸接过茶盏，却放在一旁，哀声续道：“皇城的政局形势较蜀州不知复杂了多少倍，我们这些做下人的自然希望老爷能够步步高升，自己亦可跟着沾光。早前你亦知晓，因在征税律法上提出了有效的革新，老爷受到了皇上的赏识，来到长安。却不曾想初露锋芒的才能遭到李林甫的忌恨，认为老爷颇有野心，欲将他取代。对这当朝宰相我们老爷连巴结都恐不及，哪敢有替代的心思。可心中既有了芥蒂，任日后如何解释弥补都无用，待老爷在朝中提出新的改革见解，李林甫直斥其非，指责他厚颜无耻，剽窃引用他人观点，恬为自己主张，并向皇上呈递了所谓的证据。一番吵嚷，老爷岂争得过皇上信任的宰相，结果自然是为他人作嫁衣，辛辛苦苦的成果被李林甫转手送予其亲信，老爷回到府里急怒攻心，便病倒床榻。”

刘浦诚心道原来前事如此波折，难怪当日初到中丞府时陈逸不愿讲述，这里面实有太多的政治黑幕。虽然李林甫眼下对自己无可厚非，但倘若不是他出使拔曳固部落显露一番本事及利用价值，致令老狐狸心内转变为另一种纳己态度，只怕现在是何结局尚难预料，不禁出了一身冷汗，对世事的现实残酷又多了几分无奈。

陈逸将茶盏端至唇边饮了一口，望着刘浦诚道：“那时候正逢浦诚前来探访，府里的人均如盲头苍蝇一般不知如何是好，怠慢了你，请万勿见怪。”

“陈公说哪里话来，我在中丞府叨扰了那么多天，一点都没觉得有不周到的地方。此事情有可原，无须再提。”

“想来你终是富贵之人，凭自身努力取得如今的成就。我们那时也没有工夫关心其他事情，一心只守着老爷，希望他尽快康复。可是世事就是那样，灾祸总会自行找上倒霉的人。老爷即便卧病在床，无法上朝，依然是人家的眼中钉、肉中刺。那一天，我们正在府里如往常一样做事，突然冲进来许多官差不由分说地动手拿人，哪里容我们分辩。包勇与来人争吵起来，当场被五人围攻砍倒在地，我正带着小公子在后院灶房里煎药。听到吵嚷哭喊，第一反应便往偏门躲了出去，亦因此才逃过一劫。陈某贱命一条，理应陪同殉主，但倘若愚昧尽忠，李家的血脉势必就此断绝。官差将府里的人全部抓走，三日后一个不剩尽皆处死，后来经我多方打听，才知道有人上奏举报蜀州的前任刺史田蹈洺贪赃枉法，证据确凿，罪名落实，老爷在蜀州曾与其一同共事，田蹈洺是罪有应得，老爷却是无妄之灾，获官吏职务连坐之罪，一家上下全遭了殃。”陈逸话语越说越低，忆起那个残忍的律法似需耗费他的精神力气一般，喘息连连。

刘浦诚轻轻摇头，听着陈逸讲述李佑国全家的遭遇，想象着当日中丞府内酷吏肆意横行，家人慌张无措的场景。那个时候他该在鄯州与一众将官做着攻打石堡城的准备工作，倘若自己身在长安，得知如此不公之事，是会强行插手干预还是默然袖手旁观呢？也许，只有到了那一刻才能得知真实情况，但历史已无法改变，刻下总算救回陈逸的性命，并非毫无收获。

待陈逸喘息稍止，刘浦诚始劝道："人死无法复生，陈公总算得保李大人一家血脉，日后自当全力将李公子抚养成人，如此方是真正为主尽忠。是了，李公子现今身在何处？"

陈逸双眼忽然不受控制地涌出泪水，哑着嗓子道："不在了，小公子那日担惊受怕染了病，一连好几天又随我东躲西藏，连肚子亦填不饱，哪来钱治病，没人敢收留我们，城门戒严又无法出城，眼睁睁地看着他在我面前咳至断气，那场面……呜……"说至后面已泣不成声，用呜咽取代言语。

刘浦诚本欲借此来激发陈逸的人生目标，却不料反倒勾起了他伤心的回忆，亦不敢再说安慰的话，陪在身旁干叹气，一时间心潮起伏。

杜校尉总是循循告诫他做官任将应为国为民，不可以一己私欲而枉顾人命。他这恩师虽然死于战场，毕竟这是为将者相对荣耀的殁法，总好过昔日的名将李牧，被奸人用计杀害。但他教授给刘浦诚的道理，经过这些年来的切身体会，刘浦诚却无法全数认同。

倘若一国之君厚颜无耻地霸占自己的儿媳，为开疆辟土罔顾将士性命，忠君报国还有意义吗？如果一朝之中尽是由排除异己、气量狭窄的人把持朝政，为国为民者则弄至家破人亡的结局，还有谁敢抒发己见，为国家献出良谋佳策？也许杜校尉年轻时所处的政局是那样，但理想的状态终被集中的权力所腐蚀，人心永远是无法满足的，这也是战争从古到今未能止歇的原因。

陈逸渐渐停止哭泣，刘浦诚缓缓问道："陈公无须太过自责，下步有何打算呢？"

陈逸摇头道："早知如此，当初死亦要劝老爷婉拒升调，谁能料到升官居然是家破人亡的坏事。唉——我这犯人能有什么打算，浦诚让我自去宪部罢了，免得又牵连上你，你有如斯成就来之不易。好好保重，我这便去了。"说着站起身来，朝着房门迈步。

刘浦诚拉住陈逸道："陈公不用着急，我既有此问，当然已做好安排。什么牵连不牵连的，不是我自夸，眼下这长安城里的权贵要臣都欲主动同我有所牵连。你哪里都不用去，便在这府里待着，说来也巧，这是我义兄前几天刚赠予我的宅子，一众婢女花匠都不缺，唯独少了一名能干的管事，今日正好碰上了陈公，只要你不嫌委屈，便帮我操办主持大小事宜，府内一干人全听你差遣。"

陈逸正容道："浦诚切莫儿戏，帮助犯人畏罪潜逃可是大罪，只怕亦会遭到杀身之祸，谁收留我谁倒霉。年轻人还有大好前程，不必为我这将死之人逞意气之勇。"

刘浦诚好整以暇地呷了口茶，露出一个莫测高深的笑容道："早前我差军兵送你回来时已安排好了，我这将军府今日新从蜀州聘来一位管事，而羽林军的刘统领在巡查时碰上中丞府的犯人，问话时遭到对方反抗，不得以将其击毙，待拖着那面目模糊的囚犯尸首于天色开始昏暗的申时回到宪部，你道那只会饮酒不晓断案的王敛财看了尸体该怎么办？即便借他一副豹胆，敢来我将军府搜查要人吗？"

陈逸闻言一怔，呆望着面前似乎变得陌生的刘浦诚，茫然道："这办法可行吗？岂不是要连累无辜的人做替死鬼，那陈某于心何安？"

刘浦诚笑道："说是尸首当然不至于要伤害人命，要找一个身材与陈公差不多的饿死鬼该不是什么难事，死后还能做有用之身换回陈公一命，也算功德无量了。"

陈逸盯着刘浦诚又看了一会儿，低头思忖，内心一番挣扎，终于不再坚持，坦然道："浦诚说怎样便怎样吧，如今似你这般不怕引火烧身的人也不多见了，活命之恩自当竭力以报。"

刘浦诚见他同意，拿出一套新衣，然后与陈逸一齐出府，找僻静无人之地给其换上，往集市买了些染料，将陈逸胡须刮去，头发修剪一番染上色彩，脸庞再涂上一层肤色般的胭脂。回到府里，与经过的每人介绍身旁之人是新来的管事东叔。即便是早先接触过陈逸护送献茶的侍卫婢女，亦没认出东叔的真貌，只道统领已将先前犯人守约送回宪部。

晚上郑玄回府汇报，王敛财见到尸体后连眼尾亦未有多扫一下，径自与他套着交情，还说刘统领日后欲找何人尽管吩咐，自有宪部差人送至府上，无须劳烦羽林军往来费神。刘浦诚心中好笑，对这预料中的结果不以为意，权力的魅力可以令一众高高在上的王室成员尽皆纡尊降贵，更何况这宪部郎。他对宪部亦不是没有交代，王敛财不是傻子，陈逸不是重囚要犯，卖羽林军一个人情自胜过得罪结怨。

刘浦诚帮助陈逸改头换面的另一个原因，是后者象征了他发迹前的一段苦乐感慨的回忆，勾起了对昔日时光的缅怀及那些同杨玉环在一起的美好片段。

自东叔来府后，刘浦诚为分散他忧伤李佑国之心，将府内大小事宜全委托其打理，后者因感念刘浦诚恩德，尽心尽力将一个偌大的府邸管理得井井有条，前前后后诸人各司其职，尽显昔日一府管事之才干。

【第十六回】

鼓乐旋舞谐新曲 声情并茂伴佳人

这日早朝，唐玄宗与一众文武百官称道现今四海升平之貌、民丰物足之况，群臣竞相歌功颂德，此乃仁君之功。刘浦诚听着阿谀奉承之语，只感到说不出的厌恶。好不容易挨到退朝，他赶紧逃命般迅快离开。已走到了承天门，又被太监唤住，说贵妃娘娘有请，刘浦诚心中惊诧，遂又折返回来，急忙跟着领路公公往皇宫而行。

时值深秋，御花园已被落叶覆盖，花卉草木换过另一番行头，均披上一层橘红的装扮，贵妃娘娘杨玉环侧向南面廊亭，玉立婷婷。她正用欺霜胜雪的手拨弄着一截树枝，脸上现出若有所思的神情，对周围枫树凋零的自然美景浑不在意。

太监将刘浦诚领至，通禀过后便站往一旁，只留下刘浦诚缓缓步到杨玉环身旁一丈。这倾城佳人身披淡绿霓裳，翠绿的锦线衬着她脖颈的玉骨冰肌，宛似随着落叶一同降临凡尘的秋之仙子，在这个颇有诗意的氛围向世人显露丽容仙姿。

刘浦诚心中感叹，经历了诸般世事，他终于见到了她，还记得上一次寿王府花园，她站在花中而歌，而后命运将他俩旋又分开。杨玉环被迫进宫，而他则踏上一条未知前路的旅程，望着外表并无多大变化的佳人，刘浦诚心潮起伏，往事在脑海中一一浮现。

这幅与若干年前似曾相识的画面，令刘浦诚蓦地感到一股莫名的恐惧，生怕眼前人又会同上次在寿王府一般，这番见面过后即陷入另一个复杂且身不由己的环境中去，那时他的所作所为将变得毫无意义可言。原本心中有千言万语欲向她倾诉，当真到了这个时候，脑中却又胡思乱想起来，那种恐惧几令刘浦诚便要逃避般转身离去。

杨玉环天籁般的声音飘入刘浦诚耳内，顿时助他撇开杂念，将注意力放至眼前人身上。只听她道："刘将军现已是当朝从三品的云麾将军兼羽林军副统领。石堡城一役，整个长安更是无人不知刘浦诚的英武神勇，旁人或许察觉不到，但本宫却从你的眼中看到了不满，刘浦诚啊，你究竟想要什么呢？"说至最后一句，她转身面朝向他，一双明亮乌黑的剪水眸子直视刘浦诚，而那两只瞳仁与长发则成为整个橘红世界中突出的色调反衬。

刘浦诚闻言心神大震，只有杨玉环才是最了解他的人，亦只有她始能明白自己心中的遗憾。此时此刻，他再也压抑不住心底的冲动，脱口而出道：“我确实没有感到满足，因为我想要将玉环从这深宫牢笼中解救出去，让你脱离那无耻公爹的魔爪。”

他这番言语可谓大胆至极，倘若被远处的宫女太监听闻，自己在劫难逃尚且不论，还会牵连杨玉环，好在后者谈话时挥手屏退了宫女太监，廊亭中只剩下他们二人，不虞第三者听到谈话内容。

杨玉环大惊失色，瞪大双目诧异地盯着刘浦诚，好半晌才道：“你在说什么哩！本宫指的是将军娶亲一事，现在将军功成名就、高官厚禄，什么都不缺，唯独少了一位将军夫人。本宫已同皇上商量过了，由本宫替你出面，挑选一位既温柔贤惠又大方得体的姑娘做你的将军夫人。这次唤你前来便是为此，看你可有中意的对象。顾及皇上在场你会不好意思，本宫刻意央求皇上破例准与将军独处，这实在难得。”见刘浦诚默不作声，杨玉环又再续道：“将军方才的话本宫就当作没有听见，切不可再提。唉——都过去啦！”

这番话当真猛过秦叔宝的擒龙锏，狠似尉迟恭的困神鞭，直打得刘浦诚晕头转向，措手不及。适才尚在天府重温与仙子独处的动人美妙，下一刻便从九霄云端坠落阿鼻地狱跌个骨碎肉溅，前后天差地别的感受在一瞬间轮番交替，最令人难受之处是那长久以来支持自己的希望到头来只是场一厢情愿的绮梦，个中的失落与怅然，几乎欲令刘浦诚难过得当场自裁而绝。

他千辛万苦方才在长安皇城扎根落脚，厚着脸皮让李林甫收作义子，拼了性命出使塞外，忘却生死攻打石堡城。待竭力进入皇宫，见到朝思暮想的精神寄托，说出那压在心底多年的话语，料想她纵然不会感动得立即投入自己怀里喜极而泣，至少亦有一两句感激的话语，不料换来的竟然是一句“都过去啦”，是什么都过去了呢？在寿王府做王妃的时光？还是他俩初识于蜀州，神仙谷中美好的回忆？甚或委身于无耻公爹所受的不忿与屈辱？刘浦诚来到长安所做的这一切岂不是全然白费？那他以后又该怎么办？没有了长久以往作为动力支持前进的目标，下一刻应该干什么都不知道。

望着杨玉环一副浅笑聆听的模样，似在等候他的答案。但觉百感交集，不知如何表达。刘浦诚忽地涌起不愿片刻多待的厌烦情绪，就那么躬身一揖，低头道：“浦诚忽感身体不适，暂行告退，请贵妃娘娘恕罪。”便在杨玉环会意过来之前，匆匆转身离去。

走在出宫的路上，刘浦诚心如浪涛拍岸，起伏不定，一直以来，他都以拯救杨玉环脱困为目标而奋斗，哪怕前路艰难坎坷，亦是勇往直前。好不容易与她有了独处的机会，忍不住吐露心声，却被她婉言斥责。难道是怕隔墙有耳？还是不愿他以身犯险？杨玉环为何那般上心自己娶亲一事？得不到这个问题的答案，一切仍是没有头绪。刘浦诚因杨玉环的一席话突使一度明确的目标顿时茫然起来，真如行尸走肉般回到府内。

在府里休息两日，称病没有上朝，第三日有太监领着御医代玄宗前来探望并传旨相召，刘浦诚眼见再难装病，唯有随着太监入宫觐见。

区别于御书房或两仪殿，这次面圣的地点是在华清宫。但闻悠扬的曲乐随着刘浦诚脚步的趋近越显清晰，转过殿角，一人在大殿中央随乐而舞，因此起伏摆动的身姿而轻扬垂散的发丝仿佛悬崖飞溅的瀑布流水，激起令人观景忘情的痴迷感触，合着悠长婉转的节拍，她手臂舞动的姿势节奏好似一首配乐合曲的深情诗词，令旁观者在欣赏绝美舞姿的同时，兼且达到听觉上同等级的享受，可谓观则赏心悦目，听亦陶冶情操。

如此善舞之人，除了杨玉环还能有谁？刘浦诚又一次迷失在她的舞蹈之中，后者脸上的一颦一笑勾起那些他封藏心底久未开启的前尘往事，此刻陡然见到如此具有魔力的舞姿，往昔的记忆宛如喷泉一般迸发。他明知眼下身处皇宫，不得如此明目张胆放肆地望着贵妃，可偏生移不开一对痴眸迷目，就像被有磁性的物体吸摄住般无法挪动。

左首忽传来一下激昂鼓响，其声铿锵有力，似高实低，不如上阵杀伐那般震撼人心，但却将刘浦诚的注意力吸引过去。只见大唐王朝的九五之尊身着绸缎龙袍，右臂袖子褪在一侧，露出半边肩膀胳膊，双手擎棒，面泛微笑，两眼正望向杨玉环，一双眸子释放着山之高、海之深的感情。

杨玉环亦朝唐玄宗看去，虽未有言语，但彼此之间的眼神交流便犹如协商约定一般。玄宗未有观瞧鼓面，执棒击鼓却落点准确，起伏有序。随着九下错落有致的开场鼓点，杨玉环押着周围曲匠伶人的节拍自旋而舞。大殿里所有的人物乐器均是他们的陪衬，二人一位擂鼓，一个旋舞，于这众乐独舞的宫廷舞乐图中又注入了一剂崭新的活力与生命。

鼓点骤然一变，从起初的似疾实缓至激昂豪迈，杨玉环闻得鼓声，动作渐快。倘若说早前手足并舞的徐缓动作是向观者讲述一个发生在遥远古时的美丽传说，那么时下迅快地左蹿右跳，激烈地原地旋转，则是一种奔放的表现手法，将生命中的灵与意用这摆动不息的优美肢体来诠释概括，其中所抒发的情感，实已超越言语笔墨所能描绘形容。

殿中无论是参与伴奏的伶人还是旁观的宫女太监，全部屏息静气，生怕一个粗重的喘息会干扰这来自天府仙宫的神乐圣舞。

随着舞姿由慢趋快，鼓声亦越来越疾，最后一阵快似一阵，前后衔尾相应。此刻场中的杨玉环自原地旋转不息，由站立的身姿屈伸蹲低，变化出不同的角度弧形，其技巧上的难度实非旁人所能理解。

蓦地鼓声骤停，正在旋舞的杨玉环似早有默契一般倏然静止，她左膝跪倒，双手撑地，脑袋则低垂胸前。一切缓缓开始，在欲续还休之中陡然而停，予人无限的意犹未尽和怅然若失。即便让这优美的舞蹈永无休止般重复地演绎下去，亦没有人会感到乏味厌倦。

杨玉环喘息着站起身来，额前满是细细的汗珠，几绺鬓发散乱开来，自然写意地垂在颊畔，给这位绝代丽人又增添了几分俏丽妩媚。她一双妙目往玄宗望去，见对方亦是脸颊渗汗地朝自己瞧来，四目交投，互相会心一笑，无须多余言辞，如此鼓舞相合的默契之情胜过任何话语上的沟通，实已到了心灵交流的地步。

杨玉环慢慢步回御座，玄宗立即掏出金丝绢帕来替她拭汗，后者亦取出绢巾来为身旁人擦脸。此时曲乐再起，奏的是首《蝶恋花》，只听一位伶人娇声唱道：

西池雨露承泽满，双燕缱绻宫院檐。
罗袖翩翩随乐起，衫裙牡丹似真花。

刘浦诚在旁边候了半晌，起初看着杨玉环跳舞也便罢了，待见到玄宗擂鼓，至二人深情互望，恩爱拭汗，又听到这般美好曲词，不禁黯然神伤。但见乱伦的公爹与儿媳在眼前如此亲热，那股抑郁即转为切齿大恨，他胃部亦因过分激动感到一阵抽搐痉挛。脑海里首次出现一个极端的声音，天仙般的杨玉环是属于他刘浦诚一人的，任何阻拦其中的人均要付出惨痛代价，哪怕是一国之君亦不例外。

玄宗召唤的声音忽传到耳内，刘浦诚心中嫉恨，走到近前不得已跪下施礼，待起身后这大唐天子一边收起龙帕，一边笑容满面地道："召浦诚前来，朕刻意选址于此，你可知是何缘故？"

这番话教此刻妒火中烧的刘浦诚听来真如挑衅示威一般，尤为刺耳，他在心中"问候"了李隆基的父皇，嘴上不得不恭敬道："陛下自有仙圣之智，浦诚难揣测其万一。"

唐玄宗先满意地干笑两声，然后续道："怡情悦景的华清宫自然没有太极殿那般严肃，希望浦诚能够少点拘束，轻松写意地同朕与贵妃闲话家常。"

一国之君居然有兴致要与他聊谈家常？不知葫芦里卖的什么药，刘浦诚顿时提高警惕，内心打定以不变应万变的策略，诚惶诚恐地问道："不知皇上欲谈论何事？浦诚自当知无不言。"

"浦诚年轻有为，战功显赫，乃我大唐智勇兼备的良臣勇将。可即便你如此忠君为民，却依然过错不小，大大地不该。"玄宗本是欣然夸赞的语气陡地一转，从温和顿变为责备。

"哦——"刘浦诚心忖难道自己一时言行不慎露出蛛丝马迹，致令无耻昏君对自己起疑了？或是杨玉环忍不住将他俩的对话内容告诉了无耻公爹？但细想一下又并非如此，倘若玄宗已发现他刘浦诚包藏祸心，眼下自无法好端端地站在这里。但真实原因却无从得知，故此他将回答拉长了音，大脑中飞快地思索对策，饶是刘浦诚中气充沛，一个"哦"字拖了数十息光阴仍未想到哪里出了问题。此际亦憋得涨紫了脸，无以为继下唯有换气言道："恕微臣不明吾皇圣意，请陛下责罚。"

高力士在旁笑着解围道："皇上并非要惩罚将军，只因贵妃娘娘顾念与将军同乡之谊，为将军出面做媒，连皇上亦开恩允许，将军为何要辜负皇上、贵妃娘娘一番美意，不置可否呢？"

听了高力士这番话语，刘浦诚往杨玉环瞧去，后者正将目光停驻在他的身上，二人目光相触，刘浦诚看到的是几分歉意与坦然，杨玉环瞧见的则是几层执着与倔强。

他心中一动，既然玄宗要充好人，便索性狮子大开口，看今日这局面如何收场。收回目光，刘浦诚俯首躬身谦卑道："微臣不敢劳烦皇上与贵妃娘娘费心，此番只怕得辜负好意。实非微臣自抬身价，故作要求，只因当初在鄯州有位看相之人对我曾有'命格犯冲，不可成家；违逆天意，家破人亡'十六字批言。为了不拖累无辜，微臣才对娘娘的热心不敢有所回复。"

玄宗的龙颜罩了层寒霜，眉头深皱，撸起擂完鼓刚刚才褪下的袖子苦口婆心地劝道："哪个江湖骗子竟敢这般胡言乱语，妨碍我大唐猛将的终身大事。浦诚切勿把这类招摇撞骗之言听入耳去，你怕拖累对方不娶亲事小，刘家延续香火传宗接代事大呀！孰轻孰重可得区分清楚。"

一旁的杨玉环此刻合双眸，抿朱唇，脸如古井不波，沉默不言，与玄宗的反应形成鲜明对比。

刘浦诚心中冷笑，面上扮作十二分惶恐委屈道："唉！皇上说得在理，浦诚原本也这般思想，但这类事情不怕一万就怕万一，倘若不幸言中，我一人受难罹祸事小，牵口累家事大，让好好的姑娘守寡家中。届时教九泉之下的浦诚情何以堪，真万死难辞其咎！"

高力士热心地插口道："将军切莫如此说，听适才言语，似有中意心仪之人，不妨说出来听听，皇上与娘娘俱在此间，必能替将军做主，得偿所愿。"

玄宗亦出言附和道："朕绝不相信那类江湖骗子的无稽之语，浦诚尽管放胆直言，是谁家大臣的千金，朕即刻下旨赐婚成全予你。"

刘浦诚听到"下旨赐婚"四个字后浑身一震，立时扑地跪倒叩头，支吾着道："微臣斗胆，心仪……新……新平公主……已久，想那时……尚在东都，赛马大会上得睹……得睹公主天仙……芳容，秀丽可人，一直朝牵暮挂。但浦诚自己知自己事，公主乃天宫仙子，我只能将爱慕之念放在心底，虽有娘娘做媒，亦不敢开口明说，纵然朝中同僚亦有佳人介绍，可浦诚念念不忘唯公主一人，其心天地可鉴，日月明照。唉——"

他最后故意叹息一声，好以此作为其他铺垫语句的转折，这新平公主是他临时才想起来的，早先洛阳赛马大会夺魁时曾有过一面之缘，其时公主尚还年幼，如今该已成年，此女虽无杨玉环倾城之貌，亦有月季般容姿，刘浦诚此刻提出自己所谓心仪的人竟然是皇上的女儿，他并非真要娶其为妻，但又不可公然抗命，唯用此以进为退之法。一来是欲让唐玄宗自己收回赐婚做媒之念；二来亦能见到这无耻老头的滑稽模样，那直比娶到公主更有意思。

刘浦诚偷眼观瞧对面三人的神态表情，高力士似足一个刚吃下黄连的哑子，张大嘴待在原地不知如何接话；玄宗神情变得严肃，龙眉皱得更紧密了，仿佛连成了一线，恰与杨玉环一副似笑非笑的可爱表情截然相反。

落日亦将余晖从廊道投入殿中，似要瞧瞧这皇宫难得一见的情景剧如何落幕收场。

刘浦诚大感舒心畅快，故意又长叹一声，才自怨自艾地道："全赖浦诚的不是，原本不娶亲倒也罢了，还这般不知天高地厚垂涎公主，也不自照铜镜，况且还有那批言。皇上和贵妃娘娘的美意浦诚心领了，高将军的照顾亦铭记于心，此事从今往后再也休提，微臣今日回去倒头大睡一觉，醒来会将公主慢慢忘记。皇上，那浦诚先告退了？"他口中说走，腿脚却不挪步，正脸直视玄宗的表情反应。

高力士未待唐玄宗开口，抢先道："刘将军勿要见怪，新平公主的年纪还小，尚未至出嫁……"

他一句话未有说完，忽瞥见身旁的玄宗狠狠瞪着自己，赶忙将惊恐尴尬连同未完的说话一并吞落下肚，又缩颈藏头，垂手低眉地等候正主儿亲自执掌大局。

唐玄宗将目光投向刘浦诚，干咳几声，斥责道："朕方才说过会成全爱卿，金口玉言自然一诺千金。刘浦诚你好大胆，将朕看成什么人了？那些出尔反尔的市井之徒吗？"

刘浦诚骇得跪下叩首："微臣该死，如此一切但凭皇上吩咐。"

唐玄宗轻轻地拍了拍身旁杨玉环的柔荑玉掌，望着刘浦诚的后脑勺道："传朕口谕，现封刘浦诚为诚武驸马，升任怀化大将军，赐黄金一百两，白银两千两，金茶器一具，银茶器二具，各色绸缎三百匹，全副鞍辔文马五十匹，择良辰吉日与新平公主成婚。”

“谢父皇隆恩。”刘浦诚随即改换称呼，额头触地，嘴角逸出一丝无人察觉到的冷酷笑容，以此动作表达因这次意想不到的收获随之而来的欢畅。

【第十七回】

初尝大婚无欢喜
重回故地有悲哀

刘浦诚策骑打道回府，心中充溢着难以形容的愉悦。并不是因他又升了官，当上什么诚武驸马，而是方才玄宗脸上那数度变化的表情，不难想象，时下华清宫君王心情不畅，借故寻由发泄情绪的可笑场面。这才叫赔了女儿又送嫁，怎奈当今天子自己将话说得太满，以至于无法回转下台。刘浦诚想起告退时玄宗难自压抑的吹须瞪目之貌，他的心首次尝到因失去杨玉环后通过报复得来的快慰，的确没有什么比这感觉更好的了。

李隆基夺走了他心爱的女人，虽然非是从刘浦诚手中抢走，但意义一样。刘浦诚这次不过是开口要了一位公主，况且皇帝的子女众多，嫁给朝中要臣实乃普通之事，算不上稀奇。只不过玄宗可在仓促下做出赐婚的决定，倒也难能可贵。这结果不正如他们谈话的开场白吗？只是闲话家常，一番闲话后由君王变父皇，世间还有较此更为奇妙的事吗？刘浦诚得意的笑声伴随着灰影马蹄踏地响彻长街，狂妄至不可一世。

亲事既已定下，就是选择时间，自有专人负责操心。朝中群臣得闻刘浦诚摇身一变成了驸马，更是刻意巴结。刘浦诚自有了府邸和安禄山留下的庖子，也开始兴致勃勃地办宴请客。单是宴请那些提前来祝贺他的王公权贵便摆了十天酒席。刘老实一人忙不过来，又花钱聘请了三位庖子，雇了八个帮厨。念及安禄山送府之情，刘浦诚亦用飞鸽传书通知了这个远在幽州的义兄，告知他即将大喜的消息。

单说婚庆之日，为迎接这个特殊的日子，刘府已用红绸红纸从里至外装饰一新，东叔指挥府内众人前后左右张罗婚礼习俗相关事宜，直乐得合不拢嘴。

刘浦诚站在府外接待宾客，最先来的是八辆大车，前者正诧异是谁人如此豪气送来这份厚礼，随行的管事自报家门：“今日乃刘驸马大喜之日，河东、平卢、范阳节度使送上两车金银、两车玉器、两车丝绸、两车脂粉，望驸马与公主鸳鸯璧合、琴瑟和鸣。”

因边塞守将不得皇帝下旨，无法擅自离开驻地，安禄山不能亲自前来，便遣府中管事将贺礼送来。

想不到义兄如此有心，千里之外还如此惦念自己，刘浦诚连声道谢，重重赏了管事，招呼其入府稍坐，又着东叔将八车礼物遣人运入宅内。

随着一串爆竹响过，六只红狮在刘府门外舞了起来，为这特殊的日子增添喜庆气氛。

道贺送礼的人络绎不绝，刘浦诚这新郎官无论走到哪里，均有人围住他道喜，当真是贺声不绝，彩声不断。直至将到迎娶公主的时辰，方才借故抽身。

诸般准备已毕，刘浦诚换上新装，佩了玉带，策着头顶红花的灰影前往皇宫迎娶公主。待接到头戴九羽五霞冠、身穿金凤绣缎大红嫁衣的新平公主，新郎官一声招呼，引着送亲队伍浩浩荡荡回刘府。

街道上的黎民百姓争相围观皇帝嫁女儿的风采，繁华的长安大街纵然宽广，亦被看热闹的人围了个水泄不通。左、右羽林军好不容易阻着人群让送亲队伍回到刘府，又是一番迎亲的风俗礼节。

到了申牌时分，宾客缓缓到来，李林甫全家到齐，刘浦诚刚陪着聊不到两句，仪王李璲、颍王李璬、永王李璘、昌乐公主、永宁公主、广宁公主、尚书左右仆射裴盛、中书令张九龄、云麾将军陈玄礼、归德将军李玄德、兵部侍郎杨国忠等陆续前来，真可谓皇亲国戚齐至，文臣武将同来。即便皇室宗亲文武百官没有全到，亦来了大半。众人送来的贺礼放在最后两进的院子里，密密麻麻地堆了满院，真是箱摞箱、盒叠盒，礼物之多即便是开几家店铺亦不为过。

忽听门外一阵喧闹，刚和杨国忠寒暄了几句，刘浦诚告罪一声，出府查看究竟，原来是皇上与贵妃的肩舆来了。刘浦诚下跪迎接，待二人进入主厅，众宾客齐齐行礼，吵嚷过后，开始进行婚礼。

男方主婚推了李林甫，女方则是玄宗，高力士赞礼，喜庆之声层层不断，奏乐吹弹的声响纵是隔了两条街亦能听到。拜了天地，行罢诸礼，刘浦诚与新平公主一同食了玄宗赏赐的九盏宴，他俩此生的姻缘便宣告正式缔结了。

“浦诚，新平公主便托付予你了，倘若日后她有半分委屈，你可别怨朕没有事先明言。切莫忘了。”玄宗饮罢新平所敬的感恩茶，意味深长地道。

“浦诚是好孩子，不致行差踏错。若是真敢欺负公主，我这义父第一个不饶他。”李林甫在一旁冲刘浦诚暗使眼色，打圆场道。

刘浦诚唯唯诺诺地又发誓又保证，惹得一众观礼者少不了起哄调笑。

这边敬茶已毕，宴席开始轮番上菜，接下来新平公主倒还无事，却苦了刘浦诚。他得应付一众宾客四杯五盏接二连三敬酒，如此宴饮纵然酒量再好亦挺不住，但刘浦诚一想到玄宗那番脸色，今日实是大快人心，他心中畅快，对所敬之酒自然来者不拒，统统酒到杯干。直喝得脸色由红泛紫，才勉强应付了一班敬酒宾客。

这般豪饮除了心中畅快，还有一个原因，方才杨玉环向他道贺，刘浦诚睁着醉眼瞥见她眼眸中流露出的祝福，在那一刹那，他有些迷失在这觥筹交错的筵席之间，脑中定格在那个画面上，精神恍惚又饮下不知是哪两个人递来的酒。直到高力士劝众人网开一面，暂且饶过驸马，今晚还得入洞房，大伙儿这才罢了，任刘府的人扶着刘浦诚往后进寝房而去。

东叔的声音隐约传入耳内："我真的服了浦诚，能得皇上如此看中，将公主许配予你，当真是光耀门楣呀！"

刘浦诚一声冷笑，打了个酒嗝，醉眼惺忪瞧着星光灿烂的夜幕嘟囔道："才不是他……他……主动许配给……给……我的，是……呕……"话说至半截，喉中涌出的秽物阻断了后面的话，刘浦诚强忍着腹中倒涌向上的难受之感，将早前在主厅上的虚伪、不快尽数呕吐出来。

不知过了多久，他只知自己身子悬空，双手双脚均被他人掌握，一晃一晃地移动着。他只觉脑袋晕晕乎乎，心里模模糊糊，努力想找些印象深刻的事情来思考，借以分散酒醉的注意力，偏生有心无力。又晃了一会儿，双脚始才着地，刚迈出一步，右脚随即踏空，若不是有人扶住，定然会摔跌地上，没有余力再爬起身来。

下一刻他觉得自己躺在了榻上，随着门闭合的声响，来人显然又自离去。刘浦诚被一双柔荑扶着坐起身来，但见全身红装、绸缎罩头的新平公主在自己身旁。当初他在玄宗面前说出她的名字并无特别情感，只为一睹九五之尊窘迫的丑态，如此而已。不知道新平公主是怎样性格的一位姑娘，洛阳一瞥时隔这么些年，是美是丑，或瘦或胖，是否中意自己……这些信息他实是一无所知，到此刻两个人共结连理，同处一室，他始才想及这些细节，为了自己一时的痛快而牵连到这无辜之人，心中微微感到一丝内疚。

脑中想着事，手却情不自禁地去扯那块碍事的红盖头，此际任谁均欲一睹隐藏其下的庐山真面目。

红色绸缎随着刘浦诚手扯的轨迹徐徐滑动，新平公主的头脸渐渐呈现眼前。

一双含蓄的眼睛镶嵌在顾盼生姿的圆圆俏脸上，配以那宽一分嫌厚、窄一寸则薄，尺度适中的双唇，小巧玲珑的鼻子，令人惊叹玄宗竟有如此美貌的女儿。尖细的下颌似是整张脸的铺垫性总结，予这本是无可挑剔的容颜上再留下令人过目不忘的深刻印象。

新平公主的容貌该是一众公主里名列前茅的佼佼者，早前迎宾时刘浦诚亦曾见识了几位公主的面目，并没有如何国色天香。他于冥冥之中选择新平公主，倒真是姻缘了。

也难怪玄宗会那般不舍了。

刘浦诚看得双目一亮，除了杨玉环和娜仁托娅，他这些年来很少去仔细观看一个女儿家长得是如何水灵标致。眼前的新平公主却有种令人无法移开视线的特殊魅力，她的美不同于杨玉环光彩四射的青春活跃，区别于娜仁托娅的奔放热情，而是另一种大家闺秀般的惠丽贤雅，小家碧玉式的温柔可人，她双眸脉脉含情正向刘浦诚诠释着个中情意。如果将杨玉环比作胡琴，婉转优雅；娜仁托娅似为羌鼓，热情奔放；新平公主该是宛如琵琶，内敛含蓄，抒情达意。

他也不知为何会在初次见面便有如此结论，且是在醉酒的状态之下。好似是一种人与人之间无法形容的感觉，看到这个人，大脑便自然而然反射出相关的一些信息，怎么也解释不清，唯有意会。

新平公主莺啼雀啾般的嗓音传入刘浦诚耳内：“驸马这样看着妾身，可是我脸上有什么不妥之处？”

刘浦诚闻言回过神来，喷着酒气摇头道：“没有，我看着公主，忽然感到很是惭愧。”

新平公主哪里明白其中的前因后果，只道刘浦诚与她客套，忙宽慰道：“久闻驸马在边塞的骁勇事迹，长安城无人不知，堪比当年太宗时期的李卫公。妾身早已心生崇慕，只是一直未有机会见到驸马。父皇赐婚，正好一遂我愿，驸马实无须惭愧。妾身只愿今后一心一意侍奉左右，盼驸马待我好，余愿足矣。”说到后来，她款款情深地低下了头，双颊盈盈绯红，左右酒窝似两朵迎风而动的桃花，在红烛的映照下，不仅盛开绽放，且醉人心扉。

刘浦诚只看得心中一荡，兴许是酒精作祟，体内有股难以遏制的冲动在左突右窜，一股有别于杀伐战场上的征服欲望主导着刘浦诚，令他迫不及待地解开了新平公主的衣衫……

一缕阳光投入温馨的房内，刘浦诚睁开双目，见到怀内的新平公主甜美地浅浅微笑，好梦正酣，想起昨晚意乱情迷后的情不自禁，刘浦诚暗叹口气，心中涌起打出生后从未有过的感觉——悔意。

当上这个驸马，娶回新平公主，只是他一招无心举措下的偶得，最终目的是要抢回杨玉环，即便后者的心态发生变化，亦无法改变他的初衷。他仍旧要拿回属于自己的东西，至于这之后又该如何，大可待日后计较，升不升官、新婚快不快乐对刘浦诚来说无甚感觉。

可现在呢？他几可肯定昨晚将枕边人当作了杨玉环，从而对其释放了压抑许久的情感。否则照理来说，驸马在大婚之后该当兴高采烈，似他这般名、权、人、利四者皆获之人更应志得意满，但刘浦诚却没有丝毫喜悦，个中情景当真既戏剧又讽刺。

新平公主睫毛抖动，这俏美精灵睁开双目，惬意满足地打量着刘浦诚，用柔润小唇先赠予他一个甜蜜之吻，然后才哆哆地道：“我的驸马夫君，今日你想吃些什么，妾身的拿手菜可多着呢！待起床后便下去准备，亲手做给你尝。”

她那娇柔的声音配上刻意逢迎讨好的语气，再衬着此时刚睡醒的慵懒表情，致令任何一个丈夫不忍亦不会去拒绝妻子的一番诚心实意。

曾几何时，刘浦诚脑海中不止一次幻想过这般温馨的画面，画中的场景氛围全然匹配，但唯独主角不对。倘若他娶的是一位貌丑体肥的狐臭公主，还可给自己找些嫌弃的客观理由，偏生是这样一位几可与杨玉环相媲美的人物，老天爷是否故意在同他开玩笑呢？

刘浦诚穿衣起身，顺口道：“随意些吧！你做的肯定都好吃，我先上朝去。”言罢迅快套上靴子逃难般夺门而去，留下睁着两眼大惑不解的新平公主瞧着房门独自发呆。

秋去春来，新婚后的日子平淡至极，刘浦诚每日早出晚归，尽管新平公主对他体贴温柔，仍旧无法填补没有杨玉环的空虚。相反，每当他看到新平公主，均会浮现出无耻天子那副道貌岸然的虚伪脸孔，引发隐藏心底的那股屈辱愤恨。

这天早朝，听闻幽州传来奏报契丹在东北进犯边境，安禄山请皇上降旨讨伐。其时李林甫年事已高，患病在家，没有上朝，少了义父替刘浦诚分派任务，他只得主动请战。玄宗念及其驸马身份今非昔比，不欲让他以身犯险，无奈朝中诸将无人同驸马争抢上战场的功劳，当朝天子只得允准。忆起刘浦诚曾提到的十六字批语，这位慈爱父皇特意嘱咐只可留在营中督军，不得轻易上阵。

一番降旨加封，大唐御使再出征。刘浦诚尚未去过东北，此行又可见识北方的风土人情，还能与义兄重逢，兼逃避家中难以面对的娇妻，何乐而不为。

从长安到幽州，途经洛阳，刘浦诚重回旧地，心中一动，吩咐左右军兵在客栈等候，独自一人来到了寿王府。

望着曾经熟悉的门庭，一如昨昔，只是多了两名守卫。通报过后，贺忠出来迎接，待他凑近瞧清来人容貌，始激动地道：“原来是浦诚啊！我说诚武驸马怎会上这来串门，好些年不见，居然娶了新平公主，恭喜恭喜，王爷在后花园呢！我领你过去吧！”

“忠伯客气了，还是唤我浦诚好了，对我来说，一切未有改变，浦诚仍是寿王府里的花匠、骑师。”刘浦诚淡淡道。

“你显赫富贵后还能如此念旧，真是难得。那些王室宗亲有你一半就好了。”

两个人边走边谈，往后花园缓步而行。若干年前，贺忠也是这般带着刘浦诚往返于王府廊道，嘱咐他各类规矩禁忌，刘浦诚还记得其时寿王府各种花草随风飘来的香味，与那分外明媚的阳光。一切俱是那么美好，皆因一个特殊的人，那个曾经的寿王妃。后花园是她的练舞场，每当有灵感迸发，她都会在这里将脑中的构思演绎成舞步动作，大伙亦乐得成为观众。

不可否认，她简直可称为舞蹈界的李太白，花园每一处的草地，均有她无数次演练挥洒过的汗水。这里拥有她练舞的回忆，那上下翻飞腾舞的动作图像似乎仍残留于此，横跨了两个不同的时间，从刘浦诚踏足此地时又从另一个空间变化出来，合而为一。

一阵欢愉的笑声将刘浦诚扯回现实，映入眼帘的是嘴衔酒杯，正自手舞足蹈的寿王李瑁。除了颌下一小部分胡须微微泛白，他看上去同赛马大会夺冠后意气风发的十八王无甚区别，快活逍遥的神态表情较之昔日有杨玉环相伴犹有过之。

寿王身旁尚有一位娉婷女子，罗裙锦袍，凤髻金簪，被寿王此刻滑稽的姿势逗得哈哈大笑。在胭脂水粉的堆积下，她尚算明艳照人，见寿王舞得兴起，索性旁若无人地将外袍褪去，随意往地上一扔，朝正自酣畅起舞的寿王扑了过去，张口伸舌欲从对方嘴下夺走酒杯。后者见她情急主动，兴致大增，脑袋左摇右摆，双手作势阻拦，挑逗戏谑。任何人只要见到他们这副“龙凤戏杯”的情状，定能立马忘记所有忧愁烦恼，无忧无虑地快乐起来。

贺忠干咳一声，提醒二人有客在旁，道：“王爷、王妃，刘驸马从长安前往幽州讨伐契丹，途经洛阳，顺道前来探望。”

寿王闻言一愣，注意力分散，嘴衔的酒杯立时被王妃抢走，他先不甘心地摸了新王妃两把，才疑惑地问道：“哪个刘驸马，找本王何事？”说话间目光扫过贺忠身畔的刘浦诚，这才尖叫道：“浦诚！原来你是刘驸马。哈哈哈！好样的！来来来，今日咱们可要喝个一醉方休。”

从进入府门至看到寿王前，刘浦诚一直处于柔美、和谐的追忆之中，那感觉就像在享受一首唐诗、一曲歌舞，令他忘记了时间对人的影响。但见着寿王，这一切美好便似遭到剥夺破坏，眼下他不仅没有感到半分享受，相反只有嫌弃与厌恶。

刘浦诚婉言谢绝：“浦诚只是顺道来瞧瞧，见到王兄如今犹复往昔风采，十分欣慰。因公务在身，浦诚尚要赶路前往幽州，王兄多多保重。”

寿王听他这般说，甫来便即要走，失望之情溢于言表，唯有无奈答应一声。望着刘浦诚渐行渐远的背影，他明白有些东西是留不住的。那种怅然若失、痛苦至死的感受，他曾经深刻体会过。现在陡然见到刘浦诚，一些本以为早已离他而去的情感又回归而来，难以形容。

离开寿王府，刘浦诚回到客栈，招呼军卒继续赶路。当看到寿王与寿王妃双双嬉戏的情景，他明白寿王早已忘记过去，选择重新开始。

每个人均有自己的选择，走自己的路，寿王选择忘记伤痛，重新开始；他刘浦诚则是重温回忆，不断提醒自己，不忘屈辱。

一路向北而行，经滑州、魏州，过冀州、瀛州，沿途各州刺史恭敬接待、尽力奉承，较之出使拔曳固部落、攻打石堡城，又不知风光了多少倍。

这日将到幽州，安禄山派出专人在城外三十里相候，沿途介绍这里的风土人情。幽州为防御奚、契丹等地区的要塞壁垒，其战略意义相当于鄯州御吐蕃。因地处东北，物产丰富，单是人参、鹿茸之类的补品便多不胜数，自与西北的贫瘠之貌判若云泥。

边看边走，来到安禄山的将军府，安禄山候于府门笑脸相迎，吩咐左右招待好刘浦诚的随行军卒，径自扯着义弟入府参观，欣然道："恭喜兄弟成了驸马，长安一别，可想煞哥哥，今趟你来得正好，我俩定要喝个痛快。"

从府门进入内园长廊，但见两旁花木扶疏，东、西各有一排两层高的木构楼房，蜿蜒通向视线不及的尽头，占地极广。

这幽州的宅院至少有长安府邸的两倍，难怪安禄山在长安结交权贵那般阔绰豪气。

刘浦诚笑道："小弟这次来是给哥哥做先锋官，但凭兄长吩咐，咱们攻下契丹，再慢慢庆功不迟。"

安禄山露出一个莫测高深的笑容，岔开道："打仗无须心急，时机最重要。来来来，哥哥带你四下逛逛，我府里的宝贝可不少。"

说罢便挽着刘浦诚逛花园，观大宅，以尽地主之谊。

此后数日，安禄山携着义弟不是打猎游览，便是在府内设宴饮酒，半句不提征讨契丹之事。刘浦诚来了幽州便只待在安府，未去过操演训练的校场，问了几次，均被安禄山岔开话题。他料想义兄既为三镇节度使，其军事韬略该不逊于哥舒翰，这般好整以暇必定辅有奇谋妙策，多问亦是无用，遂任他吩咐，静观其变。

这天刘浦诚陪着安禄山饮酒作乐，长安随行的官员亦有出席，幽州的将领坐在下首相陪。安禄山刻意安排了一众娇艳美婢服侍宴饮，此刻他用力拍了拍正坐在自己大腿上妖娆婢女的翘臀，待后者嗔怪地发出一声令人遐想的呻吟，才朝刘浦诚道："刘驸马，这才叫享受生活。安某可以自豪地说，除了带兵打仗，我最喜欢的事便是向人炫耀府里这些妞儿，你看一个个多么水灵。"

凡有朝内其他将领的场合，他俩仍旧以官职互称，免被有心之人听见多加揣测。

在安府待了这么些天，刘浦诚已然见识到了此间的多姿多彩，府中婢女更是各形各貌，妖媚过妲己、冷艳如褒姒、柔美比西施、温雅胜虞姬……简直囊括了人间绝色，确实令他大开眼界。

可他并未有一亲芳泽之心，就好比吃菜，有人喜爱什锦杂烩，有人中意一道特色，怎么都不会厌倦，不过是个人喜好罢了。

刘浦诚瞧着众人各形各状的颠倒迷醉，纵然身边的小婢对他亦极尽讨好侍奉之能事，他却难以融入此刻拥美同乐的氛围中去。这般逢场作戏的事情刘浦诚自问难以办到，他只与自己钟情的女子共享鱼水之欢，那是需要情感作为基础的细致功夫。或许只有与那个他心爱的胴体相依相偎，始能找到另一个层面的共鸣，发现另一个自我。

他这唯一的另类站起身来，冲那为讨其欢心却没有成效的婢女歉然一笑，留下沉浸在席上享受的一班人，径自出了正厅。

来到花园，仰首可见群星密密麻麻地刺绣在广袤无垠的黑色绢布之上。瞧这景象，明日的天气肯定差不到哪去，新的一天会有什么在等待着他，抑或只是今日的循环重复？人生的大多时间都是在重复着前一日的烦冗与琐碎，毫无价值意义，就好像如今在幽州无所事事一样，纯属浪费时间。

倘若自己身在长安，又有什么算得上有意义的事？曾经那一段荣升庆贺的光阴令他几乎快忘了自己去长安的目的，每天喝得酩酊大醉只剩下无比空虚，然后是诸般消极席卷脑海。安逸是生活的消融腐蚀酒，能无形无声融化一切积极的东西，包括人的志气与希望。但只要念及唐玄宗与杨玉环，他又能恢复斗志，重拾信心。

或许在不经意间，杨玉环已成为刘浦诚这些年的动力源泉，并非是想强迫她回到自己身边，好令他得偿欲念，而是想让这一幕伦理丑剧有个最终结果，使他刘浦诚对自己的人生有个交代。有个目标总好过庸庸碌碌一辈子，行尸走肉，醉生梦死，兀自枉负此生。

假如翌日醒来，没有目标与为之奋斗的意念，明日即意味着末日。

身后传来足音，安禄山的声音随即响起："人人均对大好美色流连忘返，兄弟竟不屑一顾独自跑出来看星星，你教我这当哥哥的真的不明白。莫非兄弟有龙阳之癖，中意那些长得斯文白净的家伙？否则怎能对满室春色的场面无动于衷？或者你是否在怪为兄耽于美色，忘了讨伐契丹的国家大事？"

刘浦诚望着天上最为璀璨明亮的几颗星星，道："哥哥如此举动，定然对讨伐一事成竹在胸，浦诚岂敢责怪哥哥，反正待在长安甚是无聊，趁此机会来你这里散散心。"

安禄山来到刘浦诚身边，笑道："你别口不对心，这模样可不像是出来散心之人。星星何处看不到？就独我这幽州才有吗？老实同兄弟说，我总觉得你似有什么心事，但又有说不出来的那种感觉。第一趟见面我便有此感觉，当时还道你初封高官，年少得志，有些不适应突然而来的富贵权力。今趟还见你落落寡合，便觉得你肯定有心事。"

刘浦诚心道：你看人的眼光也确实犀利，但即便拜把弟兄，他能毫无顾忌说出心中的隐私吗？在这里倾吐会被其他人听到吗？这些问题无人能够解答，故刘浦诚选择保持沉默。

安禄山见他没有接话，亦望向天空沉声道："如我所料不差，这次出征的人马后日便可归来，这一趟该是大捷，只有微小损失。"

刘浦诚闻言微微一震，讶异问道："我们尚未出发便胜利了？这是怎么回事？"

安禄山携着他来至花园的石亭中坐下，缓缓道："兄弟今非昔比，现已贵为驸马，金玉之躯，怎可如往昔一般在前线征战。有我范阳、平卢、河东三镇猛将精兵，任敌人如何凶悍野蛮，也得束手就擒。瞧你这眼神，定然以为我过分高估自己，轻视敌人。你是我兄弟，哥哥实话同你说，今趟战情是有，不过没有奏报朝堂的那般严重，只是白狼水周边几股马贼骚扰当地百姓。我灵机一动，向朝廷上报说契丹大军来攻，倘若不刻意将敌人夸大一番，怎能显出我这节度使平叛的功劳。”

刘浦诚露出恍然的表情道：“正因所谓的敌人与敌情皆在哥哥的掌控之中，故才领着小弟成日打猎饮酒，我只道哥哥知己知彼，却没想到有如此手段，但朝廷所派的将领非止小弟一人，这般夸大军情只怕……”

“哼，除了你之外，那班酒囊饭袋还有谁上过战场？不是哥哥看低他们，莫说上阵对敌，这班废物光是撑张弓亦成问题。跟在你身后的那个叫谢丁的家伙，狗模狗样，就知道逗引女人，第一日刚到便向那些婢子下手了。倘若我没猜错，谢饭桶定是油嘴滑舌专拍马屁的无用之辈，这种人最爱无事生非，四处向人凸显他的价值，只要予其一些好处，又会为你大说好话。嗯——瞧你这表情应该被我说中了，待出征的队伍回来，自有俘获的让你带返长安交差。同样是打仗，这些与你随行的人既没有风险，又能得到赏赐，何乐而不为。况且，你在长安的父皇也不愿见到他的好驸马有个三长两短的，对吗？”

刘浦诚先听得不住点头，至后面扯上玄宗，忍不住冷哼一声，没有言语。

安禄山以为他另有想法，问道：“怎么？哥哥说的不对？我是真的羡慕兄弟你，年轻能干，不仅有一身本事，且长得俊俏英武，瞧哥哥这般模样，纵然皇上愿意，亦没哪位公主会看得上这堆肉吧。”他边说边拍了拍肚子，发出两记配合话语的声响。

刘浦诚哂道：“哥哥以为皇帝是自愿将公主许配给我的吗？说来好笑，是这般……”他扭头四周一望，见最近的仆婢亦在五丈开外，才压低声音将当日在华清宫玄宗赐婚的经过简略说了一遍。

安禄山听后一拍大腿，笑道：“妙呀！真是妙！难得兄弟你这般巧妙应对，换作旁人哪来如此急智。老头事后必定十分气愤，高力士可惨了。”

刘浦诚将双腿搁上亭内的石凳，伸了个潇洒的懒腰道：“高力士惨没惨我不知道，我告退时瞥见老头的脸色吓人，哪有嫁女儿的半分开心。”

兴许是饮酒过多，二人均有些醉意，或躺或倚在石亭木栏上。时至深夜，府内伺候的人亦回房休息。他俩口中均不再尊称玄宗作皇上，只叫作老头，似在聊谈一个寻常百姓家里的闲杂琐事。

安禄山闭着眼淡淡道："不过再怎么说老头都对兄弟不错，你现在身为驸马，又是怀化大将军，既属皇亲，又是要臣。如斯成就对一般人来说当真梦寐以求，但为何你仍不满足呢？你到底想要什么？"说至最后，他一双虎目陡然睁开，精芒暴现，威势逼人，纵在这火光昏暗的亭中亦清晰可见，一改早前和蔼可亲，对着刘浦诚笑容满面的模样。

刘浦诚被义兄突如其来的举动与话语所震慑，双目不自觉心虚地避往别处，言不由衷地道："浦诚哪有什么想要的，只不过待在长安那安逸的地方久了，没有了以前的拼搏斗志吧！使得义兄见我双目无神，好像不满足的样子。夜深了，义兄早些休息，我回房去了。"他站起身来，准备交代一声便即开溜，免得露出马脚，被这厉害的义兄窥到内心的秘密。

哪知安禄山比他反应更快，先一步跃起身来，抓着刘浦诚的胳膊往前进院子而行，不由分说道："为兄兴致忽起，要让浦诚参观一下书房，来，往这边走。"

刘浦诚胳膊如遭一只粗壮的蟹钳夹住，挣脱不开，唯有任安禄山明请实拽地扯到其书房参观。

说是书房，称其为战略部署室更为恰当，安禄山乃一介武将，没有学那些文人墨客附庸风雅般填诗作词，偌大的房内全是山川湖泊地形图，河东道、河南道各州分布图，河东、平卢、范阳三镇兵力分布图，等等，书案上还摆有一些城池地势的简易模型，为将者上阵伐谋，知己知彼，单看此屋内的战事工具，可知玄宗派安禄山驻守东北一带，非是毫无根据的。

刘浦诚看得暗自叹服，忽见到墙上挂有一幅图画，心中一动，故意漫不经心地随口赞道："哥哥的书房果然与众不同，尤以这幅游龙潜海图最为传神，真可谓譬景喻人，贴切生动。这条龙张牙舞爪，威风凛凛，大有主宰苍生神州之意，却因天时不利只得蛰伏海中，无法腾云驾雾，翱翔于九天之上，实在可惜，可惜……"

安禄山双目中的锐利神芒一现即敛，笑道："想不到兄弟对绘画亦有心得，我这画挂在此间已有五年，每当意志颓废之时便会看看，总能找到再次奋进的力量。此画仅此用途，至于浦诚说的什么可惜，哥哥可不明白。”

刘浦诚心说这刻怎不见早前你在亭中逼迫我的模样，现在可轮到我消遣你了，他故意摇头道：“本应在天上遨游主宰苍生的龙，却如蛟一般屈困于海里，将龙的雄心壮志尽数掩埋，甘心沦为下等无志之蛟，枉费上天赐予的一身龙骨龙筋，这难道还不叫可惜吗？”

安禄山哈哈一笑，道：“瞧你说得煞有其事，好像真有这么点意思，不过一幅单纯图画，居然被兄弟弄出龙蛟些许名堂。兴许是绘画之人无心之下勾勒出来的意境徒为勾起观者的共鸣罢了，浦诚见左言右，岂不相差太远。”

刘浦诚冷笑道：“明人面前不说暗话，这幅画中的龙不正象征着哥哥眼下的处境吗？驻扎边塞，把守关隘，空有一身安邦定国之志无法施展，只得将伟略雄才抑压心中，空谈风月，任朝中昏君庸臣掌控大局，枉顾将士性命，逞一己私欲为所欲为，这般日子真是哥哥所希望的吗？”

安禄山双目再次绽放异芒，望着刘浦诚一瞬不瞬地道：“兄弟切莫胡言，你在我面前口无遮拦，回头我便忘了。倘若让外人听见还道安某居心不良，欲犯上作乱，届时你我二人皆有杀身之祸。”

刘浦诚迎上他的目光，愤然道：“现今玄宗昏聩无耻，只道天下太平，整日寻欢作乐，不知长安城尚有许多吃不上饭的人，更何况全天下的饥民。数万因攻打石堡城而牺牲的将士他不抚恤，却下诏令传达紧急军情的千里驿站运送什么荔枝，真不知所谓！天幸大唐境内尚无战事，如果内乱一起，信息不通，亡国只在顷刻。”原本他旨在捉弄安禄山一番，以惩罚他适才诓套自己内心秘密，却不料倒将自己一肚子怨愤全部倾吐了出来。

安禄山揽着刘浦诚的肩膀，理解地道：“兄弟身为武将，在长安为官，时常见到宫中奢靡的生活，有此纠正朝纲的想法也属正常，发发牢骚亦无不可。朝中那些人不像咱们过着随时上战场洒热血的日子，他们吃饱了没事干便喜欢搞结党营私，弄政治斗争。你已习惯军营的简单生活，自受不了那种被人算计的日子，有委屈向哥哥诉苦便是。一切只限于在这屋里倾诉，出了这个门，咱们便全部忘掉，抛下包袱迎接新的一天。”

听了义兄这番话，刘浦诚忽明白安禄山为何故意带自己来这书房看画，只是任自己如何讲述，安禄山就是不戳破最后那层不言而喻的深层含义。

他终一字一句吐出压抑的实情：“因为我想要的东西被别人霸占了，所以哥哥瞧出端倪，说我暗藏心事，那非是不满足，而是一股矢志报复的痛恨。”

若论城府，刘浦诚较安禄山显得尤为直率单纯。

安禄山感兴趣地问道：“哦？何人敢霸占兄弟的财物，浦诚尽管放胆说来，哥哥定教他这辈子后悔做人。”

“这人不是别人，便是当今天子，大唐的一国之君李隆基。”刘浦诚狠狠地道。

“此话何解？他抢你什么东西了？”安禄山继续追问。

“唉——当时我仍是浪荡蜀州街头的小子，为了躲避混混的追堵，偶然翻入一个院子，见到了此生一见倾心的女人。她独自在园里翩翩起舞，就像天仙下凡，我整个人的灵魂顿时就被摄去……你为何这般看我？”

安禄山露出一个“到头来还是因为女人”的会意表情，强忍住笑道：“你既如此形容，此女该不是一般货色，这人是谁，我见过吗？”

刘浦诚徐徐道：“这人哥哥见过，她后来成为寿王妃，再后来被老头抢到宫内，做了自己的贵妃。”

安禄山用肥壮的手掌拍了刘浦诚一记，恍然道：“原来你说的人是哥哥名义上的干娘，哈哈，浦诚眼光确实不低。”顿了顿又故作为难地道：“纵然老头抢了自己的儿媳，有一千个不是，但他是一国之君，掌握着全天下人的生杀大权，你有什么本事能叫他甘愿把贵妃还给你呢？”

“本事倒是没有，这般没意思的日子兄弟我也过腻了，待回到长安我便借着奏报大捷之机行刺老头，拼个同归于尽罢了。”刘浦诚咬紧牙齿道。

“唉，兄弟不可意气用事，即便让你侥幸杀了他，他还有那么多儿子，顺理成章继位为皇，仍可名正言顺霸占贵妃，届时你心爱的人又会多遭受一人染指。”安禄山揽着刘浦诚肩头开解，“自古英雄难过美人关，你既将心事全都告诉了为兄，做哥哥的岂能再隐瞒于你，因这事干系甚大，故不得不万分小心谨慎。我确有你方才所说的那番意思，这幅画亦时刻提醒着安某昂扬斗志，但改朝换代终是大事，非朝夕功夫所能完成，准备阶段更是一步不可踏错，现在为兄有你相助自然如虎添翼，我保证将来得到李姓江山，你我二人共享之。”

刘浦诚摇头道：“哥哥但有吩咐，我无不从，浦诚这般犯上只为一人，除此别无所求。哥哥荣登大宝之时请准许我退隐回乡，浦诚想过闲适的田园生活。”

安禄山不悦道：“咱们还未起事，你便说到退隐了，这事以后再议不迟。眼下首要是弄清长安布防的兵力及京畿道诸州虚实，你对洛阳与长安较为熟悉，有何建议？”

“倘若从幽州发兵，路途遥远，前面州府遇袭后肯定会第一时间通知京城，我建议该以快打慢，先取汴州和河南府，如此便可挟制长安。”

二人均无睡意，彼此知悉对方的秘密后，目标一致，谈兴不减，就着现成的各州分布图继续讨论如何进兵。

刘浦诚在幽州又待了十几日，安禄山带着他登长城、游名山，一众身居主副要职的将领与刘浦诚均照过面。虽然每晚仍是饮酒作乐，但他已知这是予外人所看的假象。自那日书房交心畅谈后，前线讨伐的部队果然于两日后归来，俘获了三百名契丹人。谢丁见没有出征，敌人便已擒来，不住拍安禄山马屁。安禄山令众艳婢将京城来的将领好吃好喝招待妥当，夜夜笙歌，酩酊大醉，到次日午时未起得身，刘浦诚才有余暇至蓟州校场检阅军队，筹备大事。

【第十八回】

咽息哽气身不动 烹煮炒煎人未歇

谢丁等人虽在幽州乐不思蜀，却仍记得身负皇命。待征讨契丹的部队回来不久，便即提醒刘浦诚返京交旨。后者与安禄山商量对策，二人约定一内一外用飞鸽互通消息，刘浦诚回朝中掌握实时情况，令安禄山相应布置，知己知彼，最终势如破竹地攻克长安。

安禄山派出五百名精兵押送受缚的契丹人，自己领着一众将领直送到城外二十里，他与刘浦诚早先已商定好日后起事的诸般细节及暗语，有事可即时通知，亦不虞被人截获察觉。

告别义兄，刘浦诚带着人马南行回朝。路上无事，这一日到了长安，入宫回复了皇命，玄宗听闻平息叛乱，龙颜大悦，对一众将士均有赏赐。刘浦诚问到如何处置俘虏，高力士建议全部处死，以绝后患。还是杨玉环心慈求皇上网开一面，最后玄宗让刘浦诚拿主意。刘浦诚说既然这些人投降大唐，自不能再放他们回去，不如将这批人编入唐军，由他这个将军率领，让我大唐的泱泱气度来感化这些化外之民。玄宗点头同意，便如此决定。

其实三百名契丹人已被安禄山换为平卢的胡兵胡将，安、刘二人决定兵行险着，将这批人埋伏长安，方便起事时里应外合。

待一众契丹人卸脱锁铐，整编归队。刘浦诚又领着这批人办理入籍手续，报名入户收编龙武、羽林军等事。

忙到晚上终于回府，他力倦神疲刚躺下没多久，东叔便在房外拍门道："相府出了十万火急之事，李家五公子来了。"刘浦诚安慰了枕边的新平公主，赶忙披衣起身，心忖半夜里有什么事能称得上十万火急，又不是行军打仗。来至厅堂，李林甫第五子李旷双目通红惶急地抓着刘浦诚哭道："驸马快跟我走，爹爹瞧着是不行了，却兀自未肯咽气，一直叫着你的名字。"

刘浦诚转头冲东叔交代一声，加紧两步与李旷出了府门，府外早有马匹等候。策骑来到相府，李林甫一众妻妾和公子小姐围在榻前哭哭啼啼，喊叫吵嚷混成一片，李旷没头没脑地奔至近前，大声道："刘驸马来了！你们都别吵了，听爹爹有什么话要交代？"

他这一嗓子还真管用，原本吵闹的房内顿时安静下来，众人均将目光集中于刘浦诚身上，不明白为何李林甫弥留之际没有话语同亲人交代，偏对这义子念念不忘。

刘浦诚步至李林甫榻边，见这位曾经叱咤朝堂的义父仰面躺着，脸色煞白，双目紧闭，呼出气多，吸入气少。

如此模样，咽气应只在顷刻之间，大夫人望着刘浦诚点了点头，然后凑到李林甫耳边道：“浦诚来了，你睁眼看看呀！”

李林甫闻言脑袋微微一动，双目眼皮忽然撑了开来，他抬起手来，双唇一张一合上下抖动着，刘浦诚抓住那只漫无目的的嶙峋左手，悲唤道：“义父，浦诚来晚了。”

李林甫面颊的皱纹因生理上的痛苦而抽动着，额前渗出一些汗水，他使劲力气蠕动双唇，用仅存世间的最后时刻说出要托付的事。无奈人弱声微，几不可闻。刘浦诚将耳朵贴近，终接收到李林甫的话语：“切莫要……让……李家……遭人……遭人……”话未说完，李林甫带着遗憾两眼一闭，双腿一蹬，魂归天外。大唐王朝的一代权相曾经呼风唤雨、威风八面，最后却连一句要交代的事亦没来得及说完便撒手而去，令人唏嘘。

见此情形，好不容易恢复安静的寝房登时如炸开锅般再次吵嚷起来，女眷们呼天抢地哭作一团，那些公子少爷没有哭的亦一个个傻了眼呆瞧着李林甫没了灵魂的躯壳。刘浦诚仍旧拉着他的手，于一片哭声之中忆起初来相府的画面。当初若没有他刻意安排自己出使突厥，刘浦诚即便本事再大，亦无今日成就，纵然这其中不免有利用或是嫁祸的成分，但人非草木，此后这些年自己亦没少受李林甫的关照，那些政治旋涡从来都与他刘浦诚无关，皆与“宰相义子”这个身份不无干系。

李林甫任宰相十九年，大权独握，蔽塞言路，排斥贤才，其间没少用狡诈手段迫害他人。李佑国一家便是实例，倘若没有碰上刘浦诚，连陈逸这管事都难以幸免于难。但这一切均随着床榻上这副躯体灵魂的消亡而宣告终结，每个人均有这么一日，任你帝王将相，还是黎民百姓，当那个特定时刻来临之际，只有听之任之，无人可以逃避。

人生或许只是一个阶段，是谓一个过程，区别在于每个人的选择不一样，做的事情不同，寻常老百姓是耕田、受雇、做买卖；王公权贵则使唤他人，无忧无虑地享受生活；一国之君是学习历史先贤如何治理国家，提拔人才；将军要臣便是结党营私或保卫疆土。李林甫选择的是排除异己，铲除后患；王忠嗣选择的是为国为民，大义为先。他刘浦诚的选择又是什么？这辈子又为的是什么？是守土安民，还是平息外乱，抑或是为一己之私夺回杨玉环，报复唐玄宗？

刘浦诚与李林甫的几位公子一同商议发丧出殡事宜，女眷们扶老搀幼趴在李林甫遗体旁啼哭不休。时至天明，因赶着上朝，刘浦诚辞过相府众人，回府换了朝服，径奔皇宫。

如往常一般，文武百官分站朝堂两旁，礼官一番唱喏已毕，众官静候玄宗圣驾。今日辰时已过，却迟迟不见龙颜，群臣不禁有些议论。过了一会儿，高力士来到大殿，朗声一句“陛下龙体抱恙，今日暂不早朝”，说罢便转身离去。

朝堂一阵骚动，站在刘浦诚身旁的文官小声嘟囔：“奇怪，这都第十日了，皇上染了什么病呀？”

有同僚听闻，立时加入议论：“什么病？相思病呗，皇上一刻不见贵妃娘娘，便精神不振、四肢无力。”

“嘘……这是什么地方，敢胡言乱语，不怕掉脑袋呀！”

“咳——我说皇上与贵妃之情犹如比翼飞鸟，堪为连理同枝。”

大伙议论归议论，既然无须早朝，文臣武将遂各回各府，刘浦诚又前往相府帮忙料理李林甫的后事。

到第三日，早朝依旧不见玄宗身影，独高力士一人前来。

只听当今天子的代言人肃容道：“皇上传下谕旨：李林甫勾结契丹意图谋反，证据确凿。现削去李林甫生前所有官爵，李家凡有官职者全部除名，一众家眷全部流放岭南。兵部侍郎杨国忠升任宰相一职，兼文部尚书。”说到这里稍稍停了停，扫了一眼文武百官，又接着道：“如有替李家求情者，视朋党连坐罪处置。”语毕高力士不疾不徐地去了，扔下一众尚未回过神来的大臣互相你瞧我，我瞧你。刘浦诚望着杨国忠脸上得意的笑容，心中无限感触。

谁人任相对他来说不是什么了不起的大事，但这一人之下、万人之上的位子对别人来说却有着不小的诱惑力。李林甫尚未下葬，便遭如斯结局，太让人感到意外。无论一个人生前有何善举恶行，一切均随着其人身死而尽归尘土，这般死后算账的行为未免有些不大光彩，而杨国忠那副小人得志的模样更是嚣张惹厌，谁让他是杨玉环的亲戚呢？玄宗既下圣谕，刘浦诚自然无法再加以干涉，李林甫生前作孽太多，死后业报或许是上天予他的一种惩罚。

见了李林甫的人生结局，刘浦诚只感心中五味杂陈。回到府里，新平公主亲自下厨做好一桌饭菜，冲桌前的刘浦诚介绍道："这是妾身做的三味豆腐，这是熏板鸭，那边一碟色泽丰富的是用五种果蔬凉拌而成的五颜珍果，还有……"听着她莺声细吐，瞧着一道道色泽无比诱人的美食，纵是饱腹之人，亦忍不住馋虫大动。

东叔在一旁插口道："公主从今早巳时直忙至申时，单是这熏板鸭便需得在一旁盯着掌握火候，我们其余人想轮着替换，公主却执意要亲自动手，连府里的庖子亦不允许帮忙，最后弄出这么多佳肴，驸马可真好福气。"

刘浦诚听着东叔的话语，看着桌面上的盆钵碟碗，余光瞥见新平公主那一脸殷切期盼，在她期待的目光下顺手夹起一块鸭肉送入嘴里，皮香回味无穷，肉酥紧嫩细密。刘浦诚在咀嚼中脑海自然而然浮现出日间新平公主在灶房忙碌的情景，她那白嫩柔软的肌肤可有被热油烫着？那俏丽娇颜可曾被灶烟熏到？

自幽州回来，新平公主日日如此，天天这般，竭力做出各种不同的菜肴来讨好他。最难消受美人恩，对独自生活惯了的刘浦诚来说，一时难以适应这陡然降临的热情与殷切。偏生她越是如此，却越令他不知如何面对。

新平公主殷勤问道："味道如何？夫君还吃得惯吗？"

如此美食，即便是尝不出味道的人吃了，也会肯定其可口的滋味。

刘浦诚不禁叹息一声，放下了手中玉箸，对身旁的娇妻歉然道："今日有些累了，没什么胃口，将府中干活的大伙儿都唤来一起吃吧！我先回房休息了。"言罢离座起身，尽量不去看新平公主的反应，亦将温柔贤妻辛辛苦苦花了整日工夫的努力只换来他一句冷淡无情话语的伤心画面竭力驱出脑外，径自回房。

寝房内，刘浦诚正躺在榻上思考玄宗多日不上朝的前因后果。假以时日，令长安这些成日游手好闲的龙武军对抗驻守边塞的虎狼之师，其结果自然可想而知。鼻中忽闻到淡淡幽香，然后听到那纵是狂斥怒喝亦不觉厌烦的声音："夫君是否因义父故亡而心情郁郁？唉，人死不能复生，待他老人家下葬后，妾身陪着夫君同去悼念可好？"

新平公主诸般迁就，越是体贴温柔，刘浦诚便越不自在。他睁开双目，陡然发觉视线里的人变成了唐玄宗李隆基，这一下只惊得他跳起身来，粗鲁地抓住面前人的手腕，喝道："问这么多干吗？人都被你给抢走了，还要怎样？"

刘浦诚的突然举措只骇得新平公主花容失色，她愕然颤声道："妾身只想让驸马夫君开心高兴，不愿见你整日眉头深锁，一副闷闷不乐的样子。自打成亲以来，妾身尚未见过夫君笑哩！夫君也不主动同妾身说话，将所有事情埋在心里，倘若妾身哪里做得不对，任凭夫君责罚好了。"

新平公主悦耳的声音配合那无辜的语调，直有非比寻常的穿透力。刘浦诚两眼一花，眼中人又变回了那个楚楚动人、我见犹怜的娇妻。他立即松开了手，见到本是欺霜胜雪的玉腕肌肤被自己粗鲁地抓出一道红印，心中既惭且疚。

新平公主委屈欲泣的脸庞挂着一百个疑惑不明，他又能作何解释呢？难道说他俩成亲只是一个巧合误会？他要向她敬爱的父皇报复，夺回自己的心上人？这想法只可闷在心底，犯上作乱的事情又能向谁倾吐？刘浦诚心中暗叹，嘴上生硬地道："我的事无须你来操心，本人性格一向如此，高不高兴均是这样，你不喜欢便不瞧吧。"

新平公主低垂着头，默然无语。她小心翼翼地爬往床榻内侧，将绣被拉至身前，头朝里间而卧。刘浦诚吹灭油灯的火苗，回到床榻合被躺下，正待闭眼，黑暗中新平公主缩在被里的肩头似在微微地抖动，且发出极轻的擤涕声响。虽然她已尽力克制，但近在咫尺，刘浦诚又岂能不知？

突然间他十分厌恶自己，这般狠心冷酷地对待一个关心体贴自己的人，实在不该。她是一个出身高贵的公主，自幼便集万千宠爱于一身，肯这般低声下气且不辞辛劳地服侍自己，确是十分难得。他却如一个不解温柔风情的粗鲁莽汉，一再将她的爱意好心远拒千里，甚至出手动粗，致使他们新婚开始不久，便令娇妻躲在被中偷偷抽泣，这难道是一个有担当的男人正常的行为吗?

刘浦诚自忖无法对新平公主我见犹怜的委屈模样视而不见，此番全因漠视她的感受导致现在的结果。他伸手欲搂着娇妻温言软语哄劝几句，可手指刚一触到新平公主的肩头，不由自主又缩了回来，心里思量着这一举动随之而来的后果。

眼下好不容易才走到如今这步，只待义兄发兵，便可夺回杨玉环，届时他俩回山谷双宿双栖，让玄宗一尝恶果，其余事自然无暇理会。倘若陷身与新平公主这般朝夕相处的情感之中，又如何干大事？昔时吕布悍猛无匹，谁人能及，但情迷貂蝉，终落得战败身死的下场；楚霸王盖世之勇，却因牵挂虞姬，被韩信十面埋伏，最后只得乌江自刎结束。刘浦诚自问无此二人的英雄豪气，却不屑因惦念红颜而至前功尽弃，一旦经受不住儿女情长的诱惑，昔时一切的努力顷刻即化为乌有。

想念及此，他改手为臀，背朝彼端往新平公主方向顶了顶，那轻微的泣声立时停止，随后便剩下房外的虫鸣与一片夜幕黑暗。

秋去冬来，点点雪花，徐徐飘降。刘浦诚已连续几日失眠，加上气候干燥寒冷，亦染上风寒。早前他夜以继日地将长安自东北方向的各州兵力分布情况陆续用飞鸽告知安禄山，那三百名归顺的“契丹人”亦渐得唐将信任，把守京城各处衙署要道。单等幽州那边发出消息，便能即刻行动。可一连几月均无任何起事的音讯传来，急得刘浦诚肝火上蹿，内热外寒交煎之下，终于病倒。这下可急坏了新平公主，又请御医，又亲自煎药，忙前忙后，悉心照料，尽显贤淑娇妻的细致关怀。

这日刘浦诚稍稍好转，忽闻杨国忠前来探望，便往正厅会客。

杨国忠当初留给刘浦诚的第一印象是龌龊的市井无赖。记不得是出席哪位王爷的府宴，他还道这左顾右盼的家伙是混上门攀权结贵的无名氏，后经人介绍始知是杨玉环的堂兄，时任兵部侍郎的杨国忠。

今日这新任宰相身着朝服，那双贼眉鼠目透出关切，长长一张蟾蜍脸上堆着虚伪的笑容，两片猩唇则说着慰问的话语，这些原本寻常的神态表情通过杨国忠特具动物形象的五官展现出来，饶是刘浦诚已非首次见他，亦不禁暗叹：同是一个祖先，既孕育出杨玉环那出水芙蓉之姿，又诞下杨国忠这特形异相的容貌，当真大千世界，无奇不有。

杨国忠落座后，待婢女奉上茶点，他抬手着人献上一大包物事，体贴道："听说驸马最近患上风寒，身体抱恙。本相特意差人从蜀州带了些豆豉来，将这些豆豉切碎后混合生姜炒热，敷贴于肚腹之间，数日即可痊愈。驸马同是蜀州人，该当知道家乡特产的妙处。区区豆豉虽非什么贵重事物，但教驸马早日康复，便不枉本相专程叨扰一趟。"

纵然刘浦诚对眼前其貌不扬之人无甚好感，但却不得不承认他说的话、送的礼确是出人意料令人受用，当话语与礼物二者叠加起来时，便效果倍增，足以令对方重新评价其人。

刘浦诚用手摸了摸用锦布包裹的豆豉，连声谢道："些许小事，却劳烦杨相亲自登门送豉。刘浦诚何德何能，教杨相费心了。"

杨国忠伸长脖子摇首道："驸马说哪里话，身子出了问题哪能如此轻率？风寒若染平常百姓的蝼蚁之躯，那自是小事一桩，到了驸马身上，岂可等闲视之。"

"哦？我倒不觉得自己身娇肉贵，身体孱弱得连小小风寒亦抵受不了。"

杨国忠语重心长道："本相非是质疑驸马的体质，谁人不知驸马曾驻守边塞，攻打石堡城，身躯自然猛似虎，壮如狮。可素来常识，疾病早期较易医治，越往后拖病情越重，风寒亦可衍变成可怕的疫病。对于那些普通人来说，最后无非落个黄土木碑，终此一生。可驸马身为我大唐的擎天白玉柱，架海紫金梁，肩负着保家卫国的重大使命，自不可与庸碌平民相等而论。即便是小病，思想上亦须当成大症来对待，驸马不光得考虑自身，亦须替国家着想啊！"

刘浦诚听他一番话，方才明白杨国忠之所以能够取代李林甫，爬至这一人之下、万人之上宰相高位的原因，并不全如外界说的仰仗贵妃堂妹的帮衬，向玄宗大吹枕边之风。这人自有一套厉害的官场交际手腕，其中最突出的要数那对猩猩唇了，可将溜须之术运用得出神入化。以刘浦诚如今阅人之众，放眼朝堂确实也难以找出第二人来。他由衷地道："经杨相如此一说，浦诚受教了，必定遵循所嘱，敷贴豆豉，早日回到朝堂，免杨相挂怀。”

杨国忠忙道：“哪里，哪里，只盼驸马身体康复，除此别无所求。”

刘浦诚随口又询问他近日发生的朝堂大事，有何治国之策。杨国忠遂滔滔不绝讲述治理良法，言语之中透着满腔热血，似有一身抱负欲将施展。然则听他大言炎炎，不切实际的诸般空论，刘浦诚欲借身体不适送客，忽地心中一动，与其着急等候幽州那边的消息，不如让这杨国忠予义兄一些起事的决心与动力。他随机话题一转，道：“杨相如此为国操心，确令浦诚汗颜，浦诚有一忠告，原本不愿说出来，怕教人以为我无事生非，徒令我大唐将相失和，但杨相如此待我，浦诚自不能忍气吞声，做那不辨好歹之人……”他话说一半故意停住，借以察看杨国忠的关注程度。

杨国忠微微一怔往刘浦诚看来，见后者神色郑重，遂屏退左右侍从，一双细窄的双眼似闭还睁地问道：“什么忠告？竟会有相将失和这般严重的后果，驸马还请直言。”

刘浦诚对他这反应很是满意，呷了口茶，继续道：“这事需得从源头说起，当初李林甫刚刚身殁，未及下葬，便遭皇上下旨削去一切官爵，流放全部族人。然后由你老哥升任宰相，外间纷纷猜测，其中乃有因果联系，才有……”

杨国忠尚未听完便拍几嚷道：“削官流放什么的乃当今圣上的意思，同我可没半分干系呀！即便有那么一丝联系，他死鬼李林甫只剩下一具朽木枯骨，还能变作厉鬼来寻本相索命不成？驸马须得自重身份，切勿轻信外间无事之人的胡言乱语。”

刘浦诚点头道：“请杨相听浦诚把话说完。外面的流言自然毫无根据，但亦非人人了解杨相的为人。素闻驻守东北的节度使安禄山与李林甫私交甚好，后者病逝、全家流放在我等眼中已成过去历史，但在有心人看来恰可变为一个达成目的的机会。浦诚上次前去讨伐契丹，见范阳、平卢驻地人强马壮，其将领对皇上颇有不逊之词。安禄山一介胡人，兼任三地节度使，坐拥三镇兵马，倘若身怀异心，就怕……就怕安禄山为李林甫申冤是虚，犯上作乱乃实呀！”

杨国忠额上渗出汗珠，六神无主地道：“倘若真是这般，确是棘手无比，驸马可有良谋佳策？国忠必定铭感大恩。”

刘浦诚微微一笑，缓缓分析道：“杨相关心浦诚的健康，浦诚自应替你分担烦恼。杨相乃当今一朝之相，且是贵妃的兄长，自然亦是皇上的兄长。安禄山不过是个胡人，虽得贵妃娘娘收作义子，但无论如何终归是外人。他一个边塞将领，驻守大唐国土，统率王朝士兵，这一切还不都是皇上给予的。皇上既能削夺李林甫的官爵，自然也能……杨相是明白人，浦诚不必再往下说了吧。”

杨国忠细细咀嚼着刘浦诚的话，忽地起身拱手道：“多谢驸马忠告，望驸马早日康复，届时相府另行设宴相邀。”

刘浦诚将他送出府外，望着宰相八面威风的八抬肩舆渐渐行远，他暗暗得意，玄宗身旁有这般为国为民的宰相，哪能高枕无忧？

【第十九回】

胆战心惊失魂梦
苦口婆心劝慰言

杨国忠自打那日从驸马府归来，此后似变作另一个人，在朝中拼命扶植心腹，大力打击不愿依附的官员。他不欲安禄山坐大，便经常在玄宗面前称其怀有异心，欲图谋不轨。皇上没有见到确凿的证据，不相信满脸诚实的安禄山意图谋反。杨国忠见空口扳不倒安禄山，遂又建议加强西北军镇的边防，欲借哥舒翰之力挟制安禄山独大。东西军镇因军事策略及驻守政策上的问题素有间隙，如今又在当朝宰相的刻意经营下加剧了彼此间的矛盾。

近年玄宗停止了早朝，国家大事均交托于杨国忠处理，自己乐得安享晚年。杨国忠随心所欲地发挥着这难得的特殊权力，极尽能事地排除异己。

为体现他这现任宰相较李林甫更为能干称职，南诏一役，好大喜功的杨国忠不听旁人建议派兵深入沼泽瘴地，结果令十万士兵全军覆没。如此损兵折将的结果都未令他甘心罢手。为掩饰失败，杨国忠命军卒在邻近六州强征年轻男子入伍，导致百姓怨声载道。山南西道周边发生水灾、饥荒，杨国忠得知灾情亦不派人治理救灾，只道假以时日一切乱象会自行恢复正常。玄宗每次皆是象征性地询问各州各地的近况，杨国忠那张巧舌如簧的嘴专挑繁荣兴盛的事情来说，对暴尸荒野的将士军兵、诸州堪忧的险情灾况则一概不提。

高力士瞧在眼里，心中甚感忧虑。虽然他亦向玄宗偶尔说过宰相专权之事，但今时今日的一国之君已懒得去操心国家大事了。反正如今天下太平，百姓安居乐业，专权独断又能带来什么坏处呢？

一切事态朝着刘浦诚所谋划的方向发展，此刻他正踌躇满志地站在怡情阁上欣赏夜景。怡情阁是他近年花心思请工匠于东厢外院建造的阁楼，楼高四层，旨在陶冶情操，既可远眺皇宫大殿，又能近观后院花草。

夜风拂面，望着已进入梦乡的长安大街，别于日间的繁华热闹，有种今是昨非的感慨。刘浦诚感到些困意，倚在罗汉床上睡了过去，迷糊中感到衣衫甫动，昔年长期的军旅生活早已令他养成了警觉的习惯，纵然在睡梦之中，稍闻异响便即醒来。这习惯在打仗的时候自然很好，能随时保持警惕，可于日常生活便不省心，稍有风吹草动即刻清醒，难以睡得如常人般安稳。

刘浦诚睁开双眼，见到新平公主正给自己披着棉衾，后者发现惊醒了他，急忙缩回那双雪白柔荑，轻声道："夫君还是回房休息吧，夜里风大，免得着凉。"

她话甫出口，刘浦诚摆手道："不用了，这里空气清新，方便我想事情，你独自回房歇去吧。"

新平公主娇躯微颤，她咬了咬嘴唇，双目盯着罗汉床扶手上雕刻的花纹，用蚊蚋般的声音道："夫君如是……不嫌弃妾身，便让妾身……睡在这里吧，你得操劳国家大事，身子要紧。"

刘浦诚心中叹了口气，好像自打成亲之后，他在府里做得最多的事情便是暗自叹息，但叹气终归解决不了任何实际问题，那些看不见的心结障碍依旧存在，不会凭空消失。他怀揣不忍，起身冲新平公主温言："怎能如此委屈公主，我们一起回房吧！"

新平公主舒展眉头，小鸟依人般挽着刘浦诚手臂，偎在他的身旁步下怡情阁，刘浦诚却在反思自己建造这阁子的初衷。虽美其名曰"怡情阁"，意在赏景怡情，可他哪有什么情好怡的，这不过是为逃避丈夫应尽责任所盖的避难处。扪心自问，他在逃避什么呢？是新平公主对自己的一番深情？还是眼下自己高官厚禄的生活？有时身处其中，连自己亦不明白建这阁楼的原因了。

回到寝房的榻上，新平公主将头轻轻靠在刘浦诚肩上，他的鼻内充溢着来自她发髻的香气，这种感觉是如此真实温暖，可他却感到空虚至一无所有。只有当奔赴前线在那两军阵前临敌之刻，或是与安禄山密谋策划颠覆王朝之时，方可令他暂忘空虚失落，还有石堡崖壁上的险死还生能让他不去思考下一刻的境况。但这些情景都只是短暂的，仅仅占据刘浦诚生活中的一小部分，最后他仍得回到长安，在驸马府中度过平凡无奈的每一天。

朦胧之间刘浦诚发现自己正驱着灰影疾驰在一条乡间小道上，两旁的油菜花向他摇首示意，美至可令人忘乎所以的五彩霞光在头顶扩展，天与地媲衬得相得益彰，像一个传说故事里的神话背景。他与灰影却未有停下观赏，急急忙忙往目的地赶去，心中一片惶急，却不知究竟发生了什么事。

忽然，灰影一个失蹄，刘浦诚跌落马下，他立时爬起身来，但周遭景物已变。自己正领着一队人马追击前方一批从未见过其衣饰盔甲的敌人，衔尾来至一处山隘，听得一阵鼓响，山崖两边现出无数军兵。领头大将高喝发令，但见巨石劈头盖脸从山头滚落，往刘浦诚的队伍砸来。一块宽约七尺的大石以迅雷之势撞向刘浦诚，他急忙低头缩身相避，却躲之不及。只觉一股奇猛的力道撞上右侧身躯，整个人五内翻腾好不难受，与此同时身子腾空而起，飞出五六丈远，才摔落地上。

他两手挣扎着撑坐起身，又发觉已然置身于空荡荡的皇宫之中。杨玉环独自一人在广场上翩翩起舞，刘浦诚看得情难自已，冲上前拉起她的手转身便走。行了不到十步，平地传来一声大喝，本无一人的广场顿时涌出百来名侍卫，将二人围困其中，玄宗不知从何处现身而出，怒不可遏地大骂刘浦诚臣戏君妻，勾引贵妃罪该万死，欲将其五马分尸。刘浦诚冷笑嘲讽其厚颜无耻、父夺儿媳，杨玉环开口解释，替刘浦诚求情，反被玄宗劈面扇了两记耳光。玄宗痛斥其下贱无耻，带着盛怒下旨将二人贬为庶民，并用木笼囚车拖着他俩游街示众，让全天下的人知晓这般淫妃乱臣的苟且行径，最后至朱雀大街斩首，将首级高悬于明德门示众。

玄宗兀自怒气冲冲地拂袖离去，刘浦诚对着其离去的背影吐了口鄙夷不屑的唾沫。有侍卫过来将刘、杨二人抹肩头拢二臂捆缚绑好，游街时满城百姓竞相观瞧，纷纷用腐菜烂果抛掷这对寡廉鲜耻的男女。待上了行刑台，刽子手竟然变成了安禄山，他一阵邪恶狞笑，拍着大肚子问刘浦诚最后有何心愿，必定代其完成。刘浦诚惨然一笑，侧头望向跪在身畔的杨玉环，但见伊人披头散发，肌肤上污垢斑斑，垂落的发丝遮挡住了双眼，看不清她此时的表情。任刑场如何喧哗吵闹，杨玉环似充耳不闻，静默无声。刘浦诚欲冲她说些什么，监斩官杨国忠猩唇一撇，掷落火签令，安禄山手起刀落。一阵剧痛过后刘浦诚双眼瞧见自己没有头颅的身躯在渐趋模糊的视线里不停翻转，最终视野定格在围观人群的脚边，不远处一个满脸泪水的女人正走过来，她圆脸俏眉，正是新平公主。

刘浦诚大叫一声，挣扎坐起，全身汗湿衣衫告诉自己只是做了一个连锁奇怪且复杂难明、极其真实的噩梦。身旁的新平公主被他这么一声惊吓，亦醒了过来，伸手轻抚刘浦诚的胸膛，体贴地为他拭汗。更夫在街上打过五更，以往这时便该起床上朝，但如今玄宗久未早朝，文武百官亦懒得赶来赶去劳神费力。刘浦诚着新平公主继续安睡，自己则起身往书房看书。

这说不清、道不明的梦境究竟是对未来的一种预示？还是他内心种种矛盾在压抑状态下的释放与冲突？

谁又能说得清呢？

不知不觉接近年关，至上次午夜梦回，刘浦诚便不敢再回寝房睡觉。纵然疲累至极，亦只在怡情阁与书房歇息，生怕梦中将心内密谋的大事泄露出来，令全盘计划功亏一篑。

这日刘浦诚正在怡情阁看书，一只信鸽突然飞至，他认得是从幽州来的。打开绑缚鸽足的卷筒，拿出纸条展阅，心中不由得一阵狂喜。恰逢此时东叔来到怡情阁，满脸严肃地沉声道："陈某有一事搁在心头久矣，虽明知说出来会令浦诚心中不快，但眼下这般状况，却不得不说。"

刘浦诚听陈逸重道真姓，又是如此郑重语气，必是要紧之事。他将纸条收入袖内，用满布血丝的双眸望着这位老管事，缓缓道："东叔请说。"

陈逸再次确认左右无人能够听见他们谈话，始才感触道："你我二人相识于茂州的酒楼，那时尚有一位白衣公子，你们见义勇为，我等三人甚感恩情。但于长安中丞府重逢时却只得你独自一人，这些年来的诸般经历，浦诚虽未曾对我详细明言，但陈某鉴貌辨色，还是于朝夕相处中探知一二，我再如何老眼昏花，亦认出昔日与浦诚同行的那位公子便是浦诚大婚之日前来道贺的贵妃娘娘。这个中的缘故情由我不甚明了，可即便是这府里的杂役，亦知晓新平公主对你的温柔体贴、细腻深情。纵然往日之事再如何割舍不下，现今浦诚已为驸马，往事已矣，何不且让过去成为过去呢？陈某这条性命乃浦诚所救，眼见李林甫这恶人得到了应有报应，活到现在已然知足。此番说出这些不甚中听的言语，是不愿见到浦诚在过去的泥沼中徘徊深陷，而无法享受当下美好的生活。"

陈逸一番话娓娓道来，语重心长，直说得刘浦诚怔怔发愣，他外表平静无事，内心实则天人交战，脑海中反复念叨着"让过去成为过去"这几个字。

这老管事见刘浦诚未有反应，只道他对自己的逆耳忠言充耳不闻，无动于衷，毅然躬身请辞道：“救命之恩永不敢忘，浦诚既不愿我多话，陈某亦无颜继续留在府中，这便回蜀州耕田去也。”语毕又一拱手，才转身而行。

刘浦诚见他方才还是好好地劝着自己，陡然说走便走，正待出言挽留，话到嘴边想起安禄山飞鸽传讯起事在即，届时京城必成是非之地，回蜀州怎也好过留在即将陷于战火的长安，遂将到了舌尖的话语又咽了回去。

府中诸人见大管事无端端辞行回乡，均不明其故。新平公主极力挽留，但东叔去意已决，刘浦诚更无只字片言相留。东叔大感无趣，遂别过众人，背着包袱黯然离去。府内上下除刘浦诚外尽皆相送，唏嘘不已。

二管事雷淼峰脸露不舍，心中却是大乐，他一长安本地人被陈逸这外来客压在头上原本不服，无奈东叔是驸马刘浦诚蜀州的老乡，雷淼峰不敢明着撒气。如今碍眼之人主动离去，倒省得他动心思、要手段来污蔑排挤，往后驸马府中的大小事宜自然全归他来掌控。想及此，不由暗自得意，真欲放声高歌，但众人均愁眉苦脸，伤感在怀，他独自不便喜形于色，遂悄悄用手指沾了一些唾沫拭在眼眶下方，好似眼见东叔离去留下的不舍之泪，真可谓情深义重。

新平公主眼见刘浦诚一天天日渐消瘦，茶饭不思，连眼眶亦凹进去不少，心中大感焦虑。每当她欲宽慰几句，见到刘浦诚那副黑口黑面的骇人模样，话到唇边又不敢出口，怕换来一顿责骂。东叔一走，府里失去不少颜色，雷淼峰却无打理才干，每每一些家务杂事还需劳烦新平公主亲自动手，好在她没有公主的架子脾气，一如既往亲力亲为。

【第二十回】

疚歉深深却辞别
冀望满满竟殒失

天宝十五载（756）除夕，长安城处处张灯结彩，打鼓敲锣，庆贺新一个和平繁荣之年的到来。爆竹之声响彻街头巷尾，各家各户均用这种热闹的方式来表达内心对新年的憧憬与期盼。

大雪纷飞，刘浦诚策骑踏在由爆竹屑末与积雪铺成的红白毯上，往皇宫徐徐而行。适才传令太监来府通知他，安禄山于一个月前在范阳起兵，率东北数镇军兵，集罗、奚、契丹、室韦等族共十五万之众，号称二十万大军打着“诛奸臣，清君侧”的旗号向京城而来，首要目标先取东都，再破长安。北方诸州皆连投降，不足月余，大军便至黄河。原本正准备前往华清宫泡温泉的玄宗半途得闻此讯，不得不原路返京，急召刘浦诚入宫商议对策。

义兄果然没有令他失望，除了统辖军镇的人马，居然还有这么多外族相助，不枉自己前前后后将各地的防卫力量尽数通过信鸽告诉他。

百姓沉浸在新春佳节的喜庆气氛中，浑不知这座历朝帝都将要面临的血雨腥风。

随着一声巨响，一个特大的爆竹炸裂开来，似为长安即将在新年中迎来的盛大洗礼而欢呼雀跃。

玄宗在御座上捧脸遮面，略带哭丧的语气更凸显其忧心忡忡：“怎么会这样的？安禄山一直都是忠心耿耿，怎么说反叛便反叛了呢？浦诚，你去过河东，了解那里的情况，他真是要反朕？朕向来待他不薄呀！”

刘浦诚尚未言语，杨国忠插嘴不屑地道：“当初臣不厌其烦地一再提醒吾皇不可对其掉以轻心，莫看安禄山长了一副善良眉目，其实大肚子里全是祸乱之念，皇上偏生不听。现在如何？被臣言中了不是？”

玄宗掩面不住叹息，刘浦诚垂下头幸灾乐祸地暗自好笑：如今这局面乃自己一手促成，为的便是要瞧瞧你这副模样。

杨国忠见二人均是默不作声，遂又道：“皇上现在还欲让驸马说些什么呢？有什么好说的？眼下当务之急自然是平叛为先，安贼已然造反月余，现在都打到黄河来了，难道还有假吗？这胡人野心勃勃，觊觎圣上龙位，欲得之而甘心。”

玄宗仍旧不相信杨国忠所言的事实，摇头喃喃地道：“怎么会这样的？怎么会这样的！”

杨国忠亦懒得再理这年老痴呆的天子，转为向刘浦诚传达“圣意”：因安贼此番势大，连下十州无人可挡，现已调哥舒翰率领十万大军驻守潼关，抵御叛贼。今命刘浦诚亦赶赴潼关援助破敌，务必带回平定叛乱的好消息。

刘浦诚心下雪亮，他与安禄山商议的计划是一旦起事发兵，待自己探明长安部署的抵抗力量后便借机前去会合，着先前混入唐军的三百名精兵待命，然后刘浦诚回来领兵策应大军，里应外合一并攻陷京城。义兄名正言顺地诛奸臣、废昏君、自立为皇，刘浦诚携杨玉环回神仙谷归隐，重过与世无争的生活。现在正好借会合哥舒翰之机离开长安，不愁比这援助平叛更合适的借口了。

待他领旨退出，一个宫娥截住刘浦诚说贵妃娘娘有请，他遂心情舒畅地来到了御花园。

雪已然停了，园内树梢挂满银花。寒风吹拂，枝干上积聚的雪团纷纷散落，复化作片片雪花，于空中自由飘舞，如有生命一般神奇。

刘浦诚看着这个供历朝天子休憩怡情的场所，不由得心生感触。与那些王公院落相较，御花园比安禄山的园子多了一分恬静舒适，少了铺陈奢华；较寿王府的花园又平添了几分庄严肃穆。兴许一个园子一幢宅子的布置与其主人的性格习惯息息相关：安禄山的奢华固然体现了慷慨豪爽的个性；玄宗早年不喜浪费，节俭克己，故没有铺陈花树；寿王李瑁的花园曾是杨玉环的练舞场地，现在恐怕多用于寻欢作乐了；驸马府的园子有别于三者，应该是冷清静僻，有花草却无生气，一如他暗地密谋报复的心理状态。

刘浦诚也不清楚为什么会生出这般想法，是否因不久之后，这里便要易手换主，尽归义兄，届时整个皇宫可会改头换面变作另一番景象？还是继续保持如斯现状？

他脑中想着乱七八糟的事，负手站在偌大的喷水池旁，池内的水因天寒地冻已凝结成冰，当中的假山亦罩上了一层薄霜，犹如迎接喜庆之年而披上的银装新衣，罗汉松、夹竹桃等常青植物丝毫不畏惧严寒，傲然耸立在雪地里。一只叫不出名的昆虫拱开身前泥土，缓慢却又坚定地向前爬着，整个园子虽在这天寒地冻的时候变得冷清寂静，但这只小虫却予刘浦诚一股生机勃勃的感觉。

仿佛头一次感受到自然生物的奇妙，杨玉环是否因触到大自然的真谛，才会创出那般令人如醉如痴的舞蹈，使观者每次皆能产生不一样的深刻感受。

正思忖间，一个久违的清柔嗓音在刘浦诚身后响起："驸马在看什么？竟如此出神？"

刘浦诚转过身来，一袭纯白的貂皮绒衣披在杨玉环身上，淡月弯眉陪衬着头上的飞仙髻，彰显她高贵出尘的气质。两旁侍立的太监、宫娥似在向他无声地强调着面前之人是大唐王朝的贵妃娘娘，而非刘浦诚魂牵梦萦的昔日佳人。

但这情景不久即将改变，如此身份只是为势所逼，当他与安禄山带着大军扫荡长安之日，便是杨玉环重获自由的时刻。

刘浦诚突然间明白了当年周幽王为何要烽火戏诸侯博取褒姒一笑，那是种甘愿抛舍一切的决意，宁愿辜负整个天下取悦心爱之人的豪气。为了杨玉环，哪怕将来自己会背负乱臣贼子的千古骂名，他亦在所不惜。

现在朝思暮想的人就站在自己眼前，不久以后他便能带着杨玉环远走高飞，刘浦诚急欲将心头那筹谋了无数个日夜的计划向她尽数倾吐，让其一同分享为期不远的自由。但那个噩梦令他知道，任何一个沉不住气的微小失误皆有可能导致全盘计划毁于顷刻，哪怕吐露心事的欲望迫得刘浦诚快要发疯，他只能将其强制压抑、苦苦忍耐。

杨玉环平静地望着刘浦诚，时间似乎特别关照她这天宫仙子，并未在其脸上留下岁月的痕迹，俏丽容貌仍是蜀州花园中的亭亭少女。刘浦诚却不再是那个莽莽少年，经历大征小战，再加上密谋起事，他的两鬓现出花白。但纵然满头银丝，亦不改救她脱离魔爪的初心。

此刻万语千言亦比不上她直视而来的目光，从那双眼眸中透出的目光仿佛能逆转时空，让刘浦诚回到过去，置身那已然因岁月的流逝而渐渐变得模糊的场景中，重温昔日的旖旎柔情。即便他清楚现今已至不惑之年，且成家立业，但依旧没有忘记当初她予他的那份怦然心动。

杨玉环善解人意地将刘浦诚招架不住的目光移向池内，望着兀自于冰层下方惬意自在的鱼儿摆尾展鳍地欢快游动，先屏退左右，始才柔声道："据闻外面兵荒马乱，皇上已六神无主，不知如何是好。堂兄提议让驸马前去抗击叛军，虽然玉环反对，但情势所迫，今时不同往日，安禄山筹划多时，此番倾巢而来，非是昔日吐蕃、契丹可比。一切多加谨慎小心。"

刘浦诚雄躯一震，杨玉环关切的话语犹如古刹的钟鸣之音，响彻他的内心深处。他感到这些年来所有的努力均在这番话中验证了其价值。虽然刘浦诚时常感到独守信念的孤寂，但每当幻想佳人重回怀抱，便似有股无形力量予自己温暖支持，面对每一个难关没有逃避放弃，一直坚持走到今天。

他从怀内掏出一个油纸包，小心翼翼地拆开，露出一块绣帕。因时隔久远，本是白色的绣帕已然发黄，上面刺绣的两只鸳鸯亦有些面目模糊，仿佛俩残头缺身的恐怖动物。

这绣帕乃是杨玉环当初不辞而别留予他的纪念，这些年刘浦诚一直揣在怀里，担心鲜血或汗渍侵蚀，因此刻意用油纸包好。

刘浦诚将绣帕物归原主，充满信心地微笑道："玉环亦要好好保重，这般困境不久便会全部过去，一切都会好起来的。"语毕深情地望了她一眼，然后转身离去，心中暗暗发誓，日后重逢定然要用余生好好守护佳人，不再让其被他人夺走。

离开皇宫，雪又飘了下来。刘浦诚往羽林军衙署分派这次任务，顺带查探长安城抵御部署的情况。

待一切信息收集完毕，已然入夜。回到府内，相较外面佳节的繁华热闹，府内一片冷清。

飘忽不定的烛火就似一个玩忽职守的值勤者，散漫地投射着周遭事物的残廓暗影。

刘浦诚来到寝房，为了逃离噩梦，他已多日没有进入这里，见新平公主侧卧而眠，如云秀发枕在脸颊下方，像一个睡梦中的俏美精灵。

今日是大年夜，明知刘浦诚回府后必会一如往昔地漠视自己直奔怡情阁，她亦要牵挂地去瞧一瞧，见他迟迟未归，抵受不住困乏，才这般连棉衾没盖便和衣而卧。即便是在睡眠时，她那副我见犹怜的表情不仅没有半分减少，反因呈现出的天真无邪更加动人心扉，直可震撼到他的骨子里。

刘浦诚不知道为何会来寝房看她，兴许是自己即将要离开这个家了吧！扪心自问，新平公主嫁给他已有四年，而他却只将她当作一个外人，毫无丈夫应有的关心与呵护。他心中只有杨玉环及反叛报复的念头，再容不下其他事物。新平公主呢？她从来没有计较这一切，始终如一做好贤惠娇妻的本分，细心体贴、无微不至。有次刘浦诚无意间路过厨房，听见新平公主的贴身婢女低声问她为何驸马不领情仍要这般辛苦，徒令自己受累。新平公主淡淡回答说“为了这个家”，他当时听过便算，无甚感想，不多时便即忘记。刻下回到家中，望着这么一张熟悉的脸庞，往事涌上心头，令刘浦诚深感羞愧内疚。

陈逸说的话又在他耳边响起，刘浦诚细细咀嚼一遍，倘若当初遇到的不是杨玉环而是新平公主，他会如此挣扎矛盾吗？也许答案简单得多，也许他根本没有机缘离开蜀州，没有动力去改变身处的环境。说到底，自身所有的遭遇都因杨玉环而改变，她尚不知道，自己无形中已影响了刘浦诚这半辈子的人生。

可天意安排他的生活中出现了一个新平公主来陪伴着他，纵然自己心中已无多余空位，但她无怨无悔。刘浦诚情不自禁，探手抚上娇妻吹弹可破的脸蛋，那双含蓄的大眼睛随即张开，伴着一个可迷倒任何男人的慵懒哈欠动作，新平公主扑到刘浦诚怀内，雀跃道：“夫君回来啦，不知不觉竟睡着了，你稍待一会儿，妾身给你去热人参枸杞汤。”

刘浦诚抓着她欲撑起娇躯的胳膊，让新平公主靠着自己。新平公主乖巧地倚在他的肩上，用一个娇妻的温柔去讨丈夫的欢心。刘浦诚抬手支起她玉石般的下颌，用尽无限柔情一字一句地道：“以前都是我不好，刘浦诚不懂得珍惜身边这样一位善解人意、温柔贤惠的妻子，是个不折不扣的大蠢蛋！如今安禄山起兵反叛，父皇派我援助哥舒翰合力平叛，我不知道这趟结果如何，倘若有下辈子，我会用所有的时间与精力来呵护疼爱你，每日不分昼夜地伴你左右，不再让你受半分冷落委屈，竭尽全力求你欢心爱怜，不让你为我挨苦受累。”

新平公主娇躯一震，梦呓般喃喃道：“我是在做梦吗？我的驸马同我这般说话，老天爷啊，你千万别让我太快醒来，我想多待一阵。”

刘浦诚闻言心中惭愧，凑到新平公主额前深深一吻，让这实际行动与切身感受告诉她这是真实场景而非梦境。

这位梦之精灵双颊通红，眼眶含泪，羞赧地道：“没想到我的驸马夫君不仅能征惯战，连哄女儿家的手段都是这么特别，只凭这一番蜜语甜言便不枉妾身每趟辛苦数个时辰烧菜做饭！你勿要说不吉利的话语，妾身相信夫君的本事，战场上没有什么能拦住你的。要讨好人家大可不必等到下辈子，此生尚有许多时间，足够我的蠢蛋驸马来好好把握的。”

刘浦诚沉浸在与娇妻打情骂俏的动人气氛中，他从未发觉怀内的新平公主是如此美貌靓丽，居然丝毫不逊于长久占据内心的杨玉环。不禁暗叹自己确实错过了许多大好时光，只可惜逝去的已无法重来，他仍要去继续未完之事，今生是注定得亏欠新平公主了。明日刘浦诚便要赶赴前线，无论安禄山成功反叛或兵败身死，他都会带着杨玉环远走高飞，不会再回到这个曾经给过他不多时光美满幸福的家。

靠在肩头的俏人儿那娇柔的声音传入刘浦诚耳内：“夫君此时在想什么呢？”

揣着高山深海般的愧疚，刘浦诚将嘴唇凑到娇妻圆润柔软的耳垂边，先轻吹口气，才缓缓地道：“我在想你。”

新平公主被他亲昵的举动挑逗得浑身无力，张口欲语，却发出一声娇媚的颤抖呻吟。

刘浦诚吹灭油灯，用实际行动来弥补他一直以来都未尽的丈夫职责。

天刚破晓。

新平公主尚在安睡，刘浦诚已整装待发。从他此刻站立的角度看去，榻上的娇妻便似一个来自异域世界的仙子，长长的睫毛随着呼吸的频率微微抖动，仿佛在用一种无声的方式挽留即将离去的刘浦诚。

刘浦诚轻手轻脚步出房门，怕弄出声响吵醒新平公主，亦怕自己一个不忍产生改变计划的念头。他没有向她辞别，亦没有说明何时归来。留些念想总是好的，人便是有念想才会有继续走下去的希望。

他跨上灰影，没调任何护卫随同，在清晨第一缕阳光的陪伴下策骑出城，龙武、羽林军需用来护驾，没有多余的士卒分派予刘浦诚。他乐得单人独骑前往潼关，既然哥舒翰受命平叛，唯有先探明其兵力虚实，然后与安禄山寻其弱点将之击溃。对方是刘浦诚崇敬的西北大将，文韬武略当世无匹，此番须得小心谨慎，掉以轻心势必会饮恨在长安城外。

行了数日，这天黄昏来到潼关，但见城头的安字大旗迎风飘摆，仿似一团青色之云。瞧这形势，义兄显然已将潼关占领。料想哥舒翰调拨大军需时，没有刘浦诚孤身快马行动迅速，故他较迟出发反而先到一步。

来到城门报上名号，取出信物交予守城侍卫，待那人奔去验证，不多时有人来带他入城往见安禄山。

听引路副将介绍，义兄连战皆捷，势如破竹，此番单等刘浦诚带来长安的最新消息，再商议下一步如何行军。步至衙署，陡见内里一人龙袍金带，珠旒黄冕，刘浦诚心中一慌，以为被玄宗识破机关，布下欲擒故纵的天罗地网来抓自己。他正要行叩拜礼欲作掩饰之辞，忽瞥见龙袍遮掩下那独一无二的招牌大肚，再往上观瞧，身穿龙袍的不是安禄山却还是谁？

安禄山见了刘浦诚这似跪非跪的滑稽模样，抢先一把扶住他，忍不住笑问道：“浦诚来得正好，你瞧朕这身打扮怎么样？”

他此番起事本打着“诛奸臣，清君侧”的旗号，奸臣尚未诛灭，自己先穿起皇袍，未免有些不妥，但刘浦诚瞧着义兄兴致高昂，不忍拂逆其意，只得躬了躬身道：“既合身又衬显当下环境，恰到好处。”

安禄山欢畅地大笑几声，双掌互击两下，冲刘浦诚神秘地道：“兄弟来得早不如来得巧，今日正好让你见一熟人。”

潼关衙署内一应陈设完好无缺，在入城的路上，刘浦诚亦未发现战火留下的残垣痕迹，该是守城唐军趁安禄山大军来前便已先一步弃城逃跑，或是面对河东雄狮心惊胆怯，直接弃械投降。

无论哪种情况，对刘浦诚来说，均在意料之中。

正猜测着这当口谁会是义兄口中自己的熟人，约莫盏茶光阴，两名亲卫挟着一员将官打扮的人来到身前。此人红袍白带，三绺长须垂前胸，散发披面，遮挡了半边脸孔，容貌一时瞧不真切，看不出是谁。

安禄山故意问道：“兄弟看看是否识得这位将军，你们可是一同在吐蕃上并肩奋战过的老熟人。”

刘浦诚诧异地盯住那将领又望了几眼，只觉得此人有几分眼熟，但却偏生记不起在哪见过，终是茫然地摇了摇头。

安禄山似乎十分满意他这表情，冲那将官得意地道：“你自己介绍一下吧！”

那人闻言，缓缓屈膝跪倒，淡淡道：“降将哥舒翰参见陛下。”

这一声只惊得刘浦诚张大了嘴，他非是惊讶将官直唤安禄山为陛下，而是对方竟然自称哥舒翰，那个率领西北众将状若天神将军一般的哥舒翰居然投了降？纵然是他亲眼所见，亦难以相信眼前的事实。

起初见到这位面熟的将领，他只道是哪个州的唐将不敌安军勇猛而投降，压根没有往西北军方面考虑。在刘浦诚印象里，驻守西边的军兵战败只有献身沙场一途，再无第二个可能性，想不到身为主帅的哥舒翰竟会倒戈，臣服于素有间隙的安禄山，这件事当真比太阳从西边升起更让人难以置信。

安禄山叉腰欣赏着刘浦诚此刻惊讶的神情，心满意足地畅快道：“想来浦诚与哥舒将军有些时日未见，今日于潼关重逢聚首亦算天意。左右儿郎，替朕准备酒菜，咱们三人把酒谈心，好好一叙别来之情。”

那边军卒下去准备略过不提，单讲安禄山娓娓道来哥舒翰投降的始末。

原来哥舒翰奉皇命于潼关抵抗安禄山大军，凭坚城守御不出，安禄山率兵攻打不下，佯装败退，引哥舒翰追击。后者年事已高兼平乱心切，一时轻敌不虞有诈，结果反被安禄山布下陷阱，将西北十万大军引入三面埋伏的一线天中，尽数歼灭。皇城长安这边，诸事皆由杨国忠这好大喜功、不懂军事之辈决断，加上各州人马闻安军势大胆怯，大都驿站官员逃之夭夭，致传送军情迟缓，竟来不及奏报潼关失守一事。刘浦诚待见城头悬挂着安军旗帜，只道西北大军尚在行军赶来的途中，谁知一番攻防战事已然结束。多亏了他是双重身份的御使，若真是杨国忠派来相助平叛的驸马，今趟势必与哥舒翰同一命运。

安禄山叙述了大唐最有资格为其劲敌的帅将投降之经过，刘浦诚却在思索哥舒翰沦落至叛国投降的真实原因，以其一贯个性，即便将他剑穿心、斧架脖亦不会屈服。蓦地想到一个可能，既然他刘浦诚可扮作忠心勇武之臣在长安博取信任，哥舒翰又为何不能化身投降之将从内部瓦解叛军呢？

倘若真是如此，这一招又大违哥舒翰素日直来直去的个性，刘浦诚斜眼瞅着这昔时并肩作战如良师益友般的战帅，心忖无论如何，不可被其扰乱自己的计划。嘴上冷冷试探道："哥舒将军这一手可真叫人意外，这般战败归降，徒落个背信弃义、无耻叛国的下场，令将军一世英名尽毁一朝；抑或是将军另有不为人知的图谋，妄想凭借一己之力重挽败局？"

哥舒翰用一声冷笑作为回应，回敬道："哥舒虽然兵败，亦知晓晋国豫让行刺的故事，往昔如今皆是用心侍一主。倒是驸马受朝廷高官隆恩，却心向别处，眼下虽追随我主，亦难保不会他日再次转念，倒戈相向。"

刘浦诚没想到他会这般以子之矛攻子之盾，忙解释道："哥舒将军只知其一不知其二，浦诚是先有对玄宗老儿的不满，后才会与义兄共商起事大计，现今君主昏聩、奸臣当道，枉顾士卒生死，我等顺应天意，发兵讨之，此乃义举。"

"是了，受朝廷厚待的刘驸马亦是如此想法，我这常年在塞外食沙饮风之人又岂能例外？潼关一役，十万将士全军覆没，全拜杨国忠那不懂用兵的蠢材盲目催战所赐，倘若我等坚守不出，安……唔……陛下粮草补给供应不上，此战胜负难料。哥舒苟延残喘亦要替那些阵亡将士报仇雪恨，令奸臣授首剑下。玄宗昏庸，不问朝政，任杨国忠那小人胡作非为，乃是天欲亡唐。"哥舒翰语声之中夹杂着悲戚愤恨，不似作伪。

安禄山听着二人你言我语，只是冷眼旁观，并没有插话，待哥舒翰说罢，遂笑道："这么说朕该好好感谢杨国忠一番，帮了这么大的忙，可惜这次出师第一个要杀的便是他，唉——"说到后来又变为一声叹息，似有不忍。

刘浦诚劝道："陛下万勿对其存有仁慈之念，眼下胜利在望，丝毫大意不得。"

"好一个胜利在望！"安禄山踌躇满志地右手拍着哥舒翰肩头，左手挽着刘浦诚胳膊，大笑道："朕既有驸马做内应，现又收服边塞名将，众望所归，何愁大事不成！哈哈哈！来，为了这个举世无双的军事组合饮了这碗。"

烈酒下肚，安禄山从怀内掏出一张羊皮，放至几上缓缓摊开。刘浦诚仔细一瞧，上面绘满了密密麻麻的线条与蝼蚁小字，居然是大唐境内的版图，东南西北一州一川甚是清晰，连山谷亦无有遗漏。自己早先用飞鸽传递的各州兵力分布情况均有誊抄其上，这便是他一路南下攻无不克的主要原因，正是知彼知己，百战不殆。

安禄山手指羊皮，将近日战事进展说与其余俩人知晓，三人讨论下一步进兵何处，商定已毕。安禄山将羊皮揉作一团，捏在一只肥壮的手掌中，眉飞色舞地道："天下不久之后便如这块羊皮一般，尽入朕之掌握，届时杀奸臣、携美人、除昏君，你二人自当如愿以偿。来来来，为早日攻入长安干了！"

一番豪饮，哥舒翰有些不胜酒力，酒水不时从他的嘴角溢流而出，其持箸的右手微微颤抖，精神状况似乎仍旧沉浸在损兵折将的伤痛之中；安禄山兴致勃勃地描绘着不远的将来执政治国的宏伟构想；刘浦诚表面恭敬地听着，心内只想着早日结束战事携美归隐。三人共处一桌，外表各有各相，内心盘算着不同的计划。

哥舒翰确是老了，刘浦诚坐在他的对面，眼见其黄浊的双目透出对这个世界不舍的目光，大唐虎将昔日的凛然威武与凌厉煞气荡然无存。他忽然有种"廉颇老矣"的感慨，倘若早前有人问他这世上谁人能够抗衡安禄山，刘浦诚脑海会不假思索地浮现出哥舒翰的样子，可现在呢？他居然以一个降将的身份与自己这个内贼同坐于叛军阵中饮酒，这算是怎么一回事？潼关一役，哥舒翰不仅失去了十万士卒，也失去了一代名将的声誉与自尊。

如此般在潼关待了三日，安禄山每天拉着刘浦诚大谈他的治国之策，安民之法。待攻陷洛阳后，如何以东都为据点扼制长安皇城，借其坚固城墙抵御全国各地组织起来的反抗力量，凭借洛阳城高粮足，亦可划地称王，与玄宗割据对立。自安禄山发兵至今，随着他每战皆捷，劲敌归降；至龙袍加身，无人能敌。骤然降临的成果令这位枭雄没有了当初那份沉稳与警醒，现在刘浦诚看到的只是一个迫切称帝的野心家，他心不在焉地敷衍着，因哥舒翰的倒戈和牵挂长安形势而无法集中精力，心绪不宁。

这日探马来报，据皇城羽林军传来的消息称，长安得闻哥舒翰兵败城破，且投降了安禄山，顿时朝堂震惊、人心惶惶。大唐天子一气之下怒斩安庆宗。安庆宗乃安禄山长子，曾获玄宗赐婚迎娶荣义郡主。可怜荣义郡主亦被玄宗白绫赐死，昔时当作政治联姻工具，如今再变政治泄愤的牺牲品，真可悲可叹。

九五之尊一通发泄过后，料想唯一能抵挡安禄山的将帅亦已投降，长安乃皇都核心之地，实不易久留。遂带着一众嫔妃，在宰相杨国忠与一干龙武军保护下逃离了都城。

长安城当天陷入一片混乱。

安禄山闻讯大喜，急忙命人击鼓升帐，调兵遣将作进驻皇城的部署。刘浦诚心乱如麻，急得暗暗诅咒，自己千算万算，料不到玄宗老了还不改无耻本性，居然不顾及祖宗颜面，如此弃都逃亡，怎还称得上一国之君？这一招大大出乎他原先的意料，此际无暇再浪费时间。他向安禄山请命，借口熟悉环境，先行一步前去打探军情，再与大军会师长安。急不可待的安禄山也答应他先行打探，待商量好联络的方法，刘浦诚急急往长安奔去。

灰影的四蹄在满布积雪的官道上下翻飞，刘浦诚心内空空荡荡的，全无着落。安禄山固然变成满脑子尽是登基称帝的名利客；忠于大唐数十载的哥舒翰竟在一夕之间兵败投降；当今天子唐玄宗见到叛军节节胜利，居然会舍弃建国的皇都，罔顾历代列祖列宗，抛弃黎民百姓，独自私逃……

突然间他感到整个世界在数日中不知不觉变得面目全非，过往熟悉的人事再不是早前固有的那个模样，曾经肯定的事物规律发生意想不到的变化，令刘浦诚再无法保持十足的信心及高昂的斗志去面对接下来不知会如何发展的事态。

这是他始料未及的，局势后续的衍变也是超出他计划的。

刘浦诚早先自信天衣无缝的策略在这时移势迁的境况下再派不上用场，他抬头远眺，长安城遥遥在望。但见暮色血阳之中浓烟滚滚，东首天空泛红，似有火光，一切景象似乎预示着这美丽兴盛的皇都即将面临的残酷命运。他控缰的手不自觉地一紧，灰影心有灵犀地加快脚步，驮着心焦的刘浦诚迅疾飞驰。

安禄山明明尚未杀至，潜伏于龙武军内的胡兵亦没滥杀无辜，可长安大街的景象却令刘浦诚有种皇城已遭强匪叛军扫荡洗劫的感受。沿街店铺招牌有的耷拉倾斜，有的碎裂两半掉在地上；几处民房屋顶蹿着火苗，破布碎罐随处可见，各家各户忙着慌抢贵重东西，准备远行；三个幼童被父母扔在路旁号啕大哭，张三与李四正在争扯一块华贵锦缎，二人均不撒手，互相大骂不止，由于用力过猛，锦缎中分而断，两个人收不住势，各自摔了个灰头土脸；周六同郑五将要携带的物品堆上一辆骡车，骡车已摞叠得如小山丘般没有位置，郑五正待找寻能容己身的一丝空隙，周六抢先登上驾车座位挥鞭驱骡，扬长而去，撇下郑五兀自在街上问候周六的列祖列宗。

回想昔日初次踏足长安所见的繁荣昌盛，此番相较，真有天壤之别。他穿街过巷来到朱雀门，所经之处不见一名军卒，到得广场天色已然全黑，整个皇宫不闻人声，状如鬼蜮，寂静至极。

灰影马蹄踏地的“嗒嗒”声回荡四周，延寿、光德、延康三宫起了大火，冲天火光将烟尘推往高空，衬着黯淡夜幕，有股难以言喻的悲凉凄残。刘浦诚无暇多看，寻了一支长矛，找些弃掷地上的衣衫做了个火把径入后宫。

转了一圈，赶走了几个欲趁火打劫的小贼，后宫同样人影皆无。如非刘浦诚知晓天子此番乃弃都逃难而去，不知情者还道是皇上下旨迁都。各寝殿连储物柜亦未留下，均清理得一干二净。

从皇宫出来，回到驸马府，也是人去屋空。料想皇室宗亲该是随着玄宗一同逃亡，刘浦诚寻思如此人数甚众的逃亡队伍往何处避难，忽见府门口地上的湿泥有许多车轮痕迹，遂循着痕印一路追去。

车轮与马蹄脚印齐至开远、金光、延平三门，如此该是往西方逃亡，刘浦诚衔着印迹尾随飞奔，沿路均有弃置的各类东西，沿着车行的道路散落一地。他虽欲见玄宗自遭恶果，却不愿无辜旁人陪其受罪，更何况还要拖着杨玉环陪其一并受苦，真是害人不浅。

一阵凄怆曲乐忽然打断了刘浦诚的思绪，他放缓马速，路旁一位白须老者席地而坐，只见他拉着一把破旧的奚琴嘶声唱道：

仓皇急，其情堪为祸乱比，纵国忠，宠禄山，昏庸愦乱自掘坟；

恋妖妃，废朝政，淫靡荒唐，士卒颅骨暴荒野，十万兵将命何偿？

叹不矣，弃祖宗基业，忘历朝根本，舍都西去，天宝亡唐——

歌声词调沉郁悲恸，似有道不尽的惋惜与伤怀，刘浦诚听得心中一动。细瞧拉琴老者，竟是中书令丁炜，按理他应是陪在玄宗身边不离左右的，怎的孤零零地坐在地上唱着如斯哀曲，莫非前方出了大事？刘浦诚牵挂杨玉环安危，来不及询问究竟，双腿一夹马腹，灰影绝尘而去，只留下丁炜与那奚琴悲凉的曲声向路人诉说乱臣覆朝的故事。

连续跑了一日一夜，刘浦诚与灰影皆是粒米未食、滴水未饮，人和马俱有些支持不住。他虽欲尽早赶上逃亡大队，可亦不愿就此累死老拍档，唯有停下来歇息。

找到口井饮了些水，沿路均可见到逃亡车队抛弃的各式物品，刘浦诚想象着平日里那些身娇肉贵的王族权贵，在这一刻骤闻叛军来袭、兵荒马乱时惶恐不安的场面，心神一时又重历蜀州至长安的诸般遭遇。

人生真如一个不可思议的梦境，在这个梦里随时都可能发生无法解释的事情，直到身老逝去，这个梦才告终结束，之后或许是另一个新的开始，谁又知道呢？

不知不觉靠着井壁就这么睡着了，直到太阳穿透云层，刘浦诚才被刺目的日光唤醒过来。上马继续赶路，终于在黄昏时分见到逃亡的长龙车队。兴许是人困马乏，车队停在马嵬坡没有前行，几名侍卫在队尾说着话。

问明玄宗及贵妃所在，刘浦诚冲一名龙虎军胡兵使了个勿轻举妄动的眼色，来至驿站。

但见大批军卒群情激愤，人人面带愤怒之色，有的还赤着肩膀手执兵器骂骂咧咧。刘浦诚甩镫下马，正欲上前问个究竟，骤然发现一人手中长矛上挑着一个首级，那长长的蟾蜍脸，厚厚的猩猩唇，至死前一刻露出难以置信、惊诧瞠目的恐惧表情，令刘浦诚确认此乃杨国忠的头颅无疑。他心中忽然涌起一股毫无缘由的害怕，飞快地奔到门口，同时暗暗决定，只要一见着杨玉环便即带她离开，哪怕是要他从这里杀出一条血路亦在所不惜。事到如今，已没有任何事物可以阻挠这留驻在他心底二十年的强烈意愿。

想到立时便可完成他长久以来欲付诸实践的行动，刘浦诚一颗心不受控制地加速跃动，双手亦有些微微颤抖，来到里间，乍见两名亲卫严阵以待的脸孔。二人见来者是驸马，各自松了口气，遂将抽出一半的长剑又滑入鞘内。

刘浦诚大感诧异，不明白他俩如临大敌的用意，环目一扫，但见玄宗满脸泪痕，双目紧闭靠在房内一角，不省人事。高力士正在其人中穴上掐捏，对刘浦诚的到来视而不见。

大唐天子的身旁躺着一个身披白貂绒衣的女子，静默无声，如同睡着一般。刘浦诚浑身剧震，脚步虚浮，手足哆嗦地移至近前，惊见杨玉环那雪白的玉颈上有一圈刺眼的勒痕红印，他魂牵梦萦的心爱之人因这道印痕永远地合上了那对剪水双瞳，玉容带着宁静安详。长长卷曲的睫毛似在告诉旁人这洛河之神只是暂入梦乡，并非离开人世。她左眼角还噙着一滴晶莹剔透的泪珠，此刻方才顺着眼角自然滚落，滑入这位已然成为历史过去的绝世丽人如云似瀑的长鬓里。

刘浦诚呆瞧着眼前一幕，他双目深情望着近在咫尺的她，耳内却有千百只鼓锣在不停敲打。其翻山震岳的声响直撼到他的心底，大脑中运转机能已全部停止，思维仿若在瞬间被置于冰天雪地的深寒冷域，尽数被冻结凝固，包括适才进门一刻还一度沸腾的血液与那颗激动雀跃的痴心。

闭目沉睡的杨玉环似用这般无声的方式直白地告诉他，这些年来自己处心积虑换来的结局竟是佳人如此香消玉殒。

刘浦诚怀着满腔希望准备携美远走高飞，不料命运如此弄人，竟狠心用一个生离死别的反差场景来同他开这般伤心欲绝的玩笑。

他蓦地发现杨玉环手里拽着一物，拿起一看，始知是自己在御花园还给她的那块褪色的鸳鸯绣帕。刘浦诚将其重又塞入她媲美霜雪的柔荑内，然后伸出双臂，轻轻地抱起杨玉环仍带着余温的躯体，缓缓步出驿站，口中无意识地喃喃自语：“她睡着了，玉环只是睡着了，你安心睡，我带你回神仙谷。”对身旁的一切不闻不见，心中充斥着山之高、海之深的无尽悲哀。他走出门外，忽感胸腔一阵难受，喉头一甜，喷出一口鲜血，溅在杨玉环洁白无瑕的绒衣上，在阳光的照耀下，显得格外触目惊心。

一众军兵只道他是奉了皇命去掩埋贵妃尸首，无人阻拦询问，任其离去。只有一旁的灰影见刘浦诚出来，默默尾随身后，亦步亦趋。

刘浦诚脚步蹒跚地步出马嵬驿站，径自往茂州方向行去，身后传来龙武军诛除奸臣妖妃兴高采烈欢呼之声，那简直比剿灭了安禄山的叛军还要振奋人心。

刘浦诚抱着杨玉环头亦不回地越去越远，一人一马逐渐在地平线上变成两个黑点，终消没不见。

“太好啦！！公主，听说郭子仪收复了长安，咱们可以回去了——感谢佛祖保佑、菩萨保佑。”贴身小婢春儿欢喜地跑了进来，冲着双手合十、闭着双目的新平公主激动道。

新平公主正虔诚地跪在一座破庙内的佛像前，闻言笑着点了点头，口中继续喃喃而语，念念有词。周围残破的佛像含笑将目光投向她那轻微凸起几可察觉的腹部，一轮新月温柔地将黄芒投印到她的背脊，地上的影子是如斯般恬静与祥和。

（全书完）

【玉环月记】

据史料记载，后世研究学者在马嵬坡的贵妃墓中并没找到杨玉环的尸骨，只发现一些陪葬的物事，肯定真身另葬别穴。其时玄宗从昏迷中醒来不见杨玉环，待询问左右军卒，始知贵妃的遗体被刘浦诚带走。大唐天子责备高力士疏忽大意，致遗失贵妃尸首。高力士交予玄宗一卷小册，里面记录了杨玉环生前日常生活的感触。玄宗翻阅细读，回想佳人音容笑貌，兀自悲痛不已，遂将这卷小册与杨玉环随身佩戴的一个香囊同穴而葬，聊表思念。

这篇月记节选摘录其中的部分内容，旨在重现大唐绝代佳人的美丽芳华。

开元二十一年五月初三

几日前我偷偷地从家里跑了出来，叔父让我嫁给那个肥头大耳的猪脸公子，我才不要。认识刘浦诚有几个月了，第一次见他时我正在练剑舞，他陡然越墙而入，就那么傻乎乎地瞧着，我还以为他是飞檐走壁的小毛贼。这个小毛贼带着我见识了外面的世界，这人风趣幽默，和他在一起总是那般有趣，从来都不会无聊。我俩结伴同行，要赏尽天下美景，尝遍世间美食。我发现他真的很喜欢打抱不平，呵呵，要是没有我在一旁看着，怕是只会好心没有好报，不过这也正是我喜欢他的地方。

开元二十一年十月初九

我回家了，想起这数个月来所发生的一切，好像是做了一个温馨又甜美的梦。我与浦诚误入一处世外桃源，那里的树木显得格外有生机，湖水在阳光照耀下居然能够呈现数种不同的颜色，真不敢相信我们竟来到了人间仙境。之后便住了下来，算算日子，不经意间便过了五个月。刘浦诚让我知晓了这个世界的缤纷多彩，每日同这般浪漫体贴的男人朝夕相对，自己就仿若停驻在鲜花上的一只只蝴蝶，舒心惬意，自由自在。可是生活中并不是只有浪漫与自由，生活是过日子，是除了一部分精神享受外的物质生活。出来了这么久，叔父叔母也该担心着急了，我不想一辈子待在这孤山里终老，但我不会忘记刘浦诚给予我的一切。那个清晨，他仍旧在熟睡，我留下了随身的鸳鸯绣帕，便牵着马悄然下山，走出一里才敢上马再行。这片世外桃源与刘浦诚将成为我脑海中的一个美好回忆，让我每次想及都能脸现微笑。也希望刘浦诚能明白我的想法，将我忘掉。

开元二十三年五月初九

今天我离开蜀州来到了洛阳，早前那趟离家出走惹得叔父很是愤怒，将我关在房内十个月不许出门，最终叔母求情，他才决定送我去洛阳，让娘舅好好管教我。在繁华的大城镇学着做一位贤良淑德的官家小姐，找个好婆家，嫁出去便可早日收敛性子。

开元二十三年十月初一

今天是我出嫁的日子，自那次宴会上我即兴舞了一曲，俊朗的阿瑁便将自己的巾帕递给我拭汗，望着那张英气勃发、完美无瑕的脸孔，我顿觉眼前一亮。他潇洒的举止，翩翩风度，无可挑剔的相貌，一见倾心应该可用来形容我当时的感受。后来经人介绍，才知他是十八王爷李瑁，也许这便叫作命中注定吧！正因有了那一次的相遇，命运开始将我俩联系到了一起，缔结今日这份美好姻缘，我真的好开心、好幸福，这便是一直以来憧憬期望的生活，居然美梦成真了。

开元二十五年六月初五

阿瑁这日带着我去郊外狩猎，很久没有这么骑马运动了，自从做了寿王妃，诸般事情均有人服侍，连走路亦可省了。除了练舞，整日便无甚活动，这便是王室皇亲唯一不足之处吧！到了黄昏返程，大老远见着一人牵马候在府外，想是朝中公务之事，阿瑁迎了上去，当我双眼无意中触到那人相貌，本已在脑中模糊的那个影像又鲜活过来。是他，刘浦诚，阔别这几年，他外观上少了以前那份浮躁轻佻，多了几分成熟。我极力掩饰，尽量表现得镇定，不让内心的情绪外露，他整个人却似呆住似的。从那对瞳仁中透出的目光可以知晓，这几年他并未有忘记昔日之情，但现在我已是寿王妃，唯望他能够理解当初的不辞而别，同时明白刻下我俩的身份与地位。

开元二十六年五月初八

刘浦诚出乎所有人意料在马赛中夺冠，阿瑁固然喜不自胜，我也十分开心，多亏了他，一雪寿王府所遭受的轻视屈辱，阿瑁这个十八王爷早被那班欺负他的王兄压得抬不起头，寿王府终于扬眉吐气了。晚上众人都在庆贺日间的荣誉，我却有些心不在焉，早前父皇瞧我的目光分明是男人看女人时的暧昧神态，并非是公公望儿媳的慈爱，虽然有些许不安，但不便向阿瑁讲明，唯有宽慰自己只是胡思乱想罢了。

开元二十六年五月十五

一连几日我真不知自己是怎么过的，原来担心的事情终成事实，咸宜公主跑到府中来好劝歹说，要我这个儿媳去皇宫陪父皇睡觉，看着阿瑁泪流满面不饮不食的模样，我反倒要过来安慰他。将他当作孩子一样抱在怀里，哄他、劝他，其实这也怪不得他，天下万物都是皇帝的，世间一切皆由大唐天子说了算，一个人的命运又算得上什么呢？只不知洪涝蝗灾是否也能凭其掌控，不过九五之尊真命天子现在既然要我，我这小女子唯有跪谢皇恩，听天由命。只是我这样一个儿媳，身份如此尴尬的女人到了深宫之后，接下来的日子又会是怎样？

天宝八载四月初十

来到皇宫有些年头了，宫内的生活较我想象中的有点不同，三郎于我印象中的皇上也不一样。我喜欢舞蹈，他钟情于音律，我俩有许多共同的爱好，时常在一起交流创作，只要我有起舞的念头或是舞曲的构思，他即刻会启发鼓励我。

我渐渐发现入宫其实也没什么不好，兴许一个女人便应该学会忘记兼随遇而安，这样才能活得开心快乐。三郎将杨氏一族全封了官位，让杨门上下非富即贵，还赐予我贵妃的头衔，又替阿瑁找了一位美貌的寿王妃。三郎后宫佳丽虽众，但他却只独爱我一人，恐怕这是历代前朝都未曾有的。我自忖此生会与三郎幸福快乐地一并度过，刘浦诚又出现在了我面前，今趟再见，我发现他眼中多了许多以前没有的东西，那些东西很复杂，有一些是我熟悉的，有一些令我难以明白。听着三郎与他的问答，我才知道这次他是奉旨出征吐蕃，既是打仗，希望他能够平平安安地回来吧。

天宝八载十月十一

庆功宴上的刘浦诚显得沉稳自若，望着他的侧脸轮廓，我心中忽然泛起一丝莫名的愧疚。这些年来他还是孑然一身，瞧那副模样该是未有成家的打算，我俩虽不能共结连理，但亦属缘分不浅，我从心底里希望他能够生活得开开心心。男人自古好面子，即便有了心上人，碍于将军身份，恐怕不便开口，不若由我这贵妃向三郎建议一番，替浦诚牵线搭桥，助其早日成家，亦算是尽一份心力。

天宝十一载六月初三

刘浦诚大婚了，三郎携我同去向他道贺，他能娶到娇俏可人的新平公主，我自然替他高兴，祝酒时我说着由衷之言，望他二人举案齐眉、白头偕老。兴许是刘浦诚这新郎官今日高兴，被人灌了很多酒——迷迷糊糊恐怕都不知我说了些什么，不过这些已不重要了，最关键的是他做了驸马，娶了亲，成了家，有了一个身心归宿，日后一定会过得比以前开心快乐的。

天宝十五载除夕

这世上的事说变就变，前阵子还自称“干儿”的安禄山居然就这么毫无征兆地起兵叛乱了，随着大唐抵御防线的一层层崩溃，各种各样的声音从四面八方传来，朝中那些大臣你争我吵，从大殿到后宫，教人心烦意乱。国忠建议西幸蜀州，三郎兀自犹豫不决，唯有派哥舒翰率兵抵御，临召刘浦诚往前线侧援。谁都清楚安禄山的实力，除了他三镇节度使掌控的兵力，还兼有外族的人马。我只是一介女流之辈，国家大事插不上嘴。御花园与浦诚相见，他负手而立，于沉稳中透出一股非凡的气质，我突然有些担心害怕，害怕今趟一别，此生再见无期。

心中千言万语，到头来只有一句“多加谨慎小心”，他居然将当初我留下的绣帕一直珍藏在怀。在浦诚交还给我的那刻，我明白了他的情意。唉！今生有缘无分，只盼来世再续前缘。

临行前他嘱咐我好好照顾自己，一点也不为自己的处境担忧。不知为何，我心中竟然有生离死别时的那种怅然感触，而他离去的背影亦在视线中渐渐变得朦胧模糊。

天宝十五载二月二十四

潼关失守，哥舒翰竟然败了，叛军不久便要攻入长安来了。整个皇城处于一片恐慌之中，阿翁也来建议三郎暂时“幸蜀”，顾得一时是一时，三郎纵然不愿，最终唯有无奈答应。太平幸福的日子便这样结束了，宫里侍卫各自忙忙碌碌地准备着西行的事宜，此时此刻，我却在想刘浦诚，潼关失守，他身在何处？到底是生是死？

翌日清晨幸蜀大队便即上路，天下起了雨，好像是连老天爷亦不愿见到三郎弃都的场面，恸哭而泣。车马队一眼望不到头，路上尽是污水泥泞，很不好走。磨磨蹭蹭地行了一日，晚上来到金城歇脚，本应先来打前站的内侍与州官全不见了人影，应该是各自逃难而去，这种时刻谁都会各安天命，哪个还有心思照顾皇上？三郎气得直发抖，靠在我身上连问为什么，是呀！为什么一个好端端的开元盛世、天宝祥年竟变成了这般模样，天上的星星，你们可知道原因吗？

饿了一宿，只喝了点水，天亮后又继续赶路。我又饥又累，昨晚没睡，右眼皮老是跳个不停，大队走走停停，阿翁说到了马嵬驿，一众侍卫纷纷吵嚷着要求歇息，三郎同我便亦只得下车进入驿站。

没过多长时间，听见外面大吵大嚷起来，陈玄礼进来说杨国忠勾结吐蕃叛乱被众军卒杀了，我一听便哭了起来，上午还是好端端的一个人，一下子说没就没了，这是不是上天在惩罚杨家呢？三郎沉着脸出去了一会儿，外面呼喊声音越来越大，众人高喝着“杀妖妃——杀妖妃”，我的一颗心随即提到了嗓子眼，手脚不自觉地变得又冰又冷，不知怎么办才好。他们口中的妖妃是我吗？为什么要杀我呢？我可谁都没有招惹呀！

心里害怕，六神无主，我只有记下这两天来发生的一切，不停写着这卷跟了我这些年的小册子，心中不断掠过无数疑问：三郎会怎么办？他能安抚住此刻群情激愤的军兵吗……

又过了一会儿，三郎进来了，外面的呼喊却没有停止，他抱着我不说话，只是一个劲地哭，我忽然忆起了当年阿瑁无可奈何奉旨让我进宫伴驾时也是这个没出息的模样，父子俩是不是全一个德行？还是男人一旦到了无能为力的时候，都是用哭来宣泄情绪呢？

不，他不是这样的。

如果此刻在我身旁的是刘浦诚，他绝对不会这样，我从未见过他因无能为力而哭，无论时局如何险恶，浦诚脸上总挂着处变不惊的淡然，那份从容不迫总能适时给人可信赖依托的自信，也许这就是临大事者的模样。不过这一切都已不重要了，浦诚眼下不在这里，是我多年前辜负了他。

反正如今已没有倘若、如果了。思思想想，我收住了替国忠淌下的泪，柔声安慰着三郎。又待了一会儿，阿翁过来劝开了他，然后带着我来到后面一处山坡。他大发善心，让我记下了这人生中的最后一笔，此刻的我已明白自己最后的使命：我要将这卷概括了此生旅途的册子留待后人，希望能予那些同样因命运而身不由己的女人一些启示，选择一个能托付终身的男人，并不是富贵权力就一定可靠，这是我度过了生命中的三十八个春夏秋冬，临终所得的感悟。

倘若能让我再选择一次，我也许会选择做一个普通人，不再去当什么王妃、贵妃，免去大富大贵的惊涛骇浪，一生唯平平淡淡，安安稳稳便好。

我还有好多好多事情没有做完，我想编完那曲舞，我想……

玉环月记到此结束，杨玉环已然香消玉殒，笔者特此摘录节选，为的是心中一番感触。自古常言“红颜祸水”，其实不然，红颜亦有情非得已之处，却长久以来背负着误君乱国的骂名，真正谁是罪魁祸首，想必人人心中自有计较。

【后记】

该故事的初衷是为了纪念一个人，刚开始只有刘浦诚孤身一人走四方的构想和刘、杨二人的聚散离分，至后来随着我的见识增多，经历添广，到了 2011 年人物与各类事件框架才慢慢成形，中心思想也开始逐渐深刻。经过 2017 年二次修改，在原有的基础上增加了一些情节来丰富小说内容，回想当初将每个段落写在笔记本上的创作日子，如今终于成文出书，着实不易。

这部书到了出版阶段也颇为坎坷艰辛，好不容易等到万事俱备，紧接着新冠肺炎疫情骤然降临。原本我以为出版无望，好在有人文在线的鼎力支持，终于让刘浦诚的故事得以与大家见面。

其实小说都是作者的成长史，就如电影是导演的纪录片一样，个中纵然写的是别人的故事，也有自己的感情夹杂其中。正文故事部分地方未有交代清楚，是为了给《玉环月记》留下铺垫，让前后衔接，亦是区别于我其他小说在创作上的尝试。写作方法仍待改进，拙劣之处，还请广大读者朋友多多给予好的建议。

辛就

2021 年 3 月